KB154698

빌랄의 거짓말

빌랄의 거짓말

이르판 마스터 지음 | 위문숙 옮김

내인생의책

차례

아메드 부라, 당신의 이야기에 감사드립니다.
그리고
굴람 M. 마스터, 우리는 당신이 여전히 그립습니다.

프롤로그

누구나 거짓말을 한다.

우리 모두가 그렇다. 자신을 위해 거짓말을 할 때도 있고 남을 달래기 위해 거짓말을 할 때도 있지만, 어쨌든 누구나 거짓말을 한다.

오래전에 나도 어떤 거짓말을 했다. 내 생애 가장 큰 거짓말을 했을 때 난 아직 어린 소년이었다. 살면서 남을 속인 적이 아주 없진 않지만 그때만큼 확신에 찼던 거짓말이 또 있었을까 싶다. 한 번 시작된 거짓말은 꼬리에 꼬리를 물고 끝없이 이어졌다. 그리고 그 뒤로 마음 편히 지낸 적은 단 한순간도 없었던 것 같다. 난 완전히 다른 사람이 되었다.

우리 모두가 그렇게 거짓말을 한다. 하지만 1947년 8월 14일에 난 한 가지 깨달음을 얻게 되었다. 누구나 거짓말을 하지만 그 거짓말이 다 똑같진 않다는 사실을 말이다.

몬순의 계절 1

상황은 심상치 않게 돌아가고 있었다. 하지만 느낌만 있을 뿐 무엇이 문제인지 콕 찍어 말하기는 어려웠다. 계절이 바뀔 때면 불안한 수탉처럼 조심히 고개를 갸웃거리며 공기의 냄새를 맡는 게 아버지의 버릇이었다. 그럴 때면 나를 보며 이렇게 말씀하셨다.

"얘야, 공기가 달라졌지? 몬순이 시작되었구나."

그때도 딱 그런 기분이었다. 뭔가 어렴풋이 다가오고 있었다. 하지만 소나기나 몬순인도 근방에 부는 지역 계절풍 같은 건 아니었다. 훨씬 더 어마어마한 것이었다.

나는 이런저런 생각을 하며 시장을 걷고 있었다. 가슴에는 커다란 멜론을 껴안은 채였다. 어디선가 재스민 향기가 흘러왔다. 난 걸음을 멈춘 채 주변을 살폈다. 꽃 파는 노점상들이 나란히 늘어서 꽃잎을 가만가만 엮어 목걸이를 만들고 있었다.

노점상 중 자예쉬가 가장 눈이 밝고 손끝도 야무졌다. 그래서 그의 꽃목걸이 뭉치는 항상 다른 누구보다 높이 쌓아 올려져 있었다. 자예쉬가 작업대에서 책상다리로 앉아 꽃잎을 꿰면 이웃 마을 사람들까지 나와 구경할 정도였다.

나는 자예쉬의 좌판으로 갔다. 몇 달 전만 해도 그의 주변은 구경꾼들로 가득했지만 오늘은 나 하나뿐이었다. 내가 지켜보는 동안에도 자예쉬는 한시도 쉬지 않고 꽃잎을 하나하나 공들여 엮었다. 나는 그가 장미꽃잎을 입에 넣고 씹을 때까지 기다렸다. 자예쉬는 목걸이를 완성할 때마다 꽃잎을 하나씩 삼켰다. 자예쉬가 입에 장미꽃잎을 넣자 난 비로소 싱긋 웃었다.

세상에는 자예쉬의 꽃목걸이처럼 절대 변하지 않는 것들도 있다. 하지만 요즘 들어 달라진 것들이 떠올라서 나는 잠시 뒤 웃음을 거두었다. 얼핏 봐선 모르지만 사실 시장에는 긴장감이 팽팽했다. 이전과는 달라진 징후들이 슬몃슬몃 보였다.

음식 좌판을 지나는데 배 속이 꼬르륵거렸다. 직업군인이나 영국인들에게 먹을거리를 파는 곳이었다. 커다란 솥에선 달인도 전통 콩 요리이 보글보글 끓었고, 주변의 큰 냄비에선 쌀밥이 김을 모락모락 피워 내고 있었다. 그런데 달과 쌀밥이 바로 옆 가게에도 똑같이 놓여 있었다. 나는 고개를 내저으며 걸음을 재촉했다. 불과 몇 달 전만 해도 두 가게 주인은 동업자였다. 한 사람은 달을 만들었고 다른 사람은 밥을 지어 수입을 똑같이 나누었다. 둘은 좌판을 나란히 펼쳐 두고 그늘에 앉아 담배를 나눠 피던 친구였다. 하지만 그것도 옛날이야기가 됐다.

대나무 장대로 받쳐 둔 천막 아래에서도 뭔가 와자지껄한 소리가 흘러나오고 있었다. 이곳은 마을 노인들이 둘러앉아 담배를 태우며 세상 돌아가는 얘기를 하던 장소였다. 노인들은 유칼립투스 잎 위에 라임과 빈랑나무 잎을 올려 담배를 만들었다. 아버지도 종종 여기로 와 노인들의 대화를 귀담아들었다. 이따금씩 훈계나 충고가 나오면 공손히 듣고 받아들였다. 그러면 나는 뒤로 물러나 마을 노인들의 소리에 귀를 기울이거나 그들의 몸짓을 지켜보았다. 이곳의 분위기는 조용하고 평화로웠다. 노인들은 대개 졸거나 지나가는 사람들에게 눈인사하거나 유칼립투스 잎을 사라며 돈 몇 푼을 쥐어 주었다.

하지만 이곳의 평온한 분위기도 이제 사라졌다. 조용히 담배를 피우며 앉아 있는 노인들도 몇몇 있었지만 많은 사람들이 일어선 채 요란하게 실랑이를 벌이고 있었다. 조용히 있는 노인들도 언제 한 번 호통칠까, 때를 기다리는 듯한 표정이었다. 갑자기 한 노인이 지팡이로 누군가를 푹 찌르자 사람들이 우르르 일어나 팔을 흔들며 분통을 터뜨렸다. 나는 서둘러 빠져나왔다.

예전에도 노인들끼리 종종 싸우는 일이 있었지만 이번에는 달랐다. 저 밑바닥에서 뭔가 꿈틀거리고 있었다. 전에는 말씨름이 끝나면 다들 한 잔씩 라씨인도 전통 음료. 요구르트와 비슷하다를 돌려 마시며 열기를 식혔다. 지금은 다들 화난 그대로 그늘에서 씩씩거릴 뿐이다. 아버지의 안경을 쓰고 세상을 볼 때처럼 죄다 일그러진 모습들이었다.

✳

난 이런저런 생각에 빠진 채 아난드 아저씨의 과일 좌판을 지나쳤다. 순간 날카로운 소리가 내 귓전을 때렸다. 아난드 아저씨의 목소리였다.

"빌랄, 멜론을 잘 들고 가야지! 아저씨 발 위로 떨어질 뻔했잖아."

두 손에 들고 있던 멜론이 갑자기 무거워졌다. 멜론을 보는 순간 어떤 생각이 퍼뜩 떠올랐다. 아버지는 나에게 멜론을 사 오라는 심부름을 시켰지만 먹으려는 게 아님을 난 잘 알고 있었다. 의사 선생님이 찾아오자 내가 나가 있기를 바랐을 뿐이다. 나는 어리둥절해하는 아난드 아저씨에게 멜론을 건네고 곧장 달리기 시작했다.

내가 집에 도착했을 때 마침 의사 선생님도 안에서 나오시던 참이었다. 난 허리를 구부린 채 거친 숨을 몰아쉬었다. 의사 선생님은 참을성 있게 날 기다려 주셨다.

"허리를 펴라. 그래야 숨을 제대로 쉬지."

나는 헉헉대느라 말도 못한 채 그저 서서 의사 선생님의 얼굴만 빤히 바라보았다. 의사 선생님은 나를 물끄러미 보다가 다가와서 뒤집힌 내 옷깃을 매만지고는 빙긋 웃으셨다.

"네 꼴 좀 봐라. 열세 살이나 먹었는데 아직 옷도 제대로 못 입다니. 네 어머니가 돌아가신 지 얼마나 되었더라?"

"5년……."

"5년이면 긴 시간이구나, 애야. 이젠 알아서 챙겨야지."

"그리고 4개월……."

"뭐?"

"그리고 24일."

나는 대답하면서 의사 선생님을 바라보았다. 의사 선생님은 길게 한숨을 내쉬었다. 내가 차마 내려놓지 못했던 감정이 배 속 한 구석에서 별안간 온몸으로 찌르르 퍼져 나갔다.

"아버지가 죽어 가고 있어. 알고 있지? 너도 보면서 짐작했을 게다."

눈앞에서 불빛이 번쩍였고 온몸이 부르르 떨렸다. 의사 선생님의 얼굴이 흐릿해져서 얼른 눈을 깜박였다.

"빌랄……."

의사 선생님이 부드럽게 불렀다. 힘을 주어 억지로 눈을 뜨자 의사 선생님의 얼굴이 겨우 보였다. 의사 선생님은 축 늘어진 내 어깨를 두툼한 손으로 잡았다. 나는 무릎이 후들거렸다.

"아버지는 얼마 안 남았어. 한 달이나 잘하면 두 달. 그분을 편하게 모시자꾸나. 아버지가 몇 달 전에 발작만 안 일으켰어도……. 저토록 쇠약하지만 않았어도……. 몸을 움직여 돌아다닌다면 암을 이겨 낼지도 모르겠다만."

의사 선생님은 고개를 저으며 이마를 찌푸렸다.

"다 아쉽구나. 네 아버지가 정신은 강해도 몸이 따라 주질 않으니. 라자왈라 선생님을 찾아가서 이 처방전대로 조제해 달라고 해라. 약값은 나한테 말하라고 전하고. 오늘 꼭 해야 한다. 빌랄, 내 말 듣고 있니?"

나는 의사 선생님의 얼굴과 내 어깨에 놓인 손을 번갈아 보았다. 의사 선생님의 뒤편으로 문이 살짝 열렸기에 고개를 살짝 기울였다.

"예, 듣고 있어요."

내 목소리는 기어들어 갔고 갈라졌다.

"그래. 앞으로도 지금처럼 하면 돼. 계속 학교에 다니면서 아버지를 보살펴 드려라. 내일 다시 오마. 뭐든 필요하면 찾아오너라. 알았니?"

나는 고개를 끄덕였다. 의사 선생님은 늘 그렇듯 굳은 표정으로 나를 훑어보았다. 하지만 눈길은 부드러웠다. 그럴 때 의사 선생님의 눈빛은 아버지랑 흘러간 옛 시절을 이야기할 때와 비슷했다. 의사 선생님은 돌아서다 말고 다시 나를 보았다.

"그런데 형은 어디에 있느냐?"

"형은 항상 들락날락거리니까요……."

나는 중얼거렸다.

"보나마나 또 나가 있겠지. 바보 같은 놈. 벌써부터 어른 흉내나 내다니. 형을 만나면 내가 단단히 일러 놓을 테니 염려하지 마라. 형이 그러면 쓰나."

의사 선생님은 고개를 저으며 돌아섰다. 난 바위라도 된 듯 온몸이 무거워져 꼼짝할 수 없었다. 의사 선생님은 시장 쪽으로 걸어갔다. 나는 의사 선생님의 가방을 물끄러미 바라보았다. 이윽고 검은 사각형이 눈앞에서 사라졌다. 우리 집의 문을 들어서는데 난생처음 무서웠다. 눈을 감고 어둠 속으로 발걸음을 떼었다.

＊

방으로 천천히 들어가 차가운 흙벽을 토닥이고는 이마를 갖다
댔다. 단단하고 익숙한 벽에 기댔더니 기분이 누그러졌다. 아버지
는 진흙과 물과 순수한 마음을 골고루 섞어서 이 집을 만들었다
며 입버릇처럼 말씀하셨다. 나에게 이 집은 안식처였다. 아버지가
늘 기다려 주는 곳. 아버지가 끊임없는 나의 질문에 꼬박꼬박 대
답해 주는 곳.

한 칸짜리 자그마한 진흙 오두막이지만 나에게는 보금자리였다.
우리 집은 무척 특이했다. 칸막이로 방을 나눈 구조였다. 칸막이
는 바닥부터 천장까지 세 번이나 쌓아 올린 낡은 책들이었다. 한
동안 시장 사람들은 우리 집을 보며 혀를 내둘렀다. 한곳에 그토
록 많은 책이 쌓인 걸 본 적이 없었기 때문이다.

아버지에게 이것저것 배운 뒤에 나는 우리 집의 '투어 가이드'가
되었다. 집을 찾아온 사람들에게 높다랗게 쌓인 책 벽을 보여 준
뒤 타고르인도의 시인이자 사상가. 1913년 동양인 최초로 노벨문학상을 받았다의 시
몇 편을 암송하는 게 내 업무였다. 그러고는 새로운 세상을 접한

방문객들을 문 앞에서 인사하며 배웅했다.

아버지는 기회만 되면 입이 닳도록 강조하셨다.

"교육과 문학은 누구나 당연히 누릴 수 있어야 한다. 얘야. 네가 그걸 누릴 때는 다른 사람들에게서 교육과 문학의 기회를 빼앗아서는 안 된다."

그러면서 아버지도 시 몇 편을 덧붙이곤 하셨다.

학교에서 시작한 내 공부는 집에서도 이어졌다. 먹고살기 바쁠 때 지나치게 많은 지식은 도리어 거추장스럽기까지 하다. 먹고사는 데는 약간의 상식만으로도 충분하니까 말이다. 어디에서 깨끗한 물을 구하고 옷을 어떻게 기우며 누구와 물물교환을 해야 일주일 치 양식을 구할 수 있는지 아는 것으로 충분했다. 현실적이고 실용적인 지식들이다. 물건을 책과 바꾸려는 사람은 아무도 없었다. 정말이다. 나는 정말 노력했지만 늘 똑같은 질문만 받기 일쑤였다.

"책을 먹을 수는 없잖아?"

아버지는 글자와 글과 책을 통해 삶이 풍요로워진다고 생각했으나 아무도 인정하지 않았고, 이 사실에 아주 놀라워했다. 이런 우리 집이 난 가끔씩 힘들었지만 아버지는 아무렇지도 않았다. 아버지는 좋은 책을 한 권 얻으면 몇 날 며칠을 씻거나 말하거나 먹지 않고 지낼 수 있었다.

아버지는 40년 넘게 모아 둔 어마어마한 책을 벽처럼 쌓아 올렸다. 다른 물건을 책으로 교환하거나, 일한 대가로 책을 받거나, 버려진 책을 주워 오거나, 엉망진창인 책을 일일이 손보거나 하셨다. 돈을 내서 책을 사올 만큼 책에 대한 아버지의 애정은 뜨거웠다. 늦은 밤이면 아버지가 칸막이 옆에서 도티인도 남성들이 허리에 두르는 면포만 걸친 채 책에 빠진 모습을 종종 볼 수 있었다. 내가 부스럭부스럭 일어나면 아버지는 책에서 눈을 떼고 기쁨에 반짝이는 얼굴로 활짝 웃었고 나도 따라 웃었다. 아버지는 말했다.

"와서 이것 좀 봐라."

그러면 나는 아버지 곁에 앉아 억지로 정신을 차렸다. 아버지는 아주 낯선 세상에서 일어난 신기하고 놀라운 일들과 상상조차 못 해 본 동물들을 손가락으로 가리켰다.

아버지의 침대로 가까이 다가갈수록 공기가 탁해졌다. 그곳은 항상 서늘하고 어두웠다. 창문이 손바닥처럼 작다 보니 햇빛이 거의 들지 않았기 때문이다. 아버지의 낮은 침대는 안쪽 벽에 붙어 있어 책 벽과 가까웠다. 아버지가 종종 낡은 책의 글귀를 읽어 주면 나는 차포이이동식 그물 침대에서 귀를 기울였다. 그 낡은 책들은 내가 전혀 알아볼 수 없는 이상한 글자들로 빼곡했다. 난 아버지의 목소리를 듣다가 종종 잠이 들었다. 그렇게 잠이 들면 가 본 적이 없는 장소나 만난 적이 없는 사람이 등장하는 기묘한 꿈을 꾸었다. 내가 꿈 얘기를 하면 아버지는 이렇게 말했다. 누구나 책을 통해 수천 가지 다른 삶을 살 수 있고 수만 가지 다른 모험을 할 수 있다고 말이다.

배 속의 통증이 약간 가라앉았다. 나는 숨을 한껏 들이마셨다. 그리고 아버지 방에서 하나뿐인 가구로 갔다. 아버지에게 책을 읽어 줄 때 종종 걸터앉는 낮은 걸상이었다. 그걸 집어 들고 침대 곁으로 다가가서 앉았다.

아버지는 잠들어 있었다. 가슴이 오르내리다가 간간히 거친 숨소리와 기침을 토해 냈다. 짧은 머리카락은 이제 반백이 되었고 정수리 쪽이 듬성듬성했다. 아버지와 난 짙은 갈색 눈동자와 뾰족한 콧날과 밤색 피부가 닮았다. 아버지의 이마에 맺힌 땀방울이 움푹 팬 뺨을 따라 흐르다가 희끗희끗한 턱수염에 매달렸다. 아버지가 눈을 떴다. 나는 아버지가 부서질 듯 허약하다는 사실을 다시 한 번 느꼈다. 눈가에 드리워진 검은 그림자를 보는 순간 예전에 낡은 백과사전에서 봤던 판다가 떠올랐다.

아버지가 웃음을 짓자 수백 개의 가느다란 주름살이 드러났다. 아버지는 주름살을 '단층선'이라고 불렀다. '지구의 표면에 새긴 우리 자신의 흔적이지.' 나는 그 뜻을 이해하지 못했지만 그다지 새삼스러운 일도 아니었다. 아버지는 억지로 몸을 일으켜 똑바로 앉았다. 난 긴장했지만 도와 드리진 않았다. 아버지는 내가 일으켜 주면 질색하셨다. 허리를 편 아버지가 눈동자를 반짝이며 나를 물끄러미 바라보았다.

"의사 선생님이랑 이야기했니?"

"예."

"난 괜찮다, 빌랄."

"알아요." 죽음은 괜찮지 않아요.

"너도 별일 없을 테고. 네 고모에게 편지를 써서 준비를 하려무나."

"그럴게요. 걱정 마세요." 난 고모랑 살기 싫어요. 여기가 내 집이에요.

"자이푸르는 아름답단다. 고모가 널 잘 돌봐 주겠지. 자이푸르의 역사로 말하자면……. 네가 부럽구나."

"잘됐네요, 아버지." 자이푸르는 관심 없어요. 역사 따위는 신경도 안 쓴다고요. 난 잘 지낼 리 없어요.

그뿐이었다. 이야기는 거기에서 끝났다. 지독한 병이 몸속을 갉아먹는데도 아버지는 병에 대해 입을 다물었다.

"오늘은 무슨 소식이 있니, 얘야? 그 작자들이 이제 결론을 내렸나?"

난 긴장했다. 무슨 말이 나올지 불을 보듯 훤했다.

"악마 같은 놈들. 그놈들은 아무것도 모른다. 인도의 영혼이 지도 위에서 장난치는 몇 사람들 손으로 결정될 순 없지. 조금이라도 커다란 먹이를 차지하려고 까마귀처럼 깍깍거리는 놈들이야. 그놈들은 각자 원하는 것만 주장하겠지. 끝까지 말이다. 그래 봤자 난 눈곱만큼도 걱정하지 않는다. 인도는 그 모든 걸 제자리로 돌려놓을 테니까. 네 친구들을 보아라, 빌랄. 그들이 우리가 이슬람교도라고 싫어하든? 우린 초타네 가족과 여러 차례 밥을 먹었다. 그들이 힌두교도라서 우리가 그들을 미워했니? 만지트를 보렴. 네가 태어나기 전부터 난 그 집과 알고 지냈다. 만지트의 아버지 결혼식에도 참석했지. 그들은 시크교힌두교와 이슬람교가 합쳐져서 탄생한 인도 종교. 시크교도는 머리를 자르지 않고 터번을 쓴다를 믿지만 우리와 조상도 비슷하고 공통점도 많단다. 우린 다르면서도 닮았으니 함께 나아갈 수 있어."

아버지는 잠시 숨을 고르더니 말을 이었다.

"인도는 절대 깨지거나 나누어지지 않아. 이런 일이 처음이었나? 이렇게 아슬아슬한 위기가 없었을까? 이런 사태는 전에도 있었고 앞으로도 일어날 테지. 그놈들은 인도를 무슨 흙덩어리처럼 자기들의 욕심대로 주무르고 있다. 하지만 저 악당들과 영국인 침략자들은 결코 인도를 쪼개지 못한다. 내 평생에 그런 일은 없다. 내가 살아 있는 한.”

아버지는 불같이 화를 내며 고개를 흔들었다. 아버지의 이런 모습은 나에게 무척 낯선 광경이었다. 눈동자가 까만 잉크처럼 어두워져 들여다보이지 않았다. 난 마구 소릴 지르고 싶었다. *아버지가 틀렸어요.*

바로 어제 난 쌀림과 같이 시장에서 라디오로 네루 선생님의 인도 분리 계획 연설을 들었다. 좋든 싫든 곧 새로운 세상이 열린다는 내용이었다. *어떻게 그럴 수 있지? 지도를 갖다 놓고 '여기에 선을 그었어. 이제 살고 싶은 쪽을 선택해라.'라고 말하다니!* 분리는 천 조각을 좍 펼쳐 놓고 가운데를 조심조심 자르는 것과 비슷했다. 다만 옷감과 다른 점이 있다면 분리된 인도는 아무리 기우고 꿰매도 다시 하나가 되지 못할 거란 사실이었다.

아버지는 한 달 남짓 방에서 나오지 못했다. 그래서 사람들 사이의 변화나 시장의 분위기나 광장에서 터져 나오는 어른들의 말다툼을 알지 못했다. 작년에도 목청을 높이고 주먹다짐이 일어났지만 곧 잠잠해졌고 다시 예전의 모습으로 돌아왔다. 하지만 분리 계획이 발표되자 모든 게 흔들렸다. 폭도들이 집을 태우고 여자와 아이를 죽였으며 정당들은 젊은이들을 불러 모아 투쟁과 선전을 재촉했다. 아버지가 서서히 암에게 잡혀 먹히듯 인도도 분리 계획이란 병에 무릎을 꿇었다. 그건 안에서 퍼져 나가는 병이었다.

부아가 치밀자 의사 선생님과 이야기할 때 느꼈던 복통이 다시 시작됐다. 너무 아파 눈을 질끈 감았다. *아버지는 왜 못 느낄까? 모조리 변하고 엉망진창이 되었는데. 인도는 낭떠러지에 서 있다고요! 아버지를 향해 소리치고 싶었다. 인도나 정치나 악당들은 될 대로 되라지요. 나한텐 아버지가 소중해요!* 하지만 그렇게 말하는 대신 침대로 올라가서 아버지를 꼭 안고 누웠다. 아버지는 금세 잠들었고 나는 조용히 침대에서 빠져나왔다. 그리고 평화롭게 잠든 아버지를 지켜봤다.

나는 그동안 아버지에게 분리 계획 소식을 숨겨 왔다. 위독한 아버지에게 그런 소식을 알려 득이 될 게 없다고 생각해서였다. 그런데 이게 얼마나 심각한 것인지 이제 확실히 알게 됐다. 그 소식을 듣는 순간 아버지의 심장은 터져 버릴지도 모를 일이다.

그 순간 내가 해야 할 일이 또렷해졌다. 아버지는 바깥에서 벌어지는 상황이나 떠도는 소문을 무조건 몰라야 한다. 사람들이 최악의 사태를 이야기하든 말든 내 알 바 아니었다. 몬순이 한 번 몰아치면 모든 게 바뀐다. 그런 엄청난 상황에 인도가 휘말려도 마찬가지다. 나는 아버지가 앞으로 벌어질 진실을 모른 채 눈을 감아야 한다고 결정했다. 아버지에게 인도는 언제나 한결같은 모습으로 기억될 것이다. 그리고 하나의 인도를 기대하며 숨을 거두실 것이다. 그때 나는 거짓말을 선택했다. 나는 어깨를 펴고 발걸음을 옮겼다.

"빌랄아."

아버지의 잠긴 목소리가 들렸다.

"예, 아버지."

"멜론은 어디 있니?"

나는 방에서 나왔다. 햇살 속으로 들어선 순간 짜디짠 눈물에 얼굴이 따끔거렸다.

빌랄의 계획

눈부신 햇살을 받으며 집을 나섰다. 밖에는 친구들이 모여 있었다. 나와 죽이 잘 맞는 친구 셋이었다. 다들 고개를 숙인 채 반원 형태로 모여 나를 기다렸다. 조금 전에 의사 선생님이 집을 나섰을 때 친구들이 그 뒤를 쫓아갔다. 그러니 우리 아버지의 상태를 잘 알고 있을 것이다. 의사 선생님이 별다른 이야기를 하지 않았어도 친구들은 눈치껏 알아챘을 것이다. 솔직히 나로서는 아무 말도 하고 싶지 않았다. 내가 다가서자 우린 둥근 원을 이뤘다. 난 그대로 서서 발만 내려다보았다.

내 왼쪽에 선 초타주로 어린이에게 쓰는 별칭. '꼬맹이'란 뜻이다는 우리 중 가장 작지만 가장 용감했다. 내가 우리 아버지를 저승사자의 손에서 절대 뺏기지 않겠다고 선언하면 초타는 양손에 침을 뱉고 주먹을 움켜쥔 채 싸울 준비를 할 것이다. 내 오른쪽의 만지트는 키가 크고 삐쩍 말랐으며 머리에 주황색 터번을 칭칭 둘렀다. 그는 꼭 필요한 말만 했다. 만지트 곁에 있을 땐 굳이 대화를 하지 않아도 마음이 항상 편했다. 마지막으로 내 앞에 머리가 덥수룩한 쌀림이 서 있었다. 나와 쌀림은 항상 붙어 다녀 우리를 형제로 착각하던 사람들도 많았다. "그림자처럼 붙어 다니는구나."라는 아버지의 표현이 딱 맞았다. 우린 집으로 돌아갈 때만 떨어졌다.

나와 친구들은 빙 둘러서서 한참 동안 각자의 발만 바라보았다. 내가 고개를 들자 친구들도 고개를 들었다. 친구들은 의사 선생님이 지었던 것처럼 슬픈 표정을 하고 있었다. 내 작전이 성공하고 맹세를 이루려면 그들의 도움이 필요했다.

＊

내가 결심을 밝히자 한동안 정적이 감돌았다. 난 친구들이 엉터리 계획이라며 말릴 줄 알았다. 하지만 친구들은 조용히 발끝만 바라보았다. 마침내 쌀림이 내 어깨에 손을 올리며 고개를 끄덕였다.

"야, 우린 네 맘 알아. 도와줄게."

나는 아무 말도 하지 않았다. 우리는 우리들만의 아지트로 자리를 옮겼다. 그곳은 기껏해야 말린 고추나 보관할 뿐 사람들이 거의 드나들지 않는 건물 옥상이었다. 거기에선 시장 전체가 한눈에 들어왔다. 나는 막대기를 하나 집어 들고 땅에 아무렇게나 그렸다.

"사람들이 우리 아버지에게 자주 와서 세상 소식을 전하거든."

나는 입을 열었다.

"그거야 아저씨가 워낙 좋은 말씀을 많이 해 주시니까……."

내 표정이 어두워지자 초타가 서둘러 말을 끊었다.

"어쨌든 아무도 아버지를 만나게 해서는 안 돼."

나는 딱 잘라 말했다.

"뭐, 아무도?"

여느 때처럼 묵묵히 기다리던 만지트가 물었다.

"응, 아무도."

"아저씨는 다른 방법으로 알아내시겠지."

만지트가 말했다.

"신문을 즐겨 읽으시잖아."

쌀림이 거들었다.

"아버지는 한동안 신문을 못 보셨어. 앞으로도 줄곧 그러셔야지."

내가 대답했다.

"만약 아저씨가 읽으시겠다면 어쩔려고?"

만지트가 물었다.

"그건 그때 가서 궁리하자."

나는 살짝 당황스러워서 팔짱을 끼고 대답했다. 쌀림은 여느 때처럼 우리를 가까이 모았다. 그러고는 내 어깨에 팔을 둘렀다. 나는 고마워서 쌀림을 보며 웃었다.

"좋아, 앞으로 어떻게 할지 말해 줘."

나는 막대기를 다시 치켜들었다.

"그래. 초타, 내일 학교에 오지 마."

나는 막대기로 초타를 가리켰다.

"그럼 난 어디로 가?"

초타가 어리둥절해하며 물었다.

"이 건물 옥상에서 누가 우리 아버지를 만나러 오는지 감시해 줘. 여기서는 우리 집으로 통하는 골목이 다 보이잖아. 누구든 나타나면 뛰어 내려와서 교실 창문 사이로 작은 돌멩이를 던져 줘."

"그러면?"

쌀림이 물었다.

"쌀림과 만지트가 교실에서 야단법석을 피우는 거야. 그러는 동안 난 몰래 빠져나와 사람들이 아버지를 못 만나도록 그럴싸한 핑계를 대야지."

다들 맡은 역할을 마음에 들어 했다. 초타가 수업에 빠지면 무케르 선생님은 도리어 다행스러워 할 것이다. 초타는 수업 중에 걸핏하면 곯아떨어져 코를 드르렁드르렁 골았다. 만지트와 쌀림도 맡은 역할을 잘해낼 것이다. 나로서는 사람들이 아버지를 만나서는 안 되는 이유를 이미 수백 가지나 생각해 두었다. 잘해낼 자신이 있었다. 해가 뉘엿뉘엿 가라앉았다. 시장 사람들은 내일을 기약하며 좌판을 거두었다. 나와 친구들이 그토록 깊은 침묵에 잠긴 적은 그때까지 단 한 번도 없었다.

✻

날이 바뀌고 또 다시 하루가 시작되었다. 나는 깔끔하게 기운 교복을 입고 아버지에게 입을 맞췄다. 아버지는 알아듣지 못할 말을 중얼거리며 나를 안아 주었다. 나는 책과 펜과 가방을 챙긴 뒤 학교로 향했다. 가는 길에 돌멩이를 연거푸 톡톡 찼다. 학교에 도착하자 발가락이 욱신거렸다. 아픈 것쯤은 대수롭지 않았다. 오히려 찌릿찌릿한 느낌에 신경 쓰다 보니 속마음을 감추기는 더 쉬웠다. 무케르 선생님이 문에 서서 지각생들을 맞이하고 있었다. 선생님의 재촉을 들으며 나도 바삐 들어갔다. 잠시 어깨너머로 주변을 돌아보다 싱긋 웃었다. 초타가 어제 약속한 건물 옥상으로 올라가고 있었던 것이다. 기나긴 하루가 되겠지만 초타는 날 결코 실망시키지 않을 것이다.

나는 교실로 들어서는 만지트와 부딪쳤다. 우리는 남몰래 키득 거리고는 교실 뒤의 깔판에 앉았다. 몇 줄 앞에 있던 쌀림이 고개를 돌려 한쪽 눈을 찡긋거렸다. 다닥다닥 붙은 아이들로 작은 교실이 꽉 채워졌다. 상인 연합회에서 후원해 준 책상은 지난달에 도난당했다. 애들 책상 열다섯 개를 갖고 가 뭘 하려는지 나로서는 이해할 수 없었다.

무케르 선생님이 교실 앞에 서서 양손을 들자 쥐 죽은 듯 고요해졌다.

"오늘은 이 나라의 위대한 역사를 비롯해 심오한 전통과 훌륭한 작품과 위인들을 살펴보자."

나는 한숨을 쉬었다. 무케르 선생님은 이 수업을 가장 좋아했다. 인도의 위대함과 인도의 아름다운 과거. 쳇, 인도의 아름다운 현재와 미래를 알아보는 건 어때? 나는 무케르 선생님을 올려다보았다. 선생님은 금테 안경을 코끝에 걸쳐 썼다. 인도의 영광스러운 과거를 떠올리는지 눈이 반짝였다. 선생님은 늘 붉은색 비단 조끼를 걸쳤고 그 앞주머니에는 줄 달린 은색 회중시계가 들어 있었다. 아버지는 선생님을 《이상한 나라의 엘리스》에 등장하는 토끼에 빗댔다. 선생님이 늘 시계를 보며 중얼거리기 때문이다. 난 그 생각에 빠져 웃다가 선생님과 눈이 마주쳤다.

"빌랄, 우리 인도의 역사가 우습나?"

나는 자세를 바로잡았다. 만지트가 팔꿈치로 내 옆구리를 찔렀다. 나도 만지트를 찔렀다.

"아니요, 선생님. 아주 자랑스러운 과거입니다."

내가 대답했다.

"그렇게 생각하다니 기쁘구나. 우리에게 시 좀 암송해 주면 안 될까?"

"아니요, 선생님. 제 말은……. 아니, 싫지 않다고요."

나는 당황하며 일어섰다. 무케르 선생님이 가까이 다가왔다. 다리가 긴 선생님은 우리들보다 훨씬 컸고 커다란 귀를 토끼처럼 움질거렸다. 선생님은 아이들에게 돌아서서 웃음을 지었다.

"빌랄에게 오늘은 뭘 들려 달라고 할까?"

킥킥 웃음소리가 들리더니 누군가 말했다.

"리리리 자로 끝나는 말은……."

선생님은 동요를 부탁하는 아이를 향해 눈을 부라리고는 다시 나에게 돌아섰다.

"뭘 하면 좋을까, 빌랄?"

나는 작은 교실을 둘러보았다. 마흔 명에 이르는 아이들로 작은 교실은 빽빽했다. 펜을 가진 아이는 거의 없었고 절반 이상은 글도 제대로 못 읽었다. 그리고 학교를 마치는 경우도 드물었다. 과거가 아무리 영광스러워도 현재는 빛을 바랬으며 다들 하루하루 먹고사느라 급급했다.

"시작할까요, 선생님?"

무케르 선생님은 나를 보며 웃었다. 선생님은 친절한 분이었고 아버지가 집에서 나를 가르친다는 사실을 잘 알고 있었다. 나는 종종 방과 후에 남아 선생님이 직접 쓰신 시와 글 몇 편을 감상하곤 했다. 마을 전체에 선생님이라고는 한 명뿐이었고 무케르 선생님은 아버지가 아니면 자신의 작품을 나눌 사람이 없었다. 내 기분이 아무리 엉망진창이어도 선생님을 실망시킬 순 없었다.

"좋아, 빌랄. 어서 해 보렴."

나는 암송을 시작하기 전에 아버지가 가르쳐 준 대로 목청을 가다듬었다.

"마음에 두려움 없이

머리를 높이 치켜들 수 있는 곳

지식이 자유로울 수 있는 곳

세계가 좁다란 담벼락으로 조각조각 나누어지지 않은 곳

말씀이 진리 속에서 나오는 곳

지칠 줄 모르는 노력이 완전을 향해 뻗어 가는 곳

지성의 맑은 흐름이

굳어진 관습의 메마른 사막에서 길 잃지 않는 곳

마음이 무한히 퍼져 나가는 생각과 행동으로 인도되는 곳

그런 자유의 천국에서

나의 조국이 눈뜨게 하소서, 나의 님이시여."

타고르의 '기탄잘리 35편'

내가 낭송을 마치자 무케르 선생님이 기뻐하며 활짝 웃었다.

"타고르가 너의 낭송을 들었다면 아주 대견스러워했겠다."

선생님은 내 등을 토닥이며 말했다. 아버지는 내가 말을 배우자
마자 이 시를 가르쳐 주었다. 시의 한 구절, 한 구절이 참으로 아
름다웠다. 하지만 그날의 나에게 시 낭송은 아무 의미 없이 공허
했다.

*

시간은 느릿느릿 흘러갔다. 무케르 선생님은 교실이 소란스러워 지자 오후 수업은 산수로 편성했다. 덕택에 교실은 아주 고요해졌 다. 선생님이 칠판에 판서를 하는데 내 왼쪽에서 날카로운 비명이 터져 나왔다. 꼬마 자말이 머리 옆쪽을 감싸 쥐고 있었다. 나는 자말에게 다가가 팔을 붙잡았다.

"무슨 일이야?"

"뭔가 내 머리통을 쳤어."

자말은 옆머리를 마구 문지르며 인상을 썼다. 난 돌멩이를 찾으 려고 아이들을 밀어내며 이리저리 더듬었다. 자말은 내가 장난을 치는 거라 생각했는지 내 등에 올라탔다. 자말이 나를 공격하는 줄 알고 만지트가 자말을 덮쳤다. 산수를 워낙 좋아하던 쌀림은 수업에 정신이 팔려 있었다. 그런데 누군가 어깨를 툭툭 쳐서 쌀 림이 돌아본 순간 몸집이 큰 수라즈가 펄쩍 뛰어올라 쌀림을 납 작하게 눌러 버렸다. 지루한 산수 수업보단 덮치기 놀이가 확실히 재미있었다. 교실은 팔짝팔짝 뛰는 개구리들로 가득 찬 연못처럼 되었다. 난 바닥 어딘가에 있을 돌멩이를 찾아다녔다. 마침내 돌 멩이가 보였다. 난 산처럼 쌓인 아이들 밑에서 꿈틀꿈틀 기어 나왔다.

만지트는 내가 교실 문 쪽으로 향하자 고개를 끄덕였다. 그리고 내가 빠져나간 순간 함성을 질렀다. 그러자 선생님이 고개를 획 돌렸다. 만지트는 배시시 웃으며 수라즈를 덮쳤고 수라즈 밑에는 자말이 깔렸다. 무케르 선생님은 아이들에게 당장 멈추라고 소리를 질렀지만 팔짝팔짝 뛰는 개구리들은 들은 척도 하지 않았다. 난 무사히 탈출했다는 안도감에 긴장이 풀렸다.

집으로 뛰어가는 길에 초타를 만났다. 초타는 입이 찢어져라 웃다가 뚝 그쳤다. 우리는 허리를 구부리고 양 무릎에 손을 짚은 채 헐떡였다.

"뭔데?"

내가 물었다. 초타는 공기를 한껏 들이마시다 말고 콜록콜록 기침을 했다. 그는 다시 담배에 손을 대던 참이었다. 나는 고개를 저으며 초타에게 다가가 등을 쓰다듬었다. 초타가 몸을 일으켰다.

"라자왈라 약사 선생님이야. 너희 집으로 가고 있어."

나는 초타에게 우리 아지트로 돌아가라고 부탁했다. 그러고는 냅다 뛰었다. 라자왈라 선생님은 아직 걸어가던 중이었다. 나는 선생님을 쫓아가서 앞을 가로막았다. 선생님이 화들짝 놀랐다.

"빌랄! 왜 그러니?"

나는 생글생글 웃었다.

"약을 타러 선생님에게 가던 중이었어요. 저 기억나시죠?"

라자왈라 선생님은 약간 헷갈려 하며 볼멘 표정을 지었다.

"네 아버지에게 직접 약을 가져가서 복약 방법과 시간을 설명하기로 약속한 것 같은데. 내 기억으로는 그렇단다."

"아니, 아니에요. 전에 선생님이 약을 설명해 줄 테니 저더러 이시간쯤 들러서 가져가라고 하셨잖아요. 약을 아버지에게 바로 드리면 자꾸 까먹고 안 드실 거예요. 아버지가 얼마나 깜박깜박 잊어버리는지 잘 아시잖아요."

나는 얼른 웃음을 지었다. 라자왈라 선생님은 이맛살을 찌푸리며 어깨를 으쓱 올렸다.

"뭐, 어차피 약을 전해 줄 곳이 몇 군데 더 있어 바쁘던 참이고하니. 여기 있다. 가루에 물을 넣고 걸쭉해지도록 잘 저어라. 하루에 꼭 세 번씩 드려야 한다. 문제가 생기면 나에게 오거라."

그러고는 몸을 돌려 다시 시장 쪽으로 걸어갔다. 내 얼굴에서억지웃음이 사라지고 편안한 미소가 피어났다. 옥상을 지나가는데 초타가 이를 드러내며 활짝 웃었다. 나는 양쪽 엄지손가락을치켜들었다. 초타가 건물의 모퉁이에 기대서 나에게 손을 흔들었다. 그러다가 떨어질 뻔했지만 용케도 중심을 잡고는 다시 환하게 웃어 줬다. 우리 조직은 척척 돌아가고 있었다. 이 정도면 완벽했다. 발 벗고 나서는 멋진 친구들이 있으니 나로서는 그 무엇도 부럽지 않았다.

✳

그날 늦게 우린 옥상에 모였다. 해가 뉘엿뉘엿 가라앉고 있었다. 마지막까지 남아 있던 당나귀들은 짐이 가득 실린 수레를 끌고 머나먼 마을로 돌아갈 차비를 했다. 나는 하루 중 이 시간대를 가장 좋아했다. 옥상에 앉아 시장이 서서히 닫혀 가는 모습을 지켜보았다. 그리고 점차 희미해지는 소리에 귀를 기울였다. 시장 사람들이 얼마나 삽시간에 물건을 척척 정리하는지 보고 있으면 입이 절로 벌어졌다.

아버지는 장사꾼들이 좌판을 자식에게 대대로 물려주기 때문에 시장이 열린 지난 200년간 한집안에서 가게를 이어 나간 경우가 흔하다고 설명해 주셨다. 나는 그 이야기를 종종 곱씹었다. 열세 살인 나로서는 13년이라는 기간도 길었다. 200년이라는 어마어마한 시간은 짐작하기도 어려웠다. 지금으로선 이틀 앞의 상황도 헤아릴 겨를이 없었다.

작년 아버지가 건강하시던 땐 나 역시 미래를 꿈꾸었다. 아버지의 뒤를 이어 시장 운영자가 되고 싶었다. 그건 아주 신 나는 일이었다. 시장 운영자는 각 지역에서 온 사람들을 만나다 보니 주변 사람들은 누구나 아버지의 이름을 알았다. 물건 매매와 금전 관계 같은 일은 물론 마을의 문제를 해결해 달라는 부탁도 받았다. 아버지와 할아버지가 시장 운영자였기에 내가 가야 할 길도 정해져 있었다.

그런데 아버지가 시름시름 앓고 계시니 누가 나에게 필요한 지식을 알려 줄까? 나는 생각을 떨쳐 버리려고 고개를 흔들었지만 걱정은 꼬리에 꼬리를 물었다. *내가 과연 이 시장을 운영할 수 있을까? 아버지가 계시지 않는다면 '이곳'이 나에게 무슨 의미가 있을까? 훗날 내가 성년이 되었을 때 누가 이 자리로 나를 불러 주기는 할까?* 나는 주먹을 불끈 쥐었다. 다시 배 속이 뒤틀리고 통증이 밀려왔다. 허리를 구부렸다.

"빌랄, 빌랄, 괜찮아?"

만지트와 쌀림이 걱정스러운 얼굴로 나를 내려다보았다. 나는 눈을 떴다. 만지트의 주황색 터번이 석양을 받아 밝게 빛났다. 만지트가 내 팔을 잡아서 일으켰다.

"난 괜찮아. 좀 피곤해서 그래. 초타, 이리로 와. 담배 좀 작작 피우고!"

초타는 멋쩍어 하며 담배를 끄고 다가왔다. 다들 쪼그리고 앉았다. 나는 망고 몇 개를 꺼내 놓았다. 사트람에게 연필 몇 자루를 주고 바꿔 온 망고였다. 만지트는 작은 칼을 꺼내 먹기 편하게 망고를 잘랐다. 갑자기 초타가 망고를 통째로 집더니 입에 쏙 집어넣었다. 쌀림은 초타의 귀를 움켜잡았고 만지트는 초타의 머리를 세게 흔들었다. 초타는 자기 게 아니더라도 일단 손에 넣고 봤다.

"자, 작전은 환상적으로 이뤄졌어. 그런데 내가 나간 뒤에 어떻게 됐어?"

내가 물었다. 쌀림과 만지트가 서로를 마주 보며 웃음을 터뜨렸다. 그러고는 느닷없이 뒤엉켰다. 초타는 망고를 입에 문 채 엉킨 친구들 위를 덮치더니 만지트의 터번을 잡아채 바닥에 내던졌다. 해가 시장을 비추며 가라앉았다. 누군가가 옥상으로 눈길을 돌렸다면 키가 제각각인 네 명의 비쩍 마른 남자애들이 꾀죄죄한 몰골로 툭 튀어나온 팔꿈치와 무릎을 드러낸 채 뒤엉켜 미친 듯 킥킥거리는 모습을 볼 수 있었을 것이다. 석양에 물든 주황색 천이 바람에 나부끼며 소년들의 몸을 휘감고 있었다.

✻

내 작전은 그 후 일주일 동안 아무 탈 없이 잘 먹혀들었다. 하지만 초타가 꾸벅꾸벅 조느라 찾아오는 사람들을 놓치진 않을까 걱정스럽기도 했다. 초타는 수업 중에도 걸핏하면 꿈나라를 헤맸다. 남자애들이 우당탕탕 야단법석을 피울 때도 꿋꿋이 잘 잤다. 무케르 선생님은 그런 초타를 내버려 두었다. 선생님 입장에선 사실 어느 한쪽을 선택하기도 곤란했을 것이다. 깨어나서 말썽을 부리는 초타가 나을까? 아니면 선생님이 타고르의 시를 읊을 때 드르렁 코를 고는 초타가 나을까?

어느 날 저녁 내가 이런 걱정을 털어놓자 초타는 쓸데없는 염려라며 큰소리쳤다. 시장에서는 온갖 재미나는 일이 벌어지는데다가 초타 자신도 늘 나무를 깎거나 다듬고 있어 옥상에서 졸 일이 없다는 말이었다. 초타가 망을 보는 옥상에선 근처 마을 공동묘지까지 훤하게 내려다보였는데 그곳은 마침 닭싸움을 진행하는 장소이기도 했다. 닭싸움은 피비린내 나는 잔인한 마을 놀이였다. 초타의 삼촌이 시합의 진행자였지만 우리 사총사 중 누구도 구경 가지 못했다. 그때까진 그럴 엄두가 나지 않았다. 좌우간 옥상에 서면 근처에서 보이지 않는 게 없었다.

초타는 평소처럼 옥상 모퉁이에 걸터앉아 다리를 대롱대롱 흔들며 입에 지푸라기를 넣고 씹었다. 초타는 망을 봤고 나머지 셋은 카드 게임을 했다. 양념 밴 고기 냄새가 시장에서 우리가 있는 옥상 위로 풍겨 왔다. 내가 카드를 보며 망설이는데 만지트의 배 속에서 꼬르륵 소리가 요란하게 났다. 쌀림은 배를 붙잡으며 깔깔 대다가 카드를 떨어뜨렸다.

"그 속에 굶주린 호랑이라도 들어 있나 보다, 만지트!"

내가 킬킬거렸다.

"꼭 새끼 호랑이가 으르렁대는 소리 같아."

쌀림이 놀렸다.

"그래, 실컷 웃어라. 하루 종일 쫄쫄 굶어서 그렇잖아!"

만지트가 배를 움켜쥐며 한숨을 쉬었다.

"좀 전에 망고 먹었잖아?"

쌀림이 지지 않고 응수했다.

"그리고 학교에서도 차파티철판에 구운 납작하고 둥근 빵를 두 개나 먹던데?"

내가 보탰다.

"내가 준 석류도 잊으면 안 되지."

초타가 뒤에서 거들었다. 쌀림은 배를 잡고 웃더니 다시 카드를 떨어뜨렸다.

"어? 조금 먹긴 했네. 네 차례야, 쌀림."

만지트가 화제를 돌렸다.

＊

쌀림은 카드를 집어 들더니 실눈을 뜨고 가만히 살폈다. 그리고
는 활짝 웃으며 말했다.

"풀하우스!"

그는 카드를 펼쳐서 우리에게 보여 주었다.

만지트가 나를 보며 얼굴을 찌푸렸다.

"잠깐만."

내가 말했다.

"쌀림, 마지막에 너한테 그런 카드가 없었는데……."

만지트가 따졌다.

"무슨 소리야? 어쨌든 둘 다 망고 하나씩 갖고 와. 크기는 상관
없어. 잘 익고 즙 많은 걸로."

쌀림이 말했다.

"잠깐."

나는 쌀림의 발을 보며 말했다.

"왜?"

쌀림이 대꾸했다.

"네 추팔샌들 같은 단순한 형태의 인도 신발 밑에 있는 게 뭐냐?"

내가 물었다.

"네가 카드를 떨어뜨리더니……."

만지트가 찰싹 때리며 쌀림의 발을 옆으로 치우자 카드가 한 장 나왔다.

"만지트! 그 자식 위에 올라 타. 내가 대나무를 가져와서 패 버릴 테니까."

내가 벌떡 일어서며 말했다. 만지트는 쌀림을 틀어잡고는 간지럼을 태웠다.

"아악! 바닥에 있던 카드는 상자에서 떨어진 거야. 난 안 속였어. 아악! 간질이지 마. 만지트, 이 꺽다리 멍청아!"

만지트와 나는 쌀림 위에 올라탔다. 만지트는 계속해서 간지럼을 태웠다.

"아악! 내려가란 말이야! 만지트는 어지간한 당나귀보다 무겁다고! 내려가!"

우리는 쌀림을 깔아뭉갠 채 낄낄 웃어 댔다. 별안간 망을 보던 초타가 소리를 질렀다.

"야! 시장 끝에서 무슨 일이 있나 봐. 잠깐 입들 좀 다물어!"

만지트와 나는 초타 가까이에 가서 옥상 너머를 바라보았다. 날은 이미 어둑어둑해졌는데 시장 한 귀퉁이 공터에 사람들 몇몇이 모여 있었다.

"다들 얼굴을 가렸는데? 도대체 뭐하는 거야?"

만지트가 물었다.

서로들 바짝 모여서 뭔가 열띤 대화를 나누는 모양새였다.

"잘은 모르지만 좋은 일은 아닌 것 같아."

"가서 알아보자!"

초타는 그 말과 함께 벌써 계단으로 향했다. 그리고 말릴 틈도 없이 계단을 뛰어 내려가더니 공터 쪽으로 득달같이 달려갔다.

"쟤도 참⋯⋯. 우린 어쩌지?"

쌀림이 물었다.

"우리도 따라가야지. 초타가 위험에 빠질 수도 있잖아."

내가 대답했다. 만지트가 두 번째로 옥상에서 내려갔다. 긴 다리로 계단을 획획 내려갔다. 쌀림과 나는 조금 뒤처진 채로 골목길에 들어섰다. 좁은 길을 날듯이 빠져나가는 초타의 뒷모습이 보였다. 잘 아는 사람을 뒤쫓다 보면 그들이 갈 만한 길목을 딱 집

어낼 수 있다. 이 마을 사람들이라면 누구나 시장으로 가는 지름
길을 잘 알았다.

만지트는 초타의 등 바로 뒤에서 한 번의 실수도 없이 좁은 골
목길을 이리저리 잘도 빠져나갔다. 쌀림과 나는 다른 모퉁이 쪽으
로 돌다가 만지트와 부딪쳤다. 만지트는 조용히 초타 쪽으로 다가
가던 참이었다. 손가락을 입술에 댄 채 만지트는 우리를 어두컴컴
한 곳으로 이끌었다.

속삭이는 목소리가 시장 저편에서 들려왔다. 아직은 거리가 멀
어 잘 들리지 않았다. 나는 초타를 스쳐 가며 따라오라는 손짓을
한 뒤 어두운 곳만 골라 움직였다. 복면을 쓴 남자들이 모인 장소
는 아주 후미진 곳이었다. 우리의 특별한 아지트인 옥상이 없었다
면 그들은 절대 눈에 띄지 않았을 것이다. 시장 뒤의 자그마한 공
터는 쓰레기를 버리거나 물건을 내려놓는 장소였다. 우리는 벽에
찰싹 붙은 채 살금살금 다가갔다. 귀를 기울이자 목소리가 또렷
하게 들려왔다.

"사람들의 눈길을 끌려면 불을 확 질러야 해."

"보나마나 불이 나면 구경하겠지."

"야, 우르르 나와서 불구경이나 하라는 뜻이 아니잖아, 이 머저
리야!"

"물건을 두들겨 부수고 난장판을 만들까?"

우리가 서 있던 담장의 모퉁이는 시장 입구와 붙어 있어 그들의 소곤대는 소리가 잘 들렸다. 내 곁에 초조하게 서 있던 초타가 모퉁이 뒤를 보려고 고개를 쭉 내밀었다. 나는 팔을 쭉 뻗어 초타를 붙잡고 이야기에 집중했다.

"우리가 만만치 않다는 걸 그 새끼들한테 보여 줘야지. 이슬람 쓰레기들을 쓸어버리는 건 빠를수록 좋은 일이야. 그 새끼들은 인도 곳곳에서 우리 힌두교도들을 죽이고 있어. 고스란히 갚아 줄 때야!"

나는 눈을 동그랗게 뜨고 돌아보았다. *나만 들었나?* 하지만 충격받은 친구들 표정을 보니 다들 같은 이야기를 들은 모양이었다. 쌀림은 허둥지둥 신호를 보내며 내 손을 잡으려고 했다. 초타는 가까스로 나를 뿌리치고 모퉁이에서 머리를 디밀었다.

잔뜩 잠긴 목소리들이 계속 이어졌다.

"우리가 정말 할 수 있을까? 난 한 번도 불을 질러 본 적이 없는데."

"별 거 아니야. 천 쪼가리를 석유에 적셨다가 병 속에 쑤셔 넣고 던지면 돼. 간단해."

"건물 안에 사람이 있으면?"

"아까 말했잖아. 눈길을 끌어야 한다고! 까맣게 탄 시체야말로 사람들의 관심을 끌어당기기 좋은 도구지."

사람을 산 채로 태우겠다니. 생각만 해도 메슥거리며 속이 뒤틀렸다. 여기는 우리가 있을 곳이 아니야! 초타는 고개를 숙였고 우리 모두는 뻣뻣하게 굳어 버렸다. 그들은 들릴 듯 말 듯 소곤거렸다. 쌀림은 어쩔 줄 몰라 하며 만지트를 끌고 몇 걸음 물러났다. 나는 손을 들어 만지트에게 기다리라고 신호를 보냈다. 저들이 불을 지르려고 하는 사람과 집을 알아내서 미리 경고해 줘야 해.

고개를 내밀어 귀를 기울이는데 부스럭부스럭 소리가 들렸다. 자리를 뜨려는 것 같았다. 내 뒤에서 초타가 꿈틀거렸다. 난 초타가 움직이지 못하도록 붙잡았지만 초타는 벗어나려고 버둥거렸다. 내가 짜증스럽게 돌아보니 초타는 막 재채기를 하려던 참이었다. 나는 그의 코를 꽉 틀어잡았고 초타는 손으로 자기 입을 덮었다. 초타의 입에서 숨넘어가는 소리가 새어 나왔다. 초타를 가만히 놓아주자 그는 싱긋 웃으며 두 손을 쳐들었다. 그런데 내가 막을 틈도 없이 초타가 고개를 내밀더니 짧지만 또렷하게 재채기를 했다. 우린 모두 얼어붙었다. 쌀림이 두려움에 가득 차서 우리를 바라보는데 남자들의 목소리가 들려왔다.

"무슨 소리지?"

"거기 누구냐?"

나는 초타를 만지트와 쌀림 쪽으로 밀었다. 저벅저벅 소리가 우
리 쪽으로 다가왔다.

"튀어!"

내가 소리쳤다. 우리는 잽싸게 골목길로 내달렸다.

＊

뒤에서 욕설과 협박이 터져 나왔다. 우리는 왼쪽과 오른쪽으로
번갈아 꺾으며 옥상을 향해 줄행랑쳤다. 우르르 몰려다니다간 곧
곤란해질 것 같았다. 붙잡히지 않으려면 뿔뿔이 흩어져야 했다.
맨 앞에 가던 초타의 옷자락을 당기며 붙잡았다. 만지트와 쌀림
도 급작스레 멈추고 숨을 몰아쉬었다.

"우리 찢어지자. 그러면 우릴 못 잡을 거야. 초타, 넌 먼저 옥상
으로 가서 기다려. 쌀림, 넌 반대쪽으로 가. 만지트, 무조건 달아
나. 저자들도 별로 나이가 많은 것 같진 않아. 만약에 잡히면 한
방 먹이고 집으로 튀어."

"찢어지는 편이 낫다고? 넌 어쩌고?"

쌀림이 물었다.

"난 괜찮을 거야. 가자!"

우린 구석진 곳에서 광장을 향해 곧장 달렸다. 거친 고함이 쫓아왔다. 우린 광장에 들어서기 직전에 흩어졌다. 만지트는 오른쪽으로 휘어졌고 쌀림은 왼쪽으로 내달렸다. 초타는 이미 사라지고 없었다.

나는 광장으로 달려가서 이리저리 방향을 틀다가 쫓아오는 소리를 들으려고 멈췄다. 무턱대고 달리다 보면 헷갈리기 십상이고 바로 뒤따라와도 모를 수 있다. 어스름한 곳으로 슬쩍 들어가 허리를 구부렸다. 양 무릎을 짚고 거친 숨을 몰아쉬며 어둠 속을 응시했다. 귀를 쫑긋 세운 채 똑바로 서서 기다렸다. 아무 소리도 안 들려. 다른 애들을 쫓아갔나 보다. 앞으로 나가려는데 부스럭부스럭 소리가 들리더니 누군가 말했다.

"어디 있느냐, 쥐새끼야? 여기로 기어들어 간 거 다 알거든? 이리저리 흩어지는 것도 다 봤어. 어차피 다른 쥐새끼들도 잡혔을 거야. 어서 나오지? 여기 있는 거 다 안다니까. 평생 살금살금 쥐새끼로 살아갈래?"

빈정거리는 목소리였다. 내 뒤에는 담장이 가로막고 있었다. 긴장한 나머지 온몸이 얼어붙었다. *머리를 굴려, 빌랄. 머리를!*

"좀 나와라, 쥐새끼야. 슬슬 열 받게 하네. 제 발로 기어 나오면 살살 다뤄 주지. 하지만 내 손에 잡혔다가는……."

목소리가 내 오른쪽 골목으로 멀어져 갔다. 지금이 기회였다.

"어서 나오라고, 찍찍이야. 먹이를 가져왔다고. 네 덕에 괜히 복잡해졌으니 먹이라도 줘야지, 쥐새끼야. 홀라당 태워 불 맛을 단단히 보여 주……."

나는 그 자가 채 말을 끝내기 전에 왼쪽으로 몸을 틀어 광장 쪽으로 뛰었다. 복잡한 샛길이 많았지만 나는 환히 꿰고 있었다. 뒤에서 들리던 빈정거림과 협박이 차츰 멀어졌다. 나로서는 시간을 번 셈이었다.

그래도 어림없어. 네가 어디로 가는지 다 보이니까. 이제 곧 잡아 주마.

내가 들어선 골목길에는 사람이 없었고 어두웠다. 방금 귓가에 울렸던 소리는 환청인 건가? 아니면 그 자가 바짝 따라붙은 건가? 나를 비웃는 목소리가 들리는 듯해 돌아보았다. 그리고 고개를 숙인 채 가쁜 숨을 몰아쉬며 조금씩 앞으로 나갔다.

잡아 주마, 쥐새끼야. 내가 바로 네 뒤에 있거든. 네가 아무리 요리조리 골목길로 숨어도 냄새가 솔솔 나는데?

땀방울이 흘러내려 눈이 따끔거렸다. 눈을 깜박이며 고개를 흔들었다. 거친 숨소리만 천둥소리처럼 내 귀에 울려 퍼졌다. 뛰는 속도가 점점 느려졌다. 머릿속이 쿵쾅거리고 눈앞이 어지러운데다 옆구리가 끊어질 것 같아 잠깐 멈춰 쉬었다. 나는 벽에 기댄 채 기다렸다. 바짝 얼어붙은 채 뭔가 불쑥 나타날까 봐 골목 구석과 입구를 계속 살폈다.

그 자가 여기까지 왔나? 목소리가 들렸는데? 계속 움직여야 한다는 생각에 벽에서 등을 떼고 몇 발자국 걸었다. *뭐지? 소리가 들려. 오른쪽인데.*

숨을 한껏 들이마시고 어둠 속을 내달리다 여기가 어딘지 헷갈려 낯익은 흔적을 찾아 집과 벽을 둘러보았다. 좁은 골목길을 거의 넘어질 듯 전속력으로 달리면서도 눈을 부릅뜨고 주변을 살폈다. 머릿속에서 다시 그 목소리가 울렸다.

하! 날 피할 수 있을 것 같아? 어리석은 놈. 짜릿한 게임인 걸. 난 바로 네 뒤에 있단다.

뒤를 돌아보자 어둠 속에서 뭔가 움직였다. 나는 무작정 샛길로 뛰어들다가 어떤 사람과 부딪쳤다. 둘 다 엉덩방아를 찧기 무섭게 벌떡 일어섰다. 나는 한 걸음 뒤로 물러났다. 주먹을 불끈 쥔 채 싸울 각오를 하며 이를 악물었다. *내가 그리 호락호락하진 않을 걸!*

"빌랄, 나야, 초타. 괜찮아, 나라니까. 주먹 내려놔."

초타가 다가오며 싱긋 웃더니 고개를 저었다.

"그 멍청이들은 절름발이 당나귀도 못 잡을 거야."

초타가 한 마디 덧붙이며 나를 안심시켰다.

"자, 여기에서 나가자."

"쌀림과 만지트가 제대로 빠져나왔는지 알아봐야 해."

내가 말했다. 고개를 돌려 어두운 골목길을 마지막으로 보며 초타를 따라갔다. 뒤에서 저벅저벅 발소리가 들려왔지만 애써 무시했다.

✻

집에 도착했다. 좀 전의 활극과는 달리 집 앞의 거리는 차분했다. 물을 한 양동이 가져와 얼굴에 적시고 머리에 쏟았다. 냉기가 뼛속까지 스며들었다. 온몸에서 물이 줄줄 흘러내렸다. 쪼그려 앉아 양 무릎을 껴안았다. 몸이 차가워지자 덜덜 떨렸다. 하지만 기분은 나아졌다. *젖어 있으니 불에 탈 리는 없겠네.*

집에서 따스한 불빛이 새어 나왔다. 날 환영하는 느낌이었다. 방으로 들어가 등 뒤로 문을 닫으니 마음이 한결 편해졌다. 별안간 배 속이 꼬르륵거렸다. 불과 조금 전까지 친구들과 함께 만지트를 놀려 대던 게 생각났다. 모든 게 순식간에 달라져 버렸다. 안으로 들어가 아버지의 잠든 모습을 확인했다. 나는 배를 움켜잡았다.

모든 게 변하고 있지만 지금 이곳만큼은 그대로다. *끝까지 밀고 나가야 해. 여기는 절대로 변하지 않을 거야.*

배 속이 다시 꼬르륵거려 밥을 지었다. 아버지가 쉽게 삼키고 소화시킬 만한 음식은 쌀밥뿐이었다. 그나마도 내가 성화를 부려야 아버지는 음식을 입안으로 가져갔다. 밤 기온은 훈훈했다. 요리 중인 음식 냄새가 골목으로 퍼져 나갔다.

우리 집 맞은편의 안줌 아저씨가 뜨거운 석탄에 생선을 굽는지 냄새가 솔솔 풍겨 왔다. 이웃집의 타스님 아주머니는 보나마나 달을 요리할 것이다. 아주머니는 머리를 감는 화요일만 빼고 거의 매일 달을 만들었다. 아주머니의 남편인 라티프 아저씨는 달을 너무 자주 먹다 보니 배가 부글거린다며 허구한 날 불평을 늘어놓았다. 아버지는 타스님 아주머니가 매일 달을 만드는 건 하릴없이 빈둥대는 남편이 얄미워 골탕을 먹이려는 거라고 생각했다. 그런데 아주머니는 자식들을 데리고 옆집에 사는 언니네서 주로 잠을 잤기 때문에 남편 홀로 코를 틀어막고 잠을 청한다고 덧붙였다. 라티프 아저씨는 결국 자기 방귀 냄새에 취해 잠이 드는 거라며 우리 부자는 낄낄댔다.

요즘엔 내가 책을 읽어 드려도 아버지는 기력이 없어 금세 잠들어 버리곤 했다. 그렇더라도 나는 아버지와 함께 나누는 저녁 시간이 소중했다. 어쩌다 아버지의 이야기가 뒤죽박죽 섞이더라도 나는 짐짓 모른 체했다. 아버지는 이야기가 엉망진창이 된 데 대해 당혹감을 감추지 못했다. 가끔씩 기억력과 사고력이 떨어진 자신을 한탄하기도 했다. 그래서 아버지가 듣고 싶은 이야기를 물어보면 난 일부러 짧은 것을 골랐다. 그래야 아버지가 제대로 끝낼 수 있기 때문이다. 그러고는 내가 책을 읽어 주면 아버지는 잠들었다. 아프기 전에 아버지는 마을 최고의 이야기꾼으로 꼽혔다. 아버지의 이야기에는 하나하나에 모두 특별한 목적이 담겨 있었기 때문이다. 아버지는 나에게도 그 사실을 항상 강조했다.

"이야기란 다 들은 뒤에도 오랫동안 마음속에 남는 법이다. 열쇠로 자물쇠를 돌리면 문이 열리듯 네가 들었던 모든 것이 언젠가 고스란히 드러난단다."

아버지는 침대에서 억지로 몸을 일으켰고 나는 미음을 떠 아버지의 입에 넣었다. 아버지는 미음을 먹으며 시장 상황과 의사 선생님의 근황과 무케르 선생님의 수업 내용까지 일일이 물어보았다. 아버지는 선생님이 여전히 은색 회중시계를 차고 다니는지 궁금해했다. 그것은 아버지가 빼놓지 않고 꼬박꼬박 물어보는 질문 중 하나였다. 선생님은 틈만 나면 시계를 들여다보며 중얼거린다는 내 대답에 아버지가 웃음을 터뜨렸다. 이어 내가 선생님의 귀는 영락없이 토끼 귀라고 말하자 아버지는 무릎에 미음 그릇을 엎지를 뻔했다.

나는 뜨겁고 달콤한 차를 만들어 기우뚱거리는 침대의 한쪽 끝에 앉았다. 뜨거운 차를 입에 머금고 아버지와의 저녁을 마음속에 간직했다. 그날의 장면을 정확하게 기억하고 싶었다. 내 기억이 영원히 희미해지지 않기를 바랐다. 언젠가 아버지가 사진기라는 물건에 대해 설명해 준 적이 있다. 사진기로 책이나 신문에서 보는 것처럼 역사적 사건이나 시대적 장면을 찍을 수 있다고 했다. 그 이야기가 생각나는 순간 기발한 아이디어가 떠올랐다.

✲

사람이 만든 기계가 그런 일을 해낸다면 사람도 충분히 할 수 있을 것이다. 정신을 가다듬고 눈을 깜박이며 마음속으로 사진을 찍었다. 아버지 눈동자의 반짝거림과 창문을 통해 스며드는 음식 냄새와 달을 먹은 뒤 방귀를 뿡뿡 뀌며 잠든 라티프 아저씨까지 모두 내 사진 속에 담았다. 나는 눈을 깜박이며 이 모든 장면을 아로새겼다. 아버지가 문득 괜찮으냐고 물어 왔다. 난 대답 대신 그간 마음속에 간직했던 질문을 하나 던졌다.

"아버지, 운명을 어떻게 생각하세요? 운명을 믿으세요?"

며칠 전 무케르 선생님이 운명을 거스를 수 없다고 설명했기에 궁금했다.

"각자 주어진 대로 살라는 말인가요? 그러니까 물러서서 구경만 하라고요?"

아버지는 나를 바라보았다. 아버지의 마음속에 불이 탁 들어온 것 같았다. 아버지의 눈동자가 부드러운 촛불을 받아 금빛 보석처럼 반짝였다. 아버지는 침대에서 일어나 앉았다. 어딘가에서 아버지의 기운이 솟아나는 듯했다. 난 아버지의 손을 꽉 잡았다. 난 이런 아버지가 좋았다. 생동감이 넘치는, 눈부실 만큼 환하게 솟구치는 불꽃 같은 모습이 참 좋았다.

"이야기를 들려주마. 운명에 대해서."

통증 때문에 얼굴을 찡그리면서도 아버지는 기뻐하며 이야기를 시작했다.

어떤 상인이 해변으로 아침 산책을 나갔다가 한 남자가 쪼그린 채 작은 그릇에 모래를 담고 있는 광경을 목격했다. 상인이 보고 있자니 남자는 모래를 그릇에 가득 채웠다가 옆에 쏟고는 다시 담았다. 상인은 다가가서 남자에게 뭘 하느냐고 물었다.

남자가 대답했다.

"나는 운명이오. 사람들이 오늘 받을 음식의 양을 재고 있소."

"당신이 정말 그럴 수 있단 말이오? 그렇다면 오늘 내가 먹을 점심을 취소해 보시오."

"정 원하신다면야."

운명이 대답했다.

상인은 생선을 한 마리 사서 집으로 가져가 아내에게 건넸다. 그러고는 자신은 일터로 나갔다. 오후가 되자 집으로 돌아와 식사를 하려고 식탁에 앉았다. 아내가 갓 요리한 생선을 상인의 앞에 놓았다.

'운명이 내 점심 식사를 취소한다고 장담했겠다. 하지만 이제 와서 누가 이 맛있는 생선을 뺏어 가겠느냐?'고 생각하며 상인은 웃음을 터뜨렸다. 아내는 남편이 생선 요리를 비웃는 줄 알고 남편을 몰아세웠다. 상인은 순간 화가 났다. 그는 벌떡 일어나 쿵쾅쿵쾅 밖으로 나가 버렸다. 그런데 마음이 가라앉자 어떤 상황인지 깨달았다. 운명이 결국 상인의 점심을 빼앗은 셈이었다.

아버지의 가르침대로 이야기가 마음속에 고이도록 기다렸다. 잠시 후 눈을 들었더니 아버지가 나를 지그시 바라보고 있었다.

"어떤 이야기인지 알겠어요. 그렇다면 아무 소용없잖아요?"

"뭐가 말이냐?"

"열심히 노력해 봤자 소용없다고요. 이미 운명이 정해졌다면 굳이 일할 필요가 있나요? 사람들은 왜 염려하며 살아가죠?"

하지만 아버지가 금세 기운이 빠졌으므로 나는 이야기를 그치고 아버지를 눕혔다. 촛불을 몇 개 끄고 물 한 잔을 침대 옆에 놓았다. 그리고 아버지의 머리를 어루만졌다. 아버지의 숨소리가 잦아들기에 한쪽 구석에 놓인 내 잠자리로 갔다. 남은 촛불을 껐을 때 아버지가 입을 열었다.

"그 이야기의 요점은 살아가는 거란다, 애야. 어떤 일이 닥쳐도 네 인생을 살아라. 나머지는 운명에 맡기고."

나는 조용히 잠자리에 누웠다. 날카로운 통증이 배 속을 파고들었다. 몸을 공처럼 둥글게 말고 고통을 참았다. 운명이 남들의 삶에 손을 댈지언정 내 삶까지 건들게 하지는 않겠다. 이제까지 운명은 내 손안에 있었으니 앞으로도 그럴 것이다. 마지막으로 그 생각을 하며 눈을 감았다. 그리고 좀 전에 찍어 둔 기억 속의 사진들을 조심조심 정리했다.

✻

이튿날 부스럭대는 소리에 어쩔 수 없이 한쪽 눈을 떴다. 아직 이른 시간이라 깨어나려니 죽을 맛이었다. 소리가 계속 새어 들어 한쪽 눈을 좀 더 크게 떴다. 그렇더라도 나는 여전히 잠에 취해 있었다. 잠시 뒤 아무 소리도 들리지 않아 안도하며 다시 눈을 감았다.

몇 초 뒤 이상한 손길이 느껴져 벌떡 일어났다. 잠이 확 달아났다. 뿌연 눈을 비비고 고개를 들자 내 앞에 라피크 형이 소리 내지 말라며 자기 입에 손가락을 댔다. 그리고 따라오라는 고갯짓을 하더니 살금살금 걸어 옆방으로 갔다. 나는 잠자리를 돌아보며 아쉬워 툴툴거리다가 학교에 입고 갈 옷을 챙겨 들고 형을 따라갔다. 형이 불쑥 나타나 꼭두새벽에 깨운 걸 보니 아무래도 반가운 일은 아니었다.

"무슨 일이야?"

나는 퉁명스럽게 물었다. 형은 나를 쏘아보며 손으로 말아 놓은 담배꽁초와 찌그러진 성냥갑을 꺼냈다.

"여기에서 담배 피우지 마. 책에 불붙잖아. 아버지가 알면 무지 화내실 거야. 밖으로 나가."

형은 구시렁거리며 방을 나섰다. 그런데 고개를 내젓다 말고 내 옷깃을 쥐더니 확 잡아당겼다. 그러고는 나를 질질 끌며 문밖으로 나와 내 머리통을 여지없이 쥐어박았다.

"손 치워, 미련한 새끼야. 안 그러면 꽉 물어 버린다."

나는 이를 악문 채 숨죽여 말했다. 형은 나를 돌려세우며 내 등짝을 슬쩍 걷어찼다. 이어 담뱃불을 붙이고 벽에 기댄 채 나를 아래위로 훑었다. 나도 반대편 벽에 기대 그대로 따라 했다.

형을 본 지 한 달도 훨씬 지난 것 같았다. 머리에 칭칭 두른 백색 두건을 시작으로 차림이 온통 백색이었다. 얼굴에 거뭇거뭇 수염 자국이 보였다. 형도 아버지를 닮아 항시 수염 관리가 필요했다. 햇살이 오두막 앞을 환한 빛으로 물들였다. 형은 내가 쏘아보자 배시시 웃었다. 아버지는 형의 그런 점이 자신을 쏙 빼닮았다고 했다. 아버지의 목소리도 들리는 것 같았다.

너희 둘, 심각하구나, 너무 심각해. 가서 라씨라도 한 잔 먹고 기분 풀어라. 인생이란 즐기는 것이니 고달프게 살지 마라.

나도 형을 쳐다봤지만 웃진 않았다. 형은 아버지와 참 많이 닮았다. 나는 눈을 깜박이며 사진 한 장을 찍고 훗날을 위해 보관해 두었다. 적어도 한 달 동안은 형을 또 못 볼 테니까 말이다.

"노인네는 어때?"

형은 담배를 비비며 날 찬찬히 살폈다. 나는 비난과 원망의 눈초리로 형을 바라봤다. *도대체 어디에 있었어? 아버지가 돌아가시려고 해. 진짜야. 이제 얼마 안 남았어. 가끔 들러서 아버지 곁에 있어 주면 안 돼?*

한편으론 형이 얼씬거리지 않는 편이 더 낫겠단 생각도 들었다. 집에 들를 때마다 형은 최근 인도에서 일어난 여러 사건이나 종교 다툼이나 새로 사귄 친구 문제로 아버지와 다퉜다. 아버지는 형의 새로운 친구들을 광신자라고 불렀다. "무조건 폭력만 내세우는 놈들은 악질 애국자야." 나는 고개를 숙인 채 흙투성이인 맨발을 바라보았다. 역시 형은 없는 편이 나았다. 내가 고개를 살짝 들었을 때 형은 나를 물끄러미 바라보고 있었다.

"의사 선생님이랑 이야기했겠지. 그럼 아버지가 어떤지 알겠네."

난 툭 내뱉었다. 형은 뭔가를 알아내려는 듯 내 얼굴을 뚫어져라 쳐다봤다. 그러다 눈길을 돌리면서 갑자기 초조한 듯 담배를 찾아 셔츠를 더듬었다. 형은 허둥대다 말고 대뜸 한숨을 내쉬었다.

"노인네가 죽어 간다며. 나도 알아. 이 빌어먹을 나라랑 똑같네. 날마다 서서히 무너져 가는 거야."

형이 이글거리는 눈빛으로 쏘아보자 나도 모르게 움찔했다. 눈빛이 어찌나 뜨거운지 내 몸이 탈 것 같았다.

"빌랄, 여기는 너한테 안전하지 않아. 몸조심하다가 노인네와 슬며시 떠나. 지금 장소들을 고른다고 하니 조만간 국경선이 생길 거야. 이제 선택하는 일만 남았어. 알아듣겠니? 우린 이슬람교도야. 저들은 힌두교도와 시크교도지. 같은 곳에서 살고 같은 음식을 먹고 같은 말을 쓰더라도 우리는 저들과 같지 않아."

아직도 잠기운이 가시지 않아 난 머리를 흔들었다. 그리고 형의 목소리에 묻어나는 분노 때문에 난 무서웠다.

"아버지는 무슨 일이 있어도 안 떠나. 형도 알잖아. 절대 안 떠난다고. 아버지가 지금 벌어지는 일들을 어떻게 생각하는지 알면서 그래. 아버지는……."

형은 나를 다시 쏘아보더니 고개를 흔들었다.

"아직도 노인네는 자신의 소중한 인도가 멀쩡할 거라고 믿나? 한 번 둘러봐, 빌랄! 전과 똑같이 보이고 똑같이 느껴져? 모두 달라졌어. 다 변했다고. 이 순간에도 그놈들은 독수리처럼 우리 머리 위를 빙빙 맴돌고 있어. 곧 내려와서 나머지를 차지하려고 싸우겠지. 그 잘난 평화주의자들과 답답한 학자들과 정치가들이 인도의 시체를 싹 발라먹을 게 뻔해. 난 그자들을 막을 거야. 이젠 바꿔야 해."

형이 어찌나 흥분하던지 난 형의 시선을 피해 눈을 감았다. 순간적으로 형이 낯설었다. 형은 아버지를 닮아 열정적이며 활기가 넘쳤고 의지가 강했다. 하지만 난 그때까지 아무것도 못 느끼고 있었다. 난 텅 비어 있었다. 형이 말을 멈추고 땅에 침을 뱉었다. 난 형의 분노에 맞설 여유가 없었다. 이제껏 분노를 깊숙이 밀어 넣고 지냈다. 형은 왜 그렇게 하지 못할까?

"그만해, 나 학교 가야 돼."

형을 외면하며 말했다. 형은 자신이 있는 곳과 있는 이유를 잠시 잊었던 모양이다. 분노가 수그러들자 몹시 멋쩍어했다. 내가 집으로 들어가려는데 형이 팔을 뻗어 나를 막았다.

"네 깡통에 돈 좀 넣어 뒀어. 집엔 언제 다시 들를지 모르겠다."

나는 건성으로 작별 인사를 하며 형의 팔 밑으로 빠져나갔다. 내 등에 꽂히는 형의 눈길이 느껴졌지만 한사코 돌아보지 않았다. 형은 인사말도 없이 돌아서서 터벅터벅 걸어갔다. 내가 고개를 돌려 골목을 보았을 때 형은 이미 샛길로 접어들고 있었다. 종소리가 무겁게 울리며 고요한 아침을 깨웠다. 무케르 선생님이 학교 종을 치기 시작했다. 나는 학교에 가려고 부랴부랴 옷을 입었다. 화를 낼 여유가 없었다. 다음에 형이 찾아오면 다시는 코빼기도 비치지 말라고 못 박아 둘 생각이었다. 형 때문에 내 일을 망칠 순 없었다. 내 계획대로 밀고 나가겠다고 다시 다짐했다.

왕자의 방문

늘 그렇듯 동이 트기도 전에 시장은 하루를 열었다. 떠오르는 햇살이 마을과 상인들을 황금빛으로 감쌌다. 여느 때처럼 당나귀 몇 마리가 시장의 외진 데서 지푸라기를 오물거렸고 꼬질꼬질한 개들은 먹이를 찾아다녔다. 나는 활기차게 움직이는 사람들을 보며 아버지가 옳을지도 모른다고 생각했다. 진짜로 변한 것은 없었다. 신문이나 라디오에서 흘러나오는 굵직한 사건들은 그쪽 일이었다. 우리와는 다른 세상의 문제였다. 그쪽 사람들은 나와 아버지처럼 시장에서 살아가는 소시민들 따위는 아랑곳하지 않았다.

나는 폰디체리 할아버지를 지나쳐 달려갔다. 할아버지는 평소와 다름없이 시장 끝자락의 그늘 밑 낡아 빠진 통에 앉아 있었다. 할아버지가 나를 향해 휘파람을 불더니 내 이름을 외쳤다. 할아버지는 눈앞이 깜깜한 장님인데도 내가 지나가면 귀신같이 알아 냈다. 때때로 나와 친구들이 할아버지 뒤로 슬금슬금 다가가면 할아버지는 갑자기 돌아서 우릴 기겁하게 만들었다. 할아버지는 껄껄 웃으며 말하곤 했다.

"보통 사람들의 감각이란 게 뻔하지. 나에겐 너희들이 깜짝 놀 랄 만한 감각이 있단다."

난 머뭇거릴 시간이 없어서 할아버지에게 손만 흔들었는데, 순 간 나 자신이 바보처럼 느껴졌다. 그런데 달리다가 문득 돌아보니 할아버지도 나에게 손을 흔들고 있었다. 나는 기가 막혀 입이 벌 어졌다. 폰디체리 할아버지에겐 분명 놀라운 감각이 있는 게 확실 했다.

학교로 달려가던 중에 초타가 옥상에 있는지 확인하려고 슬쩍 돌아갔다.

"초타! 초타! 거기에 있니?"

대답이 없었다. 나는 초조하게 다시 한 번 소리쳤다. 무케르 선 생님이 마지막으로 학생들을 부를 시간이라서 서둘러야 했다. 갑 자기 초타가 게슴츠레한 눈으로 옥상에서 모습을 드러냈다. 초타 를 보는 순간 마음이 놓였다.

"몇 번이나 불렀어. 어디 갔다 왔어? 난 아직 네가 이불 속에 있는 줄 알았어."

"내가 왜 이불 속에 있겠어?"

초타가 얼굴을 찡그리며 물었다. 나는 어깨를 으쓱했다.

"곯아떨어져 자다가 네 엄마가 안 깨워 줄 수도 있잖아. 나야
잘 모르지만."

고양이처럼 기지개를 켜던 초타가 천천히 고개를 저었다.

"꿈에도 그럴 리는 없어, 빌랄."

나는 다시 어깨를 으쓱 올렸다. 초타의 말이 이해되지 않았다.
초타가 하품을 하며 이어 말했다.

"그럴 리가 없다니까. 난 옥상에서 잤어. 그 계획을 시작했던
때부터."

난 입을 딱 벌린 채 초타를 빤히 바라보았다. 초타가 웃음을 터
뜨렸다.

"너 학교에 가야 하는 거 아냐? 지각하겠다. 나중에 보자."

초타는 잘 가라며 손을 흔들고는 자신의 감시 초소로 어기적어
기적 걸음을 옮겼다. 나는 할 말을 잃은 채 돌아서서 달렸다. 무
케르 선생님의 녹슨 종소리가 희미하게 퍼져 나가는 곳으로.

＊

우리가 자리에 앉았을 때 선생님은 몹시 들뜬 표정으로 앞에
서 있었다. 선생님은 회중시계를 들고 몇 초마다 한 번씩 들여다
보았다.

"다들 조용히 하고 오늘은 산수부터 시작하자."

교실 여기저기에서 누구 할 것 없이 툴툴거렸다. 산수를 먼저
하다니! 싱글거리는 쌀림을 빼고는 아무도 좋아하지 않았다.

"오냐, 오냐, 알았다. 하지만 오늘은 산수를 해야 돼. 안 그러면
월요일까지 공부할 시간이 없거든."

수라즈가 손을 번쩍 들었다.

"이따가 오후에 하면 안 되나요, 선생님?"

선생님은 슬쩍 발을 구르며 억지로 흥분을 가라앉혔다.

"얘들아, 그게 말이다, 오늘 오후에는 특별한 분이 오셔서 우리
와 이야기를 나눈단다."

자그마한 교실이 다시 웅성거렸는데 이번에는 분위기가 달랐다.
선생님의 태도에 우리는 흥미를 느꼈다. 나는 만지트를 넌지시 돌
아보며 어깨를 으쓱했다. 얼마나 특별한 분인데?

선생님이 목청을 가다듬었다.

"얘들아, 오늘 모실 분은 아주 특별하니 다들 예의 바르게 굴어야 한다. 너희들이 얌전히 있어 준다면 다음 주에는 공원에서 크리켓을 할 생각이다."

빼곡히 들어찬 교실에서 우렁찬 함성이 터져 나왔다. 난 생각했다. *굉장히 특별한 분인가 보군.* 선생님이 우리에게 쉿 소리를 내며 회중시계를 집어넣었다.

"오늘 오후에 자이시칸데르의 통치자이자 라즈푸트 가문의 후계자이신 사냥팔 타마르 왕자님께서 방문하실 예정이다."

교실은 침묵에 휩싸였다. 선생님은 예전에도 특별한 손님을 몇몇 초대했다. 아버지가 시장에서 과일과 채소를 잔뜩 가져온 적도 있었고 의사 선생님이 방문해 아이들 몇몇이 청진기를 살펴본 적도 있었다. 하지만 왕가나 귀족 같은 사람들은 한 번도 다녀간 적이 없었다. 우리는 산수 공부를 시작했지만 들뜬 분위기가 교실을 맴돌았다.

＊

자이시칸데르의 사냥팔 타마르는 400년 역사를 지닌 작은 왕국의 후계자로 자그마한 키에 왕실 전통 예복을 갖춰 입었으며 머리에는 금실로 수놓은 큼지막한 흰색 터번을 단정히 쓰고 있었다.

왕자는 문 앞에서 기다리다가 선생님의 소개가 끝나자 뚜벅뚜벅

행진하듯 걸어 들어와 우리 앞에서 딱 돌아섰다. 선생님이 자신

의 의자를 부랴부랴 내주자 왕자는 천천히 몸을 낮춰 앉아 턱을

내밀고는 허리를 꼿꼿이 세웠다. 이어 오른쪽 다리를 왼쪽 넓적

다리 위에 올리더니 길게 휘어진 탈와칼을 뜻하는 힌두어를 두 다리에

내려놓았다. 침묵이 교실을 감싸자 왕자는 고개를 살짝 까닥이며

인사했다.

"궁전에 코끼리들도 사나요?"

수라즈가 불쑥 물었다. 무케르 선생님이 벌떡 일어나 수라즈를

꾸짖으려는데 왕자가 손을 들어 선생님을 제지했다. 선생님은 자

리에 다시 앉으며 수라즈를 노려보았다.

"그래, 애야. 난 궁전에 살지만 코끼리는 없다. 코끼리는 그들끼리

모여 산단다. 코끼리와 함께 지낸다면 냄새가 좀 고약하겠구나."

선생님이 잔뜩 노려보는데도 아이들은 킥킥거리며 긴장을 풀었다.

"학생 여러분, 난 여기에서 한참 떨어진 북인도의 산간 지역에

서 산단다. 투박하지만 아름다운 곳이고 주변에는 멋진 계곡과

산골짜기가 펼쳐져 있지. 백성들은 강인하면서도 너그러워 만약

여러분이 우릴 방문한다면 시원한 물 한 잔과 소박한 음식이나마

대접받을 수 있을 것이다. 넉넉하진 못하지만 마음만은 친절하니까. 난 카나크 계곡을 굽어보는 궁전에서 살고 있는데 그곳은 오랫동안 우리 가족의 거처였지. 나는 사냥팔 타마르 4세이며 자이시칸데르의 16대 통치자란다."

반 아이들은 왕자의 말 한 마디 한 마디에 빠져들었다. 왕자는 의자에 꼿꼿이 앉아 품위를 유지하며 자신과 백성들을 차근차근 소개했다. 지저분하고 비좁은 교실이었는데도 왕자는 아주 편안한 인상이었다. 그의 말에는 어떤 특별한 마력이라도 있는지 마치 왕자와 단 둘이 교실에 앉아 이야기를 듣는 느낌이었다.

아버지가 인도 곳곳의 몇몇 통치자들을 두고 했던 말이 기억났다.

"잔인하고 오만한데다 부패한 족속들."

아버지는 왕족들이 호칭만 사용했으면 좋겠다고 여겼다.

"그들은 인도의 과거에 속한 자들이다. 이젠 국민들이 나설 차례야."

그런데 지금 돌아가는 꼴은 또 어떤가? 난 고개를 갸웃했다. 사냥팔 타마르에게 어떤 잔인한 면이 있나 찾아보았지만 말을 아주 잘한다는 점을 빼고는 여느 사람들과 같았다. 더구나 왕자는 담배를 피운다거나 아무 때나 침을 뱉는다거나 하지도 않았다. 기름을 바른 수염은 깔끔했고 연노란색 셔츠에는 티끌 하나 없었다. 우리가 사는 마을이 워낙 꾀죄죄하다 보니 그런 부분이 더 눈에 띄었던 것 같다. 문득 내려다본 내 셔츠에는 커다란 얼룩이 묻어 있었다. 손으로 문질러 보았지만 더 지저분해질 뿐이었다. 왕자의 말이 끝나자 환하게 웃고 있던 선생님이 한 걸음 앞으로 나왔다.

"자, 누가 왕자님에게 똑똑한 질문을 해 보겠니?"

선생님은 아이들에게 질문을 재촉하며 다시 수라즈를 노려보았다. 하지만 선생님의 시도는 물거품이 되었다. 반 아이들이 하나같이 한심한 질문만 쏟아 냈기 때문이다.

"루비를 몇 개나 갖고 계신가요?"

"예전보다 많진 않단다."

"호랑이를 기르시나요?"

"호랑이를 기르면 안 된단다. 누구라도 말이다. 호랑이는 야생 동물이므로 자유로워야지."

"사람을 죽여 본 적이 있으세요?"

"바보 같은 질문을 하던 남자애들만."

왕자는 짓궂은 웃음을 지으며 대답했다.

선생님은 덜덜 떠는 아이들을 둘러보다 나와 눈이 마주친 순간 눈썹을 치켜 올렸다. 마치 이런 말씀을 하는 듯했다.

빌랄, 제대로 된 질문 좀 해 봐. 어서!

나는 질문을 생각한 뒤에 천천히 손을 올렸다. 그리고 번쩍번쩍 치켜든 손들 사이에서 왕자의 지목을 받을 때까지 기다렸다. 왕자는 몇몇 질문을 참을성 있게 대답하고 나서 나를 보았다. 왕자가 손가락으로 가리키며 고개를 끄덕이기에 나는 목청을 가다듬었다.

"사냥팔 타마르 왕자님, 제 아버님은 왕과 왕자들이 대개 잔인하고 오만하고 탐욕스럽다고 말씀하셨습니다. 그게 사실인가요?"

선생님은 숨이 탁 막힌 표정이었다. 왕자는 앉은 채로 허리를 쭉 펴더니 나를 똑바로 바라보았다.

"좋은 질문이구나, 애야. 왕과 왕자는 종종 잔인하고 오만하고 탐욕스러웠어. 하지만 모두가 다 그렇지는 않아. 자기 영토의 백성을 아끼는 경우도 많단다. 그들은 백성들이 다투면 공정하게 해결되도록 재판을 열지. 또한 왕족의 번영뿐 아니라 백성들도 잘 살도록 나라를 부유하게 만들고 교역을 일으키려 노력한단다."

선생님은 안정을 되찾았으며 얼굴의 붉은 기운도 사라졌다. 내가 다시 손을 들자 왕자가 고개를 끄덕였다.

"하지만 이제는 왕이나 왕자가 많지 않아요. 왕자님은 어떻게 백성을 도와주시나요? 지금 무슨 힘이 있으신가요?"

고통스러운 표정이 살짝 드러났지만 왕자는 감정을 억누른 채 또박또박 말했다.

"사실 우린 예전처럼 힘이 강하지 않단다. 하지만 시대가 달라졌어도 내 영토에 백성들이 살고 내 보살핌을 필요로 하는 한, 난 그들의 왕자란다. 인도는 변했고 지금도 변하고 있지. 난 여러분들에게 이 점을 강조하고자 오늘 이 자리에 섰다. 여러분은 인도의 꿈이야. 여러분이 어디를 가거나 이 나라의 목표를 마음에 품었으면 한다. 앞으로 어떤 일이 벌어지더라도 인도의 목표를 기억하고 꼭 간직하길 바란다. 난 여러분을 믿고 여러분은 인도를 믿어야 하는 거지."

침묵이 교실을 뒤덮었다. 선생님의 회중시계 소리만 째깍째깍 교실을 메웠다. 그 인도에 시간이 얼마 남지 않았다면? 인도의 시계가 멈춰 버리면 어떤 일이 벌어질지 생각해 보았다. 선생님이 왕자에게 방문에 대한 감사의 말을 전할 때 나는 벽에 기대 눈을 감았다. 왕족과 정치가와 시인과 역사가들. 그들은 서로 다른 점이 없다. 말만 번지르르하다. 사람들에게 거짓 용기를 주고 거짓 희망을 준다. 거짓말은 잠시나마 우리 모두를 기분 좋게 만드니까. 거짓말쟁이가 넘쳐 나는 세상에서 뛰어난 거짓말쟁이로 살아갈 필요도 있다. 눈을 뜨고 왕자를 바라보면서 그것이야말로 가장 필요한 삶의 요령이란 생각까지 들었다.

갑자기 내 앞에서 어떤 아이가 비명을 질렀다. 만지트가 나를 덮치는 바람에 우린 팔다리가 뒤엉켰다.

"왜? 무슨 일인데?"

내가 소리쳤다. 만지트는 두려움과 흥분이 뒤섞인 표정으로 교실 한가운데를 가리켰다. 만지트는 한마디도 벙긋하지 않았다. 나는 앞으로 나서다 꽁꽁 얼어붙었다. 1미터도 떨어지지 않은 곳에 뱀 한 마리가 있었다. 킹코브라였다! 약이 바짝 오른 코브라가 최면이라도 거는 듯 몸을 흔들자 어떤 아이는 그대로 굳어 버렸다. 뱀이 어떻게 교실까지 들어왔을까?

순간 정신이 번뜩 들었다. 초타다! 초타가 관심을 끌려고 뱀 소동을 일으켰구나! 누군가 또 우리 집을 찾아가는 모양이었다. 내가 창문을 바라보고 있는데 작은 돌멩이가 날아왔다. 아이들은 그 자리에 서서 얼어붙은 채 코브라의 흔들거리는 몸짓에서 눈을 떼지 못했다. 나는 뒤도 돌아보지 않고 고꾸라지듯 문으로 향했다. 시간이 없어! 그렇게 생각하며 거리로 뛰쳐나갔다.

*

초타가 학교 밖에서 기다리고 있었다.

"뱀이라니?"

"성직자 세 명이 오고 있어! 몇 골목 떨어진 곳에 있어."

초타가 곁에서 달리며 말했다. 타닥타닥 뜀박질 소리가 들려 뒤돌아보니 쌀림과 만지트도 쫓아오고 있었다. 다들 멈추지 않고 우리 집 근처 골목으로 향했다. 초타와 난 성직자들보다 먼저 집에 도착했고 만지트와 쌀림이 우릴 바짝 따라왔다.

"뱀은 어떻게 됐어?"

내가 물었다.

"선생님이 깨끗이 치우시곤 우리더러 집으로 돌아가래. 왕자님은 시장에 행사가 있어 떠나셨고."

쌀림이 대답했다.

길 저쪽에서 발자국 소리가 들려왔다. 세 명의 성직자는 제임스 신부와 고힐 판디트와 알리 이맘이었다. 판디트는 인도에서 현자를 가리키는 말이고. 이맘은 이슬람 사원에서 기도를 이끄는 대표다 그들은 서로 종교가 달랐지만 친하게 지냈으며 교회나 절이나 사원에 가지 않는 사람들을 훈계하며 거리를 쏘다녔다.

"자연스럽게 굴어."

나는 친구들에게 소곤소곤 속삭이고는 돌아서서 세 성직자와 마주했다.

"신의 가호가 있기를."

신부가 말했다.

"아쌀라무 알라이쿰.'평화가 있기를'이라는 뜻의 이슬람교 인사말"

이맘이 말했다.

"나마스테.'당신 안의 신께 경배를'이라는 뜻의 힌두교 인사말"

판디트가 말했다.

나는 웃음을 머금으며 문을 넌지시 가로막았다.

"얘야, 네 아버지를 뵈러 왔단다."

이맘이 말하더니 나를 지나가려고 했다.

"정말 감사합니다."

나도 물러서지 않고 대답했다.

"그래, 기도가 아버지께 평온을 가져다 드릴 게다."

신부가 말했다.

"아무래도 소문을 못 들으셨나 본데요."

나는 문에 기댄 채 말했다.

"무슨 소문?"

판디트가 물었다.

"아, 모두 아시는 줄 알았어요. 전염병이요."

"전염병?"

이맘이 우뚝 서서 물었다.

"네, 아버지가 앓고 계신 병이에요. 쉽게 옮는데요. 옆에 몇 초만 있어도 금세 전염된다나 봐요."

내가 대답했다.

"도대체 어떻게 되는데?"

신부가 불안해하며 물었다.

"사람의 몸으로 파고들어서……."

쌀림이 끼어들었다.

"먼저 피부가 떨어져 나가고……."

내가 덧붙였다.

"그다음에는 머리카락이……."

쌀림이 거들었다.

"그런데도 와 주시다니 감사합니다."

내가 문을 넌지시 밀며 말했다.

"우린 다음에 와야겠다."

신부가 말했다.

"그래. 지금은 시기가 안 좋은 것 같구나."

이맘이 맞장구를 쳤다.

"우리가 늘 기도 드린다고 아버지에게 전해 드리렴."

판디트가 발걸음을 옮기며 말했다.

세 성직자는 휙 돌아서서 부랴부랴 걸어가더니 샛길로 모습을 감췄다. 내가 그들을 바라보다 돌아서자 초타와 만지트와 쌀림이 데굴데굴 구르며 배꼽이 빠져라 웃고 있었다.

"저분들이 저렇게 잽싸게 움직이는 건 본 적이 없어."

쌀림이 눈물을 찔끔거리며 말했다.

"정말 웃긴다."

만지트가 낄낄거렸다.

"난 웃어야 할지 울어야 할지 모르겠다."

내가 대꾸했다.

*

예전에도 우리 마을로 왕족이 종종 찾아왔다. 그들의 방문은 대단한 볼거리였다. 비록 요즘엔 주변 분위기가 뒤숭숭하지만 그래도 왕자가 왔으니 다들 흥분하며 좋아할 줄 알았다. 그런데 사람들의 표정이 아주 딱딱했다. 왕자가 군중에게 둘러싸여 있기에 난 이리저리 파고들며 앞으로 나갔다. 마을 시장이 왕자와 이야기꽃을 피우던 중이었는데 화제가 자꾸 정치 쪽으로 흘러갔다. 왕자는 지루해하다가 나와 눈이 마주쳤다. 그는 곁에 있던 하인에게 뭔가 속삭이며 내 쪽을 가리켰다. 나는 왕자가 누구를 가리키나 싶어 뒤를 돌아다봤다. 그러고는 고개를 돌렸더니 내 앞에 덩치 큰 남자가 서 있었다. 그는 내 아래위를 훑어보며 엄지손가락으로 왕자 쪽을 가리켰다.

"야, 왕자님께서 너랑 이야기하시겠대. 따라와."

수백 명의 눈총을 받자 나도 모르게 물러났다. 하지만 뒤에 있던 어떤 구경꾼이 날 시종 쪽으로 내밀었다. 난 그 구경꾼에게 눈 흘길 틈도 없이 마을 원로들과 의원들이 모인 곳으로 끌려갔다. 왕자는 네모난 하늘색 천을 씌운 의자에 앉아 있었다. 넓적다리 위에는 이번에도 탈와가 올려져 있었다. 왕자는 시장의 이야기가 끝나자 나에게 관심을 기울였다.

"안녕, 빌랄? 오늘 너희 학교에 들러서 참 즐거웠다. 이 나라 곳곳에 너처럼 지혜로운 소년들이 있다는 사실을 새삼 깨달았구나."

나는 감사의 말을 중얼거리며 발끝만 바라보았다. 그때 어떤 남자가 왕자에게 다가와 그의 손을 잡고 열렬하게 흔들었다. 하지만 모여 있던 다른 구경꾼들의 표정은 그다지 좋아 보이지 않았다.

낌새가 영 좋지 않아.

"우리에게 왕족은 필요 없다."

모인 사람들 중 누군가가 외쳤다.

"당신은 당신의 왕국으로 돌아가라. 우리에게 군주는 필요 없다."

다른 목소리가 뒤를 이었다.

"백성들이 직접 다스리게 하라."

"당신은 백성들을 쥐어짜고……."

분위기가 점차 과격해지면서 군중이 앞으로 몰려들었다. 시장이 벌떡 일어나 양손을 높이 쳐들고 진정하라고 말했으나 구경꾼들의 고함에 묻혀 버렸다. 덩치 큰 시종이 왕자 앞으로 몇 걸음 나와 손을 허리에 올렸다. 그는 긴 코트를 입고 있었다. *저 사람이 권총을 갖고 있나?* 의원들도 모두 일어섰다. 나는 초조하게 주변을 둘러보다가 뒷길을 발견했다.

광장의 맞은편에서 긴박한 발걸음 소리와 호루라기 소리가 들려왔다. 경찰이었다. 사람들이 계속 밀려들자 시종이 코트 안으로 손을 넣었다.

"잠깐만요!"

내가 소리쳤다.

왕자가 나에게 고개를 돌리며 시종의 손을 막았다.

"왜 그러지, 빌랄?"

"왕자님이 여기에서 나가시도록 도와 드릴게요. 사람들을 쏘지 마세요."

나는 덩치 큰 남자를 보며 대답했다. 경찰이 거의 도착했으니 조만간 이곳은 아수라장으로 변할 것이다. 왕자는 주변을 살펴보다가 벌떡 일어섰다.

"좋다, 얘야. 길을 안내해라. 하지만 달리는 건 안 된다."

왕자가 차분하게 말했다. 우리는 시종의 보호를 받으며 뒤로 물러나 골목길로 들어섰다. 때마침 경찰이 도착했고 구경꾼들의 관심도 그쪽으로 쏠렸다. 나는 걸음을 서둘렀으며 예전에 아버지가 가르쳐 준 대로 마음을 가다듬고 왕자의 말을 기다렸다.

"너에게 큰 빚을 졌다, 빌랄. 무케르 선생님의 설명을 듣자니 너희 집안은 여러모로 훌륭하더구나. 이 마을의 성공을 위해 애도 많이 썼고. 네 아버지가 편찮다는 이야기도 들었는데 참으로 안타깝다."

왕자는 이 말을 하며 나를 응시했다. 나 역시 왕자와 눈을 맞추고 싶었으나 그럴 용기가 나지 않았다. 대신 마음에 떠오른 생각을 불쑥 내뱉었다.

"아버지는 곧 숨을 거두실 거예요. 전 가업을 이을 작정이었지만 필요한 것을 아버지로부터 배울 수 없게 됐어요."

"아버지의 죽음이 멀지 않았다니 무척 안됐구나. 하지만 가업에 필요한 게 있다면 언젠가는 꼭 배우게 될 거야."

"어떻게요? 아버지만큼 많이 아는 사람이 없는데요."

왕자는 나를 흘끔 보며 조용히 웃었다.

"나도 내 나이 열다섯에 아버지가 돌아가셨다. 난 충격을 받았지. 집안 식구들 모두가 그랬다. 아버지는 아주 건강하셨고 기운도 넘치셨다. 평생 살아 계실 줄 알았는데 그렇게 갑자기 세상을 떠나시더구나. 작별 인사도 없었다. 아무것도 없었어. 난 기껏 나무 병정이나 가지고 놀다가 고작 일주일 만에 결혼식을 올리고 나라를 다스리게 되었다."

이번에는 내가 왕자를 바라보았다.

"일주일 동안 혼란스러우셨겠네요."

나는 조심스럽게 말을 건넸다. 왕자는 고개를 젖히며 소리 내어 웃었다.

"이루 말할 수 없이 혼란스러웠지. 내 관심은 나무 병정에 쏠려 있었는데 별안간 나라를 다스리게 됐으니. 난 아버님이 미웠다."

나는 놀라서 왕자를 바라보았다. *아버지가 미웠다고?*

"아버지가 날 두고 떠났으니까. 아무 준비도 되지 않은 나에게 책임을 떠넘기고 떠났으니까. 그리고 내가 꼭 알아야 할 것들 중 하나도 가르쳐 주지 않았으니까."

나는 아버지를 미워하지 않았다. 어떤 경우에도 미워할 수 없었다. 하지만 아버지는 나를 떠나가고 있었다. 그 어느 때보다 아버지가 필요한데 아버지는 자리를 지킬 수 없었다.

"아직도 아버님을 미워하세요?"

내가 물었다.

"아니. 언제부턴가 결코 아버지를 미워할 수 없다는 사실을 깨달았다. 그리고 난 필요한 것들을 하나씩 알아 갔다. 그래야만 했으니까. 그리고 난 아버지의 아들이니까."

우리는 걸음을 멈췄고 왕자는 나를 돌아보았다.

"너도 그럴 것이다. 그게 당연한데다가 너도 네 아버지의 아들이니까 말이다."

난 고개를 끄덕이며 애써 웃음을 지었다. 계속 걷다 보니 이미 광장에서 멀찌감치 벗어난 뒤였다. 멀지 않은 곳에 걸터앉을 그늘진 자리가 있었다. 왕자는 시종에게 시원한 음료를 가져오라고 시켰다.

"네 아버지는 특별한 분 같은데, 한번 만나보고 싶구나. 넌 이 근처에 사느냐?"

배 속이 뒤틀려 나도 모르게 벌떡 일어났다. 모든 피가 머리로 쏠린 탓에 휘청거렸다.

"빌랄, 무슨 일이냐? 아버지를 뵙자는 말에 얼굴에서 핏기가 가시다니. 왜 그러지?"

난 눈앞의 점들이 사라지도록 기다린 뒤 눈을 깜빡였다. 왕자는 근심과 놀라움이 뒤섞인 표정으로 나를 내려다보았다. *왕자님은 아주 멀리 떨어진 곳에서 살아. 왕자님께서 아시더라도 무슨 문제가 있겠어?*

곧바로 난 모든 사실을 밝혔다. 아버지에게 사실을 감추겠다고 굳게 결심하고 친구들과 계획을 세우고 손님들을 무조건 돌려보낸 것까지 털어놓았다. 왕자는 잠깐 생각에 잠기더니 손수건으로 이마를 닦았다. 나는 억지로 용기를 내서 왕자를 똑바로 보았다. 좀 전까지 의지와 기개가 넘치던 왕자의 눈가에 눈물이 맺혔다. 왕자가 당황할까 봐 나는 얼른 눈길을 돌렸다. 그리고 쓸데없이 떠벌린 나 자신을 한탄했다.

"빌랄, 그렇게 힘들게 살지 마라. 다시 생각해 보면 안 되겠니? 아버지가 진실을 알아도 평안할 수 있어."

"아니요."

나는 단호하게 말하며 고개를 저었다. 왕자는 나를 다시 보며 끄덕였다.

"용기가 부럽다, 빌랄. 어쨌든 네 아버지를 만나고 싶구나. 걱정하지 마라. 비밀은 꼭 지켜 주마."

나는 고개를 끄덕였다. 덩치 큰 시종이 차가운 음료를 갖고 돌아오자 우리는 걸음을 옮겼다. 모퉁이를 돌았더니 만지트와 초타와 쌀림이 우리 집 문 앞에서 초조하게 서성대고 있었다. 그들은 이미 옥상에서 우리 일행을 봤고 무슨 일이 벌어졌구나 짐작도 하고 있었을 것이다. 그런데도 두려워하기는커녕 내 곁을 지켜 주고 있었다. 그들이야말로 내 친구라는 생각에 가슴이 쿵쾅거렸다. 왕자가 그들을 향해 웃음을 지었다.

"이 친구들이 네 눈과 귀란 말이지, 빌랄? 보아하니 다들 눈매가 매섭군."

나에게 돌아서며 왕자가 덧붙였다.

"네 아버지와 단 둘이서 이야기하고 싶구나. 날 믿으렴."

나는 살렘과 만지트와 초타를 차례로 바라본 뒤 왕자에게 돌아서서 천천히 고개를 끄덕였다.

"알겠습니다, 왕자님."

나는 대답하며 문을 열었다.

*

왕자가 밖으로 나오자 다들 일어섰고 나는 초조한 심정으로 다가갔다. 심장이 두근두근 방망이질 쳤다.

"네 아버지가 열이 높아 길게 이야기하지 못했다. 하지만 대단한 기억력을 가졌어. 어른이든 소년이든 그런 지식과 호기심을 품은 사람은 찾기 어렵지."

왕자는 나를 향해 싱긋 웃었다.

"어렸을 때 우리 어머니가 종종 불러 주셨던 노래를 네 아버지에게 들려주었다. 히말라야 봉우리와 아주 높은 산맥의 오르막길과 위풍당당한 독수리에 대한 노래란다. 그 노래를 듣고 네 아버지가 잠시나마 평안해졌으면 좋겠구나. 아버진 네 이야기를 많이 했다. 짧은 시간이나마 너에 대해 알았던 내용들을 나는 다시 한번 확인했다. 이제 가야겠다. 인도가 잃어버렸다고 생각했던 것들을 너로 인해 다시 발견했으니까."

왕자는 탈와를 시종에게 건네고는 우리 앞에 서더니 터번이 땅에 닿을 정도로 공손하게 절했다. 우리는 모두 어쩔 줄 몰라 발만 동동 굴렀다. 그런데 만지트가 대뜸 앞으로 나서더니 맞절을 했다. 품위는 없었지만 훌륭한 태도였다. 초타는 고꾸라지듯 절을 하는 바람에 쌀림의 부축을 받고서야 간신히 일어났다. 왕자와 시종은 우리를 보며 활짝 웃었다. 나는 눈을 깜박이며 또 한 장의 사진을 찍었다. 흙먼지가 날리는 좁다란 골목에서 왕자가 우리에게 절을 하는 희한한 장면을.

✱

　초타와 다시 옥상에서 만나기로 약속한 뒤에 아버지가 깨어 있
나 보려고 집으로 들어갔다. 아버지의 방으로 들어서면 늘 안정감
이 몰려왔다. 걸상을 아버지의 침대 곁에 내려놨다. 아버지가 주
무시는지 확인하려고 가까이 다가가 숨소리를 들었다.

　"왁!"

　아버지가 벌떡 일어나는 바람에 나는 심장이 떨어질 듯 놀랐다.

　"하하! 속았지?"

　"감쪽같이 속았어요, 아버지. 얌전히 계셔야죠."

　"흥. 난 늘 얌전히 있단다, 빌랄. 이 심장이 계속 쿵쿵 뛰려면
흥분할 일도 있어야지."

　아버지는 나를 곁눈질했다. 분명히 할 말이 있는데도 내가 먼저
말을 꺼내기를 기다리고 있었다. 나는 배시시 웃으며 팔짱을 꼈
다. 어떤 일이 벌어질지 짐작이 갔다.

　"왜요?"

　나는 싱글싱글 웃으며 물었다.

"왜냐고?"

아버지는 과장되게 눈동자를 굴리며 양팔을 휘저었다.

"자이시칸데르의 왕자가 찾아와 독수리와 산에 대한 옛 노래까지 불러 줬는데 너는 기껏 왜냐고 묻는 거냐? 허!"

난 어깻짓을 하며 아버지의 머리 뒤에 베개를 하나 더 받쳤다. 아버지의 이마에 손등을 갖다 댔다. 내가 얼굴을 찡그리자 아버지가 말했다.

"찡그리지 마라, 빌랄. 어디에서 어떻게 그 사람을 만났으며 어쩌자고 그더러 날 만나라고 했는지 말해다오."

"좋아요. 아버지가 지금 약 먹고 눕겠다는 약속을 하시면 말씀드릴게요. 열이 너무 높아요."

아버지는 한숨을 쉬며 약을 가져오라고 손짓했다. 나는 약과 마실 물을 가지러 얼른 일어났다. 아버지는 마지못해 약을 꾸역꾸역 드셨다. 내가 약을 한 숟가락 더 건네자 아버지가 노려보았다. 하지만 아버지는 곧 눈에 띌 만큼 편안해진 모습으로 방석 더미에 몸을 묻었다.

아버지는 이야기를 꾸며 내는 갖가지 장치를 이야기만큼 좋아했다. 나도 아버지가 내게 보여 줬던 온갖 기교를 끌어들여 이야기를 풀어 갔다. 이야기를 뚝 끊거나 과장된 몸짓을 하거나 색깔과 소리와 냄새를 곁들였다. 아버지는 눈을 감고 입가에 웃음을 머금은 채 살며시 몸을 흔들었다. 이야기를 마친 뒤 난 컵에 물을 채우려고 다시 일어섰다. 그제야 비로소 목마른 게 느껴져 물을 벌컥벌컥 들이켰다. 난 내 자리로 돌아와 앉았다. 아버지는 자꾸 감기는 눈을 한사코 뜨고 계셨다. 약의 효과는 확실히 빨랐다.

"왕자가 네 이야기를 하더구나. 넌 왕자에게 무슨 이야기를 했니?"

아버지가 물었다.

"그냥, 뭐, 시장이랑 우리 이야기요. 할아버지 이야기도 몇 개 했고요."

나는 아버지가 이불을 제대로 덮었는지 확인하려는 듯 짐짓 침대 주변을 살폈다. 왕자와 나눈 비밀 이야기를 여기서 들켜선 안 될 일이었다. 아버지는 실눈을 떴지만 약 효과가 나타나자 곧 의심을 거두었다. 아버지는 눈을 감았고 호흡이 길어졌다.

"왕자는 너에게 깊은 인상을 받았더구나, 빌랄. 확실히는 모르겠다만, 왕자가 널 머나먼 왕궁으로 데려가 일을 시킬 수도 있을 것 같은데. 네 생각은 어떠냐?"

나는 아버지의 얼굴을 보며 벌떡 일어섰다.

"무슨 말씀이세요? 저더러 멀리 가라고요?"

아버지는 한쪽 눈을 슬며시 뜨며 얼굴을 찌푸렸다.

"저런, 저런. 인상 쓰는 거 그만뒀잖니. 다시 그러면 안 되지. 우린 그저 대화만 나누었다. 왕자가 너에게 관심이 무척 많더구나. 난 그저 네가 왕자 곁에서 사는 것을 생각해 봤을 뿐이다."

방이 빙글빙글 돌았으므로 나는 힘껏 버텨야 했다. *도대체 무슨 생각을 하신 거야? 난 여기를 안 떠나. 내가 어떻게 여길 떠나?*

"왜요? 다른 사람을 따라 낯선 곳으로 가긴 싫어요. 내 모든 게 여기에 있어요. 여긴 우리 모두의 터전이잖아요. 아버지랑 엄마랑 형이랑 나랑 우리 모두의."

아버지는 고개를 돌려 책 벽을 바라보았다. 그러다가 미끄러지듯 몸을 낮추더니 이불을 위로 끌어당겼다.

"널 멀리 보내려는 게 아니야, 빌랄. 왕자가 너에게 관심이 있기에, 내 생각에는……. 아니, 내가 제대로 생각을 못했구나."

아버지가 쓸쓸하게 웃었다.

"요즘은 생각하기 힘들어."

나는 한숨을 쉬면서 걸상에 다시 걸터앉았다.

"할아버지가 아버지에게 행동이 생각을 앞선다고 늘 말씀하시더니……."

내가 슬쩍 놀렸다. 아버지는 인상을 쓰며 자못 화난 듯 말했다.

"내가 못 움직여서 다행인 줄 알아라. 머리통을 한 대 쥐어박았을 텐데."

이불을 걷고 아버지 옆에 바짝 누웠다. 아버지가 내 얼굴에서 머리카락을 쓸어 올렸다. 그러고는 내 머리를 살살 어루만졌다. 나는 금세 잠들었다.

크리켓 시합

오랜만에 크리켓 시합을 여는 관계로 무케르 선생님은 적어도 하루에 열 번씩은 시합 이야기를 반복해야 했다. 소식을 듣고 찾아오는 아이들의 숫자가 하루에 열 명씩은 됐기 때문이다. 드디어 다음 주 화요일이 되자 선생님은 오후에 시합을 한다고 발표했다.

크리켓 시합을 준비할 때면 한바탕 소동이 벌어지기 일쑤다. 우선 괴발개발 끼적거린 쪽지들을 이리저리 돌리며 타자와 투수의 순서를 결정했다. 어쩌다 거칠게 말싸움이라도 붙으면 쪽지는 더욱 급박하게 돌아갔다. 변변찮은 녀석들이 투수로 나올 것 같으면 협박과 모욕이 적힌 글이 잔뜩 쌓이기도 했다.

만지트가 나를 넌지시 찌르며 쌀림의 쪽지를 전해 주었다. "초타는 어쩌지."라고 적혀 있었다. 나는 킥킥거리며 고개를 끄덕였다. 쌀림과 나는 신기할 정도로 생각이 같을 때가 많았다. 초타는 아직 괜찮아 보였지만 옥상에 머무는 기간이 너무 길어져서 나 역시 걱정하던 참이었다. 수업이 끝나면 우린 날마다 초타가 먹을 음식을 들고 찾아갔고 집에 가 가족들을 만나라며 초타와 교대도 했다. 초타는 자기가 들고나는 걸 식구들은 모른다며 고집을 부렸으므로 우린 초타를 억지로 내려보내야 했다.

쌀림이 몸을 틀어 자기 가슴을 가리키며 벙긋거렸다.

"내가 할게."

난 고개를 끄덕이며 자리에 앉았다. 쌀림은 크리켓을 좋아하지 않았다. 그는 크리켓 경기 중에 슬그머니 빠져나와 초타와 교대할 것이다.

무케르 선생님이 양손을 들고 아이들을 조용히 시켰다. 그리고 회중시계를 슬쩍 보더니 웃음을 지었다. 하늘을 찌르는 고함 소리가 작은 교실을 뒤흔들었다.

"좋아, 애들아, 시간이 됐다. 방망이와 위킷크리켓 경기장 중앙에 세워 놓는 기둥 문으로, 야구에서의 스트라이크 존 역할을 한다을 들어 줄 사람이 필요한데? 공은 내가 가져가마."

스무 개의 손이 번쩍 올라갔다. 선생님은 앞줄에 있는 두세 명을 지목했다. 평소와 달리 선생님은 조금 초조해 보였다. 나는 쌀림에게 다가가서 옆구리를 찔렀다.

"선생님 기분이 어딘가 가라앉은 것 같아, 쌀림. 네 생각은 어때?"

쌀림은 나를 보더니 고개를 흔들었다.

"지난밤 우리 옥상에 잘 익은 망고를 감춰 뒀어. 지금 난 그 생각뿐이야. 분명히 초타가 찾아내 먹어 치웠을 거야."

쌀림은 얼굴을 찌푸리며 눈에 힘을 줬다.

"지금 나 진지해, 쌀림. 이번 크리켓 시합은 뭔가 불안해."

쌀림은 빙그레 웃었으나 그 역시 평소와 달랐다. 눈에 근심이 서려 있었다. 하지만 쌀림도 그걸 재빨리 감추었다. 그러고는 나를 짓궂게 찔러 대며 선생님을 가리켰다.

"넌 늘 걱정뿐이야. 선생님이랑 판박이야. 앞으로 어떻게 될지 늘 초조해하잖아. 빌랄, 그럼 지금 이 순간은 어쩔 거야? 우선 즐겨야지. 내일 일은……. 내일에 맡겨 둬."

나는 뒤숭숭한 기분을 애써 억눌렀다. 쌀림은 걱정스럽거나 두렵거나 불안해도 그걸 드러내는 스타일이 아니었다. 그는 항상 행복하고 침착해 보였다. 나는 쌀림의 그런 점이 부러웠다.

우린 교실 밖으로 몰려 나갔다. 선생님이 둘씩 짝지어 내보내려고 했지만 소용없었다. 맨 뒤에서 따라오던 선생님은 질서를 유지하려고 양팔을 휘저으며 교실 밖에서 지켜야 할 규칙들을 외쳤다.

우리는 흙먼지를 일으키며 시끌벅적하게 공원에 도착했다. 우리의 목소리는 장터 곳곳의 잡담과 끊임없이 뒤섞였다. 폰디체리 할아버지가 나무 밑 그늘진 통에 앉아 파이프를 피우고 있었다. 난 선생님이 어디에 있나 확인하고는 할아버지에게 다가갔다. 할아버지가 고개를 들더니 빙긋 웃었다.

"아, 빌랄. 잘 지내니, 아가야?"

나는 양손을 내밀며 놀라움에 고개를 흔들었다.

"어떻게 아셨어요, 할아버지?"

나는 인사를 건네고는 내 옷 냄새를 맡았다.

"혹시 저에게서 무슨 냄새가 나나요?"

할아버지는 고개를 젖히고는 허허거리며 웃었다.

"내 비밀을 몽땅 밝힐 수는 없잖니? 다들 또 크리켓 시합을 하러 왔니?"

"우리가 얌전히 굴어서 선생님이 시켜 주신대요."

나는 커다란 돌멩이를 벽으로 걷어차고는 서성댔다.

"애꿎은 돌멩이 좀 작작 괴롭혀라."

나는 할아버지를 보며 얼굴을 찌푸렸다. 폰디체리 할아버지는 앞이 전혀 보이지 않는데도 정확히 날 응시했다. 난 발끝으로 돌멩이를 툭툭 찼다. 장님인 할아버지를 보고 있으면 기분이 야릇

했다. 할아버지에게 세상은 깜깜하겠지만 난 할아버지를 장님으로 여긴 적이 없었다. 오히려 할아버지는 남들보다 세상을 더 잘 보았다. 땅바닥에 놓인 뾰족뾰족한 돌멩이를 보는 순간 어떤 것은 볼 가치가 없다는 생각이 들어 우울해졌다.

"너의 불안한 마음이 느껴지는구나."

할아버지는 어떻게 항상 내 기분을 알아낼까?

"빌랄, 가슴에서 내려놓을 필요가 있어. 그런 짐은 갖고 다니지 마라, 아가야. 네 마음이 가벼워질 만한 이야기를 알아볼 테니 나중에 다시 할아비한테 오렴."

"어차피 지켜보러 곧 올 거예요."

이번에는 폰디체리 할아버지가 얼굴을 찡그렸다.

"도대체 뭘 지켜본다는 소리냐?"

나는 엎드려 돌멩이를 집어 든 뒤 그걸 손으로 꽉 움켜잡았다. 날카로운 돌 모서리가 살갗을 파고들었다.

"다툼이요, 아시잖아요?"

✳

햇볕이 쨍쨍 내리쬐는 때라 시장 옆 공원에는 사람이 드물었다.

미치광이와 몇몇 예언자들만이 폭염 속에 앉아 중얼거리고 있었다. 언젠가 아버지에게 미치광이와 예언자는 어떻게 다르냐며 여쭤 본 적이 있었다. 그때 아버지는 많은 사람들이 둘은 다르지 않다고 주장했다며 약간 아리송하게 대답했다. 난 그 대답을 생각하며 고개를 저었다. 아버지는 내 질문에 직접적인 대답 대신 두루뭉술하게 답할 때가 있었다. 나로서는 그 이유를 알 수 없었다.

먼지투성이 공원 옆 시장에선 여전히 활기찬 소리가 들려왔다. 물건을 팔고 나르며 고된 하루를 보내는 상인들에게 크리켓 경기는 유쾌한 휴식 같은 것이었다. 하지만 여기도 뭔가 수상했다. 전에는 못 느꼈던 묘한 기운이 감돌고 있었다. 난 가만히 서서 주변 좌판들을 살펴보았다. 형형색색의 이미지와 온갖 냄새가 밀려들어 엉겁결에 눈을 깜박였다. 눈부신 햇살을 손으로 가리자 익숙한 좌판들이 눈에 보이기 시작했다. 아난드 아저씨가 과일 좌판 곁에 서서 물건들을 내려다보고 있었다. 난 뭘 잘못 봤나 싶어 눈을 깜박였다. 아저씨는 서 있는 법이 없었다. 무릎이 욱신거린다며 늘 구시렁댔고 육중한 몸을 받쳐 줄 의자를 특별히 만들 정도였다.

몇몇 좌판이 문을 닫은 중에 산두 아저씨는 그늘로 쑥 들어가 앉아 자신의 향신료와 씨앗을 들여다보고 있었다. 아저씨의 붉은색 터번도 눈에 띄었다. 짙은 그늘에 물든 터번은 피처럼 검붉어 보였다. 아저씨의 발 옆에는 우둘투둘한 지팡이가 놓여 있었다. 산두 아저씨는 아난드 아저씨와는 반대로 절대로 앉지 않았다. 항상 이리저리 돌아다녔고 자신의 좌판 곁을 지나가는 사람들에게 웃음을 주곤 했다. 게다가 아저씨가 지팡이를 들고 다니는 모습은 본 적이 없었다. 배가 콕콕 쑤시며 뒤틀려 와 난 이를 악물었다. 왁자지껄한 아이들 쪽으로 고개를 돌리니 선생님은 편을 나누느라 여전히 골머리를 앓고 있었다.

쌀림이 어슬렁어슬렁 다가왔다.

"보아하니 해 지기 전에 시합을 시작한다면 천만다행이겠다."

쌀림이 내 얼굴을 보고는 한마디 덧붙였다.

"왜 그래, 빌랄? 무슨 일 있어?"

"없어. 아직은. 그런데 넌 모르겠냐? 여기 뭔가 달라졌어. 아난드 아저씨는 서 있고 산두 아저씨는 앉아 있잖아. 온통 뒤죽박죽이야."

쌀림은 얼굴을 찌푸리며 내 곁을 지나갔다.

"이제 시합에 집중해. 내가 가서 초타를 보낼게. 내 망고나 안 먹었으면 좋겠다. 도둑놈 새끼 같으니라고."

쌀림이 떠나고 1분 만에 초타가 날듯이 내게로 와 얼간이처럼

98

키득거렸다. 고개를 돌려보니 쌀림이 옥상에서 고래고래 욕을 퍼붓고 있었다.

"내가 쟤 망고를 쓱싹했거든. 튀자. 저 자식이 나한테 돌 던지기 전에!"

나는 쌀림에게 손을 흔들고는 시합을 하러 초타와 같이 오후의 눈부신 햇살 속으로 걸어갔다. 만지트가 타석에 서서 싱긋 웃었다. 터번 때문에 키가 몇 센티미터쯤 더 커 보였지만 터번을 안 써도 만지트는 반에서 제일 컸다. 만지트는 팔다리가 유달리 길쭉길쭉해 딱 맞는 셔츠나 바지를 입어 본 적이 없었다. 만지트네 엄마는 아무리 제대로 옷을 만들어도 이튿날이면 짤막해진다고 불평했다. 햇빛이 주황색 터번 위에서 반짝일 때 만지트가 공을 우리 머리 위로 높이 날렸다. 시합에서 이기고 싶으면 만지트와 같은 편이 되는 것도 하나의 방법이었다. 만지트가 위킷 앞에 서는 순간 만지트의 뒤쪽은 무슨 수를 써도 보이지 않았다.

아옹다옹 말다툼이 이어지자 선생님은 어서 시작하라며 양쪽 선수단을 어르고 달랬다. 결국 선생님의 불호령이 떨어지고서야 시합이 다시 시작되었다. 나와 몇 걸음 떨어진 곳에선 수라즈가 망고를 빨아 먹으며 서 있었다. 저 녀석은 먹을 걸 입에 달고 사네. 내가 수라즈를 바라보자 수라즈는 입에 넣고 있던 망고 조각을 나에게 내밀었다. 난 손바닥을 들어 보이며 고맙지만 싫다고 거절했다. 순간 방망이에 공이 맞는 소리가 딱 하고 울려 퍼졌다. 경기장을 둘러보니 다행히 공이 내 맞은편으로 떨어졌기에 안도했다. 다시 고개를 돌렸더니 수라즈가 이번엔 바나나 껍질을 벗기고 있었다.

난 시장과 가까운 공원 끝 쪽으로 수비 위치를 옮겼다. 그 자리에선 노점상들의 이야기를 엿들을 수 있었다. 띄엄띄엄 들리는 대화 분위기가 아무래도 심상치 않았다. 뭔가 씁쓸한 분위기였다. 달콤한 망고인 줄 알고 덥석 물었는데 상해서 시큼털털한 망고였을 때처럼 말이다. 많은 사람들이 시큼한 망고를 베어 문 듯한 표정을 하고 있었다. 모두들 아주 불편하고 초조해 보였다. 몇몇 사람들은 서성거렸고 그중 한두 명은 금세라도 폭발할 듯한 인상이었다.

만지트가 내 왼쪽 방향으로 또 한 번 딱 소리를 내며 공을 쳐냈다. 난 계속 시장 쪽을 바라보았다. 사람들이 떼를 지어 곳곳에 서 있었다. 어디에서나 무리 지어 서성대는 사람들을 볼 수 있지만 이곳 시장에서 저렇게 사람들이 모여 있다면 뭔가 문제가 생겼다는 뜻이다.

나는 그 광경을 뒤로 한 채 왼쪽에 있던 무케르 선생님에게 다가갔다. 선생님은 공원 가장자리에 엄숙하게 서 있었다. 만지트는 새로운 투수와 대결을 앞두고 있었다. 난 상념을 떨쳐 내기 위해 고개를 흔들고는 애써 시합에 집중했다. 빅케쉬가 만지트를 상대하러 나왔다. 제대로 공을 던질 수 있는 아이들은 몇 명 되지 않는데 빅케쉬는 그중 하나였다. 빅케쉬의 문제를 하나 꼽는다면 먼지투성이 공원에서 열리는 동네 시합을 대규모 국제 시합으로 착각한다는 점이었다. 그는 걸음을 세면서 몇 발자국 떼야 할지 따져 보았다. 그러더니 집게손가락에 침을 발라 바람의 방향을 확인했다. 그리고 선생님에게 고개를 끄덕이며 준비가 되었다는 신호를 보냈다. 빅케쉬가 발 빠르게 움직이며 던진 첫 공은 만지트의 터번을 스칠 듯 지나갔다.

빅케쉬가 한 손을 들어 올리며 사과의 말을 중얼거렸다.

"미안, 아직 감을 못 잡아서."

만지트는 슬쩍 기울어진 터번을 고쳐 쓰며 빅케쉬를 노려봤다. 그리고 방망이를 꽉 움켜잡더니 씩씩거리며 밑면을 바닥에 대고 쿵쿵 찍었다. 다음 공은 다소 안정적이고 약간 낮았다. 만지트가 대뜸 방망이를 휘두르자 공은 우리의 머리를 훌쩍 넘기더니 좁은 경기장을 벗어나 골목길로 빠졌다. 공을 따라 달리던 초타가 다른 아이들을 밀치며 골목길로 사라졌다. 선생님을 포함해 적어도 열 명이 공을 찾아 나서는 바람에 시합은 중단되었다.

공을 찾으려면 꽤 시간이 걸리므로 난 공원의 그늘진 곳으로 가 뒤집힌 상자 위에 앉았다. 쌀림을 찾으려고 목을 쭉 뺀 채 옥상을 살폈지만 햇빛 때문에 시야가 가려 보이지 않았다. 시장으로 고개를 돌렸다. 눈이 어지간히 햇빛에 익숙해지자 무언가가 내 시선을 끌었다. 시장 한 귀퉁이에 있던 사람들이 아난드 아저씨의 좌판 근처에 모인 무리에게 성큼성큼 다가가던 중이었다. 난 벌떡 일어나 살펴봤지만 워낙 많은 사람들이 어슬렁거리다 보니 제대로 보이지 않았다.

공원의 가장자리를 돌며 두 패거리가 있는 쪽으로 다가갔다. 시장 안으로 막 들어서려던 찰나 어디선가 지팡이가 불쑥 튀어나오더니 가로막았다. 난 흠칫 놀라 물러섰다. 폰디체리 할아버지가 낡은 통에 앉아 호기심 어린 눈으로 나를 바라보았다. 아니, 시력이 없으니 바라본 것은 아니었다.

"할아버지, 지팡이가 거기 있는 줄 몰랐어요."

내가 웅얼거리는 동안에도 지팡이는 여전히 나를 막고 있었다. 고개를 흔들며 폰디체리 할아버지가 조심조심 일어섰다.

"네가 지나가려고 하기 전에는 없었지. 다툼을 지켜본다더니 이런 식으로 저 패거리들을 쫓아다닌다는 뜻이었니?"

나는 패거리 쪽으로 고개를 쭉 내밀다가 할아버지를 돌아보며 한숨을 쉬었다. 할아버지에겐 거짓말이 통하지 않았다. 할아버지는 열 걸음 떨어진 곳에서도 신통방통한 육감을 발휘해 거짓말쟁이를 찾아냈다.

"그냥 궁금해서요."

나는 어깻짓을 하며 대답했다. 폰디체리 할아버지는 내 어깨에 살며시 기대더니 나처럼 한숨을 내쉬었다.

"네 아버지랑 똑같구나. 왜 그렇게 안절부절못하느냐?"

나는 할아버지의 통에 올라가 보았다. 양쪽 패거리가 모여 열띤 대화를 주고받는 것 같았다. 그 광경을 전했더니 할아버지는 알겠다는 듯 고개를 끄덕였다.

"요즘 양쪽 패거리 사이에서 사건이 왕왕 벌어지는구나. 분을 못 이긴 젊은이들이 어두운 골목에서 일을 저지른 뒤 여기로 모여 다시 보란 듯 맞붙거든. 네 형도 저 패거리와 어울려 다니지?"

나는 얼굴을 찡그리며 고개를 끄덕이고는 횡설수설 대답했다. 곁눈으로 힐끗 보니 할아버지가 나를 빤히 보고 있었다. 나는 할아버지 앞으로 뛰어내렸다. 할아버지가 잔뜩 찌푸리며 손가락으로 나를 쿡 찔렀다.

"얘야, 난 누가 옳고 그른지 판단하지 않는단다. 요즘 세상은 희한하니까. 네 형은 성질이 불같은데다가 늘 조급하지."

할아버지는 발을 질질 끌더니 통 위로 올라가서 우둘투둘한 지팡이를 무릎에 내려놓았다.

"요즘은 말만 너무 앞세우더구나. 다들 잠잠해지기를 기도하는 수밖에. 적어도 이곳만이라도 말이다. 그래, 네 아버지는 잘 버티고 계시냐?"

"그럼요, 건강하세요. 할아버지가 안부 여쭈었다고 전해 드릴게요."

할아버지가 낮은 목소리로 나무랐다.

"허! 이 할아비에게 거짓부렁하지 마라, 아가야. 어서 가서 시합하고 나중에 이 할아비를 보러 오렴."

시장 쪽은 어찌 됐을까 하는 생각에 빠진 채 경기장으로 돌아오다가 그만 선생님과 부딪칠 뻔했다. 선생님은 내가 폰디체리 할아버지와 이야기를 하고 있자 무슨 일인지 알아보러 오시던 참이었다.

"빌랄, 너 뭐하니?"

"별일 아니에요, 선생님. 그냥 수비 보고 있었어요. 그런데 폰디체리 할아버지가 절 부르시더라고요."

선생님이 팔짱을 끼며 눈썹을 들어올렸다.

"뭐? 폰디체리 씨가 널 알아보고 불렀단 말이지?"

속으로는 나 자신을 욕했지만 겉으로는 태연한 척 대답했다.

"아, 할아버지가 진짜 부르지는 않으셨죠. 너무 시끄러웠는지 소리치시더라고요. 저는 할아버지가 어디 불편하신 줄 알았어요. 그래서 뵈러 온 거예요."

선생님은 팔짱을 풀고는 입술을 깨물었다. 곧 이어 한숨을 쉬더니 내 어깨에 팔을 두르고 다시 공원으로 갔다. 공을 어디서 새로 구했는지 시합이 진행 중이었다. 초타는 아직도 공을 찾고 있는지 보이지 않았다. 선생님이 긴 다리로 성큼성큼 가시는 통에 난 거의 뛰다시피 걸었다. 선생님이 중얼거리며 회중시계를 보았다. 선생님의 시계를 그처럼 가까이에서 본 적이 없었다. 눈이 휘둥그레질 만큼 아름다운 시계였다. 은색 테두리를 두른 하얀색 시계인데 바탕에는 뭉툭한 로마숫자가 새겨졌고 섬세한 시침과 분침이 시간에 맞춰 정교하게 움직이고 있었다. 내가 빤히 바라보자 선생님은 시계를 조끼 주머니에 얼른 집어넣었다.

"요즘 네 태도가 수상하구나. 너뿐만 아니라 네 친구들도. 아무래도 너한테 문제가 생긴 것 같아 걱정이다. 같이 이야기 좀 해 보자."

"전 괜찮아요, 선생님."

나는 선생님의 눈을 똑바로 보며 말했다.

"너랑 꼭 이야기를 해야겠다. 나중에."

선생님은 심각했는지 오른쪽 눈썹을 치켜 올리며 고개를 흔들었다.

빅케쉬가 준비를 마치자 선생님이 시합을 계속하라며 신호를 보냈다. 빅케쉬는 처음에 빠른 공을 던졌지만 만지트를 아웃시키지도 머리통을 맞추지도 못했다. 그다음에는 만지트가 힘껏 휘두르도록 아주 느린 공으로 유인했다. 만지트가 작전에 넘어갔다. 공은 포물선을 그리며 날아가다가 자그타르의 손으로 빨려 들어갔다.

"아웃!"

빅케쉬가 함성을 지르며 이슬람교 수도자처럼 빙글빙글 돌며 기뻐했다. 만지트는 약이 잔뜩 오른 채 타석을 나와 터덜터덜 자기 편으로 가 앉았다. 그때 초타가 내 뒤에서 불쑥 나타났다.

"어디 갔다 온 거야, 초타?"

내가 초타를 쿡 찌르며 물었다. 초타는 싱긋 웃으며 한 손으로 공을, 다른 손으로는 석류를 내밀었다.

"공이 저쪽 집 지붕으로 떨어졌거든. 그래서 그 집의 담장을 타고 올라갔지. 그런데 그 집 여자애가 창문 너머로 날 보고 비명을 지르는 통에 걔 오빠가 날 잡으러 쫓아 나왔어. 하지만 그 자식은 뚱뚱하고 느려 터져서 천천히 걷는 소도 못 따라잡겠더라고!"

초타는 기쁨에 겨운 표정으로 작은 칼을 꺼내서 석류를 반으로 잘랐다.

"아, 이건 아난드 아저씨 좌판에서 슬쩍했어. 사람들이 잔뜩 몰려 있던데 아무도 보는 사람이 없었거든. 빌랄, 그렇게 보지 마. 이것저것 죄다 챙겨 올 수 있었지만 조금만 손댔으니까."

나는 팔짱을 낀 채 초타를 의심스럽게 바라보았다. 초타는 작고 비쩍 말랐지만 비실비실한 약골은 아니었다. 초타의 하얀 셔츠는 무릎까지 내려왔고 검은 바지는 찢긴데다 뒷주머니는 떨어져 나가 없었다. 초타는 석류 씨를 작은 칼로 골라내 입에 몽땅 털어 넣다가 찡그리고 있는 나와 눈이 마주쳤다. 초타는 어깨를 으쓱하더니 나에게 석류 씨를 한 줌 건네며 말했다.

"그런 표정을 지을 때면 영락없이 무케르 선생님 같아."

나는 팔짱을 풀고 초타의 머리를 한 대 내리치려 했지만 초타는 벌써 저만큼 꽁무니를 빼 버렸다. 게다가 돌아온 영웅처럼 휘파람을 불며 공을 높이 쳐들었다. 그러고는 석류를 가져왔으니 나눠 먹자며 당당하게 말했다. 초타는 주머니에서 석류를 다섯 개나 꺼냈다!

아이들이 석류를 다 먹어 치우고 나서야 크리켓 경기는 재개되었고 분위기는 좀 더 밝아졌다. 몇몇 노점상들이 다가와 지켜보았는데 해가 뉘엿뉘엿 넘어갈 때쯤 관중은 더 늘어났다. 빅케쉬가 거의 혼자 만지트 편 타자들을 전부 아웃시켰고 이어 우리 편의 공격이 시작되었다.

빅케쉬와 자그타르는 타석에 들어서고 싶어 안절부절못하더니 마침내 방망이를 들자 국가 대표 크리켓 선수라도 된 듯 양팔을 풍차처럼 빙빙 돌리는가 하면 방망이로 공을 막거나 때리는 시늉을 했다. 공원에 모인 구경꾼들이 그들의 당당함에 감탄하며 박수를 보냈다. 나는 평소와 다름없는 광경을 보며 안도의 한숨을 내쉬었다. 그런데 초타가 다시 보이지 않아 슬슬 궁금해졌다. 해가 지붕까지 내려와 공원에 그늘을 드리우자 사람들이 더 몰려와 긴장을 풀었다.

내가 방망이를 들고 몇 가지 동작을 따라 했더니 내 어수룩한 몸짓에 우리 편 아이들이 키득거렸다. 나도 웃음을 터뜨린 뒤 방망이를 내려놓았다. 난 공 몇 개면 아웃될 정도로 크리켓 실력이 형편없어 보통 마지막 타자로 경기에 나갔다. 나는 방망이에 공을 제대로 맞춰 본 경험도 거의 없었다. 만지트가 공의 궤적을 마음속으로 상상해 보라며 누누이 설명했지만 결과는 늘 같았다. 어떻게 공을 쳐야 할지 마음속으로 세심히 그려 보는데도 공은 그저 내 옆을 지나갈 뿐이었다. 세상에는 나보다 크리켓을 잘하는 아이들이 너무 많았다.

빅케쉬와 자그타르가 관중에게 볼거리를 선사하며 만지트 편의 점수를 슬금슬금 따라잡던 중이었다. 경기장이 잘 안 보여 일어서려는데 누군가가 두 손으로 내 눈을 가렸다. 나는 싱긋 웃었다.

"쌀림, 네 구질구질한 손은 1미터 밖에서도 냄새를 풍기거든."

쌀림이 장난스럽게 나를 밀쳐 내며 우리 선수들 곁으로 가 앉더니 나더러 가까이 오라고 손짓했다. 우리는 몇 분 정도 입을 다문 채 빅케쉬와 자그타르가 공을 딱딱 쳐 내는 소리를 들었다. 흘낏 돌아보니 만지트가 몸을 풀고 있었다. 자기 머리를 날리려 했던 빅케쉬에게 여전히 앙심을 품고 있는지 궁금했다.

쌀림은 내 곁에 앉아 나무를 조각하며 시합을 보았다. 쌀림의 느긋한 태도는 전염성이 있어 그의 곁에 있으면 나까지 느긋해졌다. 만지트와 초타 역시 주변 세상을 무덤덤하게 받아들이며 하루하루 살아갔다. 그런 점에서 친구들은 나와 달랐고 나에게 그런 친구들의 모습은 사실 썩 좋아 보이지 않았다. 친구들은 별 걱정 없이 살았다. 뭔가 깊게 고민하지도 않았고 자신의 일을 적극적으로 이끌어 가려 하지도 않았다. 모퉁이를 돌면 무엇이 기다릴지 예측하거나 앞서 나가려면 어떤 계획을 세워야 할지 생각하지 않았다. 그저 무작정 앞으로 걸어갔다.

만지트가 공을 던지려고 올라왔다. 투수가 교체되는 동안 자그타르와 빅케쉬가 잠깐 만나서 전략을 세웠다. 만지트의 공을 막아 내고 다른 사람의 공을 쳐 내자는 작전이었다. 크리켓 경기에서 투수는 한 번에 던질 수 있는 투구 수가 여섯 개로 제한돼 있다. 여섯 번 공을 던진 투수는 교체된다 만지트는 괴력을 지닌 광인처럼 마운드에 올라섰다. 만반의 준비를 마쳤다는 듯 그의 터번이 희미하게 빛을 냈다. 늘어난 관중들은 타자들의 작전과 만지트의 불꽃 같은 열기에 감탄했다. 쌀림은 두 다리를 쭉 뻗으며 나를 향해 웃어 보였다.

"대단한 경기지? 이런 상황이라면 너와 내가 시합을 승리로 이끄는 수밖에 없겠구나."

쌀림의 터무니없는 자신감에 우리 편 아이들은 깔깔대며 웃었고 그동안 자그타르는 공을 깔끔하게 쳐 박수를 받았다.

"초타가 옥상으로 돌아갔어? 설마 초타를 죽인 건 아니겠지?"

"안 죽였어. 그 자식이 슬그머니 다가오더라고. 그래서 한바탕 몸싸움을 벌였지, 쥐새끼 같은 놈. 그 조그만 자식이 힘은 어찌나 센지 항상 놀란다니까. 결국 내가 이기긴 했는데 그 자식이 석류 한 자루를 내려놓았어. 그놈이 먹어 치운 망고보다 훨씬 많이."

"한 자루라고! 아까 나한텐 석류 하나만 훔쳤다더니. 그놈은 입만 열면 거짓말이야."

쌀림은 나를 흘낏 보더니 석류를 하나 꺼냈다. 칼을 바지에 닦고 석류를 자그맣게 잘랐다.

그럼 나는 뭔데? 과일 서리 정도는 거짓말할 수 있어. 아버지에게 세상의 진실을 감추고 거짓말을 늘어놓는 것과는 차원이 달라. 나야말로 거짓말 대장이야. 언젠가 초타는 그런 시시한 장난을 그만두겠지만 난 시간이 갈수록 더 뻔뻔하고 지독스레 거짓말을 늘어놓을 거야. 끝내는 진실과 거짓의 차이도 구분 못하게 되겠지. 나는 고통스럽게 피어나는 모든 생각들을 무릎을 끌어당기며 애써 외면했다.

만지트는 자그타르 때문에 무려 10분 동안 애를 먹더니 공을 아주 느리게 던졌다. 자그타르는 힘차게 휘둘렀으나 꼬질꼬질한 하얀 공은 포물선을 그리더니 다행히 마네쉬의 손으로 빨려 들어갔다. 자그타르는 흙먼지가 자욱한 경기장을 힘없이 나오다가 격려의 박수 소리가 들리자 어깨를 조금 폈다. 15분 뒤엔 우리 편 선수들이 거의 다 아웃당했다. 다음 타자는 쌀림이었다. 시험 삼아 방망이를 휘둘렀는데 멀리서 보면 한 방 때리고도 남을 기세였다. 하지만 실제로는 정육점 주인이 큰 식칼을 들고 고깃덩어리를 내리치는 몸짓과 흡사했다. 자신만만하게 타석에 들어서던 쌀림은 잠깐 나를 향해 싱긋 웃으며 손을 흔들었다.

"머리통 날아가지 않게 조심해라."

나는 그 말을 하며 동시에 웃음을 터뜨렸다.

"뭐? 난 안 그래! 똑똑히 봐라, 빌랄."

쌀림이 되받아쳤다.

"무조건 휘둘러, 쌀림. 눈 감고 휘두르면 돼!"

자그타르가 외쳤다.

타석에 서서 쌀림은 시간을 끌었다. 만지트는 공을 여섯 번 던졌으므로 라케쉬로 교체되었다. 다들 나지막하게 투덜거렸지만 쌀림은 충분히 만족스럽다는 표정이었다. 마침내 준비를 마친 쌀림이 시작하자며 신호를 보냈다. 라케쉬가 첫 공을 던지려는 순간 쌀림이 타석에서 한 걸음 물러서더니 고개를 저었다.

"갑자기 왜 그래?"

선생님이 물었다.

"햇빛 때문에 눈이 부셔요, 선생님."

위를 올려다보던 선생님은 한숨을 쉬었다.

"해는 네 뒤에 있단다, 쌀림. 빨리 좀 해라. 오늘 집에 돌아가고 싶구나. 저녁 식사 때에 맞춰서 말이다. 시작!"

그 말과 함께 선생님은 라케쉬에게 공을 던지라는 신호를 보냈다. 첫 공이 위킷을 향해 빠르게 날아들었다. 방망이로 막지 못한 쌀림은 등을 돌려 공을 튕겨 냈다. 우리 편 아이들은 데굴데굴 구

르며 웃었고 쌀림은 등을 문질렀다. 선생님도 싱긋 웃었다. 상대
편은 쌀림이 일부러 공에 맞았다며 불평했으나 선생님은 그들의
항의를 무시한 채 시합을 계속 진행했다. 쌀림은 방망이를 휘둘
렀으나 공을 네 번 연속 놓쳤다.

라케쉬는 자신의 마지막 공을 느리게 던졌다. 쌀림은 한 걸음
내딛더니 발을 땅바닥에 붙이고 눈을 감은 채 방망이를 힘껏 휘
둘렀다. 제대로 맞은 공은 높이 떠 우리 머리를 넘기고 시장으로
날아갔다. 환호성 속에 쌀림은 방망이를 높이 치켜들었고 우린
한바탕 웃었다. 쌀림은 이 한 방으로 자신이 전에 세웠던 최고 점
수를 세 배나 경신했다.

하지만 뭔가 이상해. 공을 찾으러 경기장 밖으로 나와 보니 선생
님이 가까운 노점상을 향해 걸어가고 있었다. 나보다 약간 앞서서
아난드 아저씨에게 이야기하러 다가갔다.

"아난드 씨, 우리 공이 이 근처에 있나요?"

선생님이 물었다.

"나한테는 없지만 저 돼지 새끼가 있는 자리에선 찾을 수 있을
게요."

아난드 아저씨가 큰 소리로 대답했다.

"날 뭐라고 부른 거야, 개자식아? 제대로 들리게끔 똑똑히 지껄

여 봐."

임티아즈 아저씨가 벌컥 화를 내며 물었다.

"처음에도 크게 말했잖아. 네놈 귓구멍에 딱지가 잔뜩 쌓였으니 못 들을 수밖에."

선생님은 양팔을 올리며 임티아즈 아저씨에게 다가갔다.

"저기요, 저희는 공만 가져가면 됩니다. 공이 어디로 갔는지 보셨나요?"

"선생님, 그 공 때문에 내 눈알이 빠질 뻔했소. 애들을 딴 데로 데려가면 안 되겠소?"

아난드 아저씨가 물었다.

"눈깔이 빠졌으면 좌판의 썩어 빠진 과일도 안 보일 테고 자신이 쪼다란 것도 모를 텐데."

다른 노점상인 이크발 아저씨가 끼어들었다. 아난드 아저씨가 벌떡 일어나 그쪽으로 다가갔다.

"아, 시들어 빠진 향신료나 파는 주제에 입만 살았구나, 이크발. 이리 나와, 사내답게 내 앞에서 말해 보지 그래?"

"내 앞에 서 있는 게 사람이라면 그리 해 주지."

이크발 아저씨가 조롱하며 대꾸했다. 긴장감이 점점 높아 갔다. 선생님은 이리저리 둘러보고는 양손을 들어 화해시키려 했다.

"아이고, 참으세요. 왜들 이러십니까?"

아난드 아저씨가 선생님에게 돌아서 삿대질을 했다.

"여기로 공이 넘어오면 안 되잖아!"

"아이들까지 나무라진 마십시오. 아이들은 시합을 했을 뿐이니까요."

"무슨 일인가, 아난드?"

처음에는 아난드 아저씨와 임티아즈 아저씨 간의 사소한 말싸움에 불과했지만 주변에 있던 친구와 가족들까지 가세하면서 규모가 점점 커졌다. 선생님은 한가운데서 어떻게든 사태를 해결해보려고 노력했지만 서로를 향한 욕설과 비난은 점점 심해졌다.

"이슬람 놈들아, 네놈들이 여길 다 차지했다고 착각하나 본데……."

"지금 여기 냄새나는 거 알지? 다 네놈들이 풍기는 냄새야."

"힌두 놈들은 으레 코를 처박고 다니니까."

"어디서 감히……."

반 아이들이 시장으로 천천히 다가왔다. 아이들이 지켜보는 가운데 싸움은 점점 거칠어졌다. 나는 앞으로 나가 선생님의 소매를 잡아끌었다.

"저분들은 어떤 말도 안 들어요, 선생님."

나는 조용히 말했다.

"그래, 안 듣는구나. 자, 그만 가야겠다."

선생님이 쓸쓸히 대답했다. 선생님은 우리를 데리고 시장에서 나왔다. 나는 뒤에 처졌다가 쌀림의 어깨를 잡았다. 쌀림이 의아한 표정으로 나를 보았다.

"잠깐만. 난 좀 더 있다가 갈게."

내가 말했다. 쌀림이 입술을 깨물었다.

"왜, 빌랄?"

쌀림이 나지막하게 물었다.

나는 떼로 몰려드는 사람들로 고개를 돌렸다. 그들의 얼굴에는 비장한 결기가 서려 있었다. 나는 왼쪽에서 다가오는 힌두교도들을 바라보다가 쌀림이 내 소매를 잡아당기는 바람에 시선을 돌렸다.

"빌랄, 저기⋯⋯."

쌀림이 속삭였다.

우리 오른쪽에서 이슬람교도들이 부리나케 다가왔다. 좀 전에 말다툼이 벌어진 곳에서 양쪽 패거리가 맞닥뜨릴 것 같았다.

"저기 네 형이지?"

쌀림이 이슬람 패거리 중에 있는 한 사람을 가리키며 물었다.

"몰라. 전혀 못 알아보겠는데."

급히 답하며 난 눈을 부릅떴다.

양쪽 패거리가 흙먼지를 일으키며 다가왔다. 시장에 있던 사람들 모두가 우르르 다가오는 발소리를 들었다. 양쪽이 맞닥뜨리자 구경꾼들은 재빨리 흩어졌다. 먼지가 가라앉을 무렵엔 노점상들이 자취를 감췄다. 아직 중간에 그대로 서 있던 몇몇도 왼쪽과 오른쪽을 번갈아 보더니 어느 한쪽을 선택해 걸음을 옮겼다. 정말 순식간이었다. 선택은 간단했다. 이편이거나 저편이거나, 그도 아니면 겁쟁이였다.

"저 사람들이 몽둥이를 들고 있어, 빌랄. 여기서 빠져나가야 해. 어서!"

쌀림이 다급하게 속삭였다.

나는 눈앞의 장면에서 시선을 뗄 수가 없었다. 고함이 어느 한쪽에서 터져 나왔고 양쪽 패거리들이 바짝 다가섰다. 흙먼지가 날렸다. 난 어떤 일이 벌어지는지 확인하고 싶었다. 가만히 서서 지켜보는데 대나무 창이 먼지를 뚫고 살벌하게 공기를 가르더니 천둥소리를 내며 누군가의 머리통을 가격했다.

머리를 맞은 남자가 비틀거리기에 내가 한 걸음 다가섰는데, 순간 쌀림이 날 잡아끌었다. 남자는 피가 줄줄 흐르는 머리를 붙잡은 채 우리 쪽으로 비척비척 다가왔다. 그리고 눈을 커다랗게 뜨며 입을 달싹이더니 쿵 소리와 함께 우리 앞으로 엎어졌다. 나는 쌀림을 밀어낸 뒤 무릎을 꿇고 남자를 돌려 눕혔다. 우리가 두려움에 덜덜 떠는 동안 남자는 몇 번이나 경련을 일으켰고 입을 흉측하게 뒤틀었다. 이윽고 남자는 잠잠해졌다. 쌀림이 나를 붙잡아 일으켰다. 부릅떠진 남자의 눈이 허공을 응시하고 있었다. 우리는 돌아서서 달렸다.

운명

"이 상황에서 뭐가 빠졌지?"

선생님이 즐겨 하시던 질문이었다. 선생님은 공감할 만한 이야기를 들려주신 뒤면 우리가 골똘히 생각하고 대답하도록 시간을 주셨다.

"무턱대고 추측하지 말고 곰곰이 생각해 보거라."

나는 간이침대에 앉아 아버지의 숨소리를 들으며 지금 상황에서 뭐가 빠졌나 생각했다. 아버지가 큰 소리로 기침을 하자 폐에서 덜그럭거리는 소리가 났다. 기침 소리가 벽에 부딪치고 울려 퍼져 내 고막을 흔들기에 난 양쪽 귀를 막았다. 너무 많은 게 빠져 있었다. 단란했던 우리 가족은 이제 어디에 있을까?

아버지의 침대 곁에 놓인 작은 금색 상자를 집어 들었다. 그 안

엔 웃고 있는 엄마 사진이 있었다. 아버지의 책을 빼면 우리 집에서 유일한 가보였다. 엄마가 죽었을 때 난 고작 여덟 살이었지만 그래도 엄마의 몇 가지 모습은 또렷이 기억했다. 엄마 머리에선 늘 장미향이 났고 금요일이 되면 항상 하얀색 사리허리에 두르고 어깨에 걸치는 힌두교 여성 전통 의상를 입으셨다.

여덟 살 때 난 죽음을 그저 실없는 농담 같은 거라 생각했다. 누가 나를 쿡 찌르며 이렇게 말해 줄 줄 알았다.

"속았지, 빌랄? 사실 엄마는 없어지지 않았어. 저 문을 잘 보고 있으렴. 엄마가 금방 들어오실 테니까."

엄마가 죽은 뒤에 많은 사람들이 우리 집을 방문한 것도 기억난다. 음식을 가져오는 경우도 있었지만 대개는 묵묵히 앉아 기도를 하고 갔다. 난 쌀림과 밖에서 놀다가도 종종 조용한 방으로 뛰어들었는데 그때마다 번번이 아버지가 가로막았다. 아버지는 날 가만히 안아 들고 밖에 내려놓은 뒤 한참이나 그대로 서 계셨다. 그 순간의 아버지 표정을 난 그전에도 그 후에도 본 적이 없다. 내가 살면서 단 한 번 보았던 그 얼굴. 아버지는 평생 집과 고향을 사랑하셨지만 그 순간만큼은 어디론가로 간절히 떠나고 싶어 하셨다. 쌀림이 어스름밤에 집으로 돌아가면 나는 낡은 백과사전을 들고 밖에 앉아 표범 사진과 예전에 아버지가 가 봤다는 라자스

탄의 옛 왕국 사진들을 들여다보았다.

그렇게 앉아 있노라면 이웃집 아주머니들이 나누는 수다가 조곤조곤 들려왔다. 저녁이 되면 아주머니들이 골목에 나와 기도를 하거나 음식을 만들었다. 아주머니들은 엄마가 떠난 이유를 운명이라고도 했고 단지 때가 되었을 뿐이라고도 했다. 그렇게 '운명'이란 말을 몇 번 듣고 나니 호기심이 생겼다. 전에 '말라리아'란 병을 들어본 적이 있었다. 쌀림이 하필 그 병 때문에 고열에 시달리며 2주일 넘게 놀지 못했기 때문이다. 하지만 운명이라는 병은 들어본 적이 없었다. 운명이란 뭘까 알아내기로 마음먹고 아버지의 책 벽에서 사전을 이것저것 꺼내 봤다. 백과사전까지 뒤졌지만 헛수고였다. 두꺼운 의학책도 살펴봤지만 알 수가 없었다. 의사 선생님이 조문하러 왔던 어느 날, 난 의사 선생님에게 이 알쏭달쏭한 병에 대해 물어보기로 결심했다. 의사 선생님이 밖으로 나가시기에 쫓아가 소매를 잡았다.

"운명은 어떤 병인가요?"

의사 선생님은 입술을 깨물며 한쪽 무릎을 구부렸다.

"왜 운명을 병이라고 생각하지, 빌랄?"

내 기억에 의사 선생님은 화가 난 듯 내 양손을 붙잡았다.

"다들 그러던걸요. 그래서 엄마가 죽었다고요. 맞죠? 그래서 제가 책마다 다 찾아봤는데 어디에도 그런 말은 없었어요. 아버지는 궁금한 게 있으면 언제든 집에 있는 책을 보랬어요. 책에 답이 있다고요."

의사 선생님은 피곤한 기색으로 한숨을 쉬었다.

"넌 골치 아플 만큼 호기심이 많구나. 네 아버지처럼 말이다."

의사 선생님이 내 목덜미를 잡고 가까이 끌어당겼다.

"빌랄, 운명이란 병이 아니란다. 네 엄마가 그래서 죽은 것도 아니고."

의아해진 난 양손을 치켜들며 볼멘 표정을 지었다.

"그럼 왜 자꾸 사람들이 운명이라는 말을 써요?"

"빌랄, 운명이란 말은 의미가 까다로워서 설명하기 어렵단다. 설령 내가 제대로 설명한다고 해도 네 마음에 들진 않을 거야."

난 얼굴을 찡그렸다. 의사 선생님의 대답이 엉터리 같아 그랬다. 의사 선생님은 짜증 섞인 내 표정을 흉내 내며 어깨를 으쓱했다.

"쌈닭처럼 바짝 약이 올랐구나. 시원하게 라씨 한 잔 먹을까?"

아주 오래된 일이지만 지금도 또렷이 기억난다. 의사 선생님의 대답이 성에 차진 않았지만 그날은 너무 더웠고 난 얼음처럼 시원한 라씨를 거절할 수 없었다.

고통스러운 기침 소리가 들리는 바람에 난 추억에서 벗어나 현실로 돌아왔다. 아버지가 이리저리 뒤척였고 난 약을 준비했다. 라자왈라 선생님에게서 받은 하얀 약을 곱게 갈고 있는데 아버지가 소리를 들었는지 잠긴 목소리로 날 불렀다. 난 차가운 물 한 잔을 들고 가 아버지의 입술을 축여 드렸다.

"집에서 뭐하는 거냐? 학교 가는 날 아니냐?"

아버지가 눈가에 매달린 잠을 떨치려는 듯 눈을 깜박이며 물었다. 난 아버지를 가만히 살피며 잔을 받았다.

"토요일이에요, 아버지. 오늘은 수업이 없어요."

아버지는 의식이 흐릿하고 몽롱한 상태였다. 내가 약을 주섬주섬 챙기자 아버지는 똑바로 앉아 날 빤히 바라보았다.

"오늘이 토요일이면 네 엄마 무덤에 가야 하는데……."

나는 아버지가 편히 앉아 물에 탄 가루약을 마시도록 했다.

"아버지, 어떻게 거기까지 가시려고요? 절벽을 줄곧 올라가야 하는데 위험해요."

아버지는 자리에 누우며 내 소매를 끌어당겼다.

"나 대신 가서 네 소식 좀 전해 드려. 학교랑 시장 이야기도 해 드리고."

"예, 예, 아버지. 제가 알아서 할 테니까 편히 누워 계세요."

"그리고 난 괜찮다고 전해 줘. 다 나았다고. 아무 걱정하지 말라고."

"그렇게 할게요. 꼭 그럴게요."

나는 소곤소곤 대답했다.

"그리고 엄마한테 이 말도……. 이 말도……."

나는 아버지의 팔을 들어올렸다.

"그럴게요, 아버지. 약속해요."

아버지가 내 팔을 스르르 놓았다. 그리고 중얼거리며 드러누웠다. 나는 터덜터덜 간이침대로 돌아와 주저앉았다. 머리가 무겁고 어지러웠다. 금빛 상자가 반짝였고 엄마의 사진이 나를 보며 웃고 있었다. 근래 몇 주 동안 엄마 무덤에 찾아가지 못했다. 아버지의 말씀이 옳다. 무덤으로 가서 엄마에게 내 소식을 전해야 한다.

그런데 빌랄, 무슨 소식을 전할 거야? 아버지에게 거짓말한 거? 진실을 감추려고 꼼꼼히 계획을 세운 거? 엄마가 널 어떻게 생각할 것 같아?

나는 상자를 탁 닫고 일어섰다. 한참을 고민했지만 엄마에겐 사실을 말하는 편이 낫겠다고 생각했다. 엄마는 내가 하려는 일을 이해할 것이다. 누구보다 아버지를 잘 아는 엄마니까.

지금 출발하면 해가 지기 전에 돌아올 수 있어. 난 어머니의 무덤에 다녀온다는 내용의 짤막한 쪽지를 썼다. 내가 집에 없으면 초타가 이 쪽지를 볼 것이다. 밥과 차파티를 조금 챙기고 절벽 위라 쌀쌀할 것 같아 담요도 준비했다. 서둘러 나가는데 엄마 무덤에 갈 때

124

마다 지참했던 장미 향수를 놓고 왔다는 생각이 났다. 부리나케 들어가 병을 덥석 잡아채고는 귀를 쫑긋 세웠다. 아버지가 또 기침하는지 들어봤지만 책 벽 건너편에선 아무런 소리도 없었다. 난 밖으로 뛰어나갔다.

✳

토요일마다 시장이 끝나면 아버지와 난 먹을거리를 싸들고 엄마가 묻힌 곳으로 갔다. 엄마가 세상을 떠났을 때 아버지는 엄마를 특별한 곳에 묻겠다며 고집을 부렸다. 마을 사람들이 열 명도 넘게 찾아와 전통과 종교에 따라 엄마의 시신을 마을 묘지에 묻어야 한다고 아버지를 설득했다. 하지만 아버지는 이렇게 잘라 말했다.

"아내는 남들과 다릅니다."

아버지는 내가 태어나기 전 옛이야기를 들려주었다. 아버지와 엄마는 젊은 시절 여기저기 소풍 다니기를 좋아했다고 한다. 엄마가 가장 좋아했던 장소는 커다란 벵골보리수원산지가 인도 동부이며 30미터까지 자라고 가지에서 받침뿌리가 나와 번식한다가 서 있는 곳이었다. 나무는 우리 마을에서 몇 킬로미터 떨어진 가파른 절벽 위에 자리 잡고 있었다. 아버지의 설명에 따르면 나무가 서 있는 절벽 아래가 마을의 예전 터였다고 한다. 나의 고조할아버지는 마을 위치에 문제가 있다고 생각하셨다. 그래서 마을 어른들과 주민들에게 마을이 발전하려면 자리를 옮기는 편이 낫다고 설득하셨다. 뱅골보리수가 내려다보는 가운데 많은 이야기가 오갔고 마침내 더 넓은 곳으로 옮기자는 결론에 다다랐다. 주민들은 이주하며 모든 걸 가져갔지만 나무는 옮길 수 없어 그대로 두고 떠났다. 지금 그곳에 엄마가 잠들어 있는 것이다.

아버지와 내가 나무 밑에 앉아 엄마에게 이런저런 이야기를 전하다 보면 해가 뉘엿뉘엿 가라앉았다. 그렇게 시간이 좀 더 흐르면 아버지는 혼자 엄마와 이야기를 나눴고, 난 나무 뒤쪽에서 서성대다 내가 제일 좋아하는 가지 위로 올라갔다. 그곳에 서면 시장과 마을이 한눈에 들어왔다.

오래전 다섯 살의 내가 이 나무를 한 바퀴 돌 땐 시간이 한참이나 걸렸다고 한다. 그때 형은 이미 높은 가지 위로 올라가 위험스레 몸을 흔들곤 했다. 난 형을 가리키며 나도 올라가고 싶다고 졸랐다. 엄마는 펄쩍 뛰며 반대했지만 아버지는 날 등에 업혀 올라가면 괜찮다고 엄마를 설득했다.

"꽉 잡아라, 빌랄."

아버지는 그렇게 말하며 나무의 갈라진 부분을 잡고 올라갔다. 그렇게 두 부자는 높은 가지 위에 자리를 잡고 세상을 다 가진 듯 좋아했다. 아버지는 나랑 함께 올라 뿌듯했고 나는 아버지의 무릎에 앉아 멀리 내려다볼 수 있어 좋았다. 물론 엄마는 그다지 즐겁지 않았지만 말이다. 내 기억에 엄마는 에메랄드빛 사리 차림으로 나무 밑에 서서 우리에게 빨리 내려오라며 조바심을 냈던 것 같다.

이 장면이 우리 가족에 대한 나의 첫 번째 기억이다. 가끔씩은 내가 진짜로 기억하는 건지 아니면 아버지가 들려준 이야기를 내 기억으로 착각하는 건지 헷갈릴 때가 있다. 하지만 그게 어느 쪽이든 무슨 상관일까 싶다. 그런 기억이 있어서 행복할 수 있는데 말이다.

벵골보리수까지 오르는 길은 얼마 전 몇 킬로미터 떨어진 동쪽의 다른 마을까지 지름길을 내느라 절벽에 대충 통로가 만들어져 있다. 몬순 때문에 비가 내릴 때면 절벽으로 난 길은 종종 위험했다. 길이 말라 있기를 바라며 난 걸음을 재촉했다. 담요를 돌돌 말아 허리에 묶은 뒤 바짓단을 접어 올렸다. 다행히 길은 말라 있었지만 오르막에서는 발이 흙 속으로 푹푹 들어갔다. 조심조심 움직이며 사분의 일쯤 올랐을 즈음 바닥이 미끄러웠다. 순간 난 중심을 잃고 돌멩이와 진흙과 함께 아래의 어느 떨기나무 위로 쿵 소리를 내며 굴러떨어졌다.

머리에 묻은 나뭇잎을 떼어 내고 일어나 여기저기에 묻은 흙을 털었다. 허리에 두른 담요가 흘러내려 이번엔 오른쪽 어깨에 걸치고 한쪽 끝을 겨드랑이로 넣은 뒤 가슴에서 두 번 묶었다. 이를 악물고 다시 절벽 위로 올라갔다. 이번에는 원숭이가 나무를 잡듯 손으로 단단히 붙잡았다. 지나온 길을 살펴보니 이미 절벽의 절반 정도에 이르렀고 발아래 흙은 여전히 미끄러웠다.

내가 붙잡고 있는 바위가 어쩐지 흔들리는 것 같았다. 잠시 걸음을 멈추고 주변을 둘러보니 아직 어두침침했다. 슬슬 팔이 아파 와 다리에 힘을 주며 절벽의 튀어나온 곳으로 손을 뻗었다. 순간 오른쪽 발이 미끄러졌다. 난 절벽에 필사적으로 매달렸다. 설상가상 커다란 바위가 데굴데굴 굴러 오기 시작했다. 바위를 피하려다가 난 손을 놓쳤고 돌멩이와 흙을 쓸어내리며 다시 미끄러졌다. 나와 커다란 바위가 땅바닥을 결승선 삼아 경주하는 격이었다.

정신을 차리고 보니 난 바닥에 누워 있었다. 무채색 하늘이 올려다보였다. 몇 걸음 떨어진 곳에 바위가 있었다. *진짜 회색이구나.* 아니, *모든 게 회색으로 보여.* 조심조심 몸을 일으켜 바위 쪽으로 다가갔다. 바위를 손바닥으로 탁탁 치자 차가운 기운이 손끝으로 전해졌다. 바위를 보는 순간 화가 치밀어 머리를 바위에 대고 어깨로 밀었다. 그러나 꼼짝하지 않았다. 눈곱만큼도 움직이지 않았다. 지친 난 바위에 기대어 무릎을 안았다.

난 못해. 상처투성이가 된 손바닥과 무릎을 바라보다가 힘겹게 일어났다. 그리고 집으로 가려고 돌아섰다.

이거였나? 포기하는 거? 실패하는 거? 이게 내 운명인가?

천천히 가슴팍의 매듭을 조이고 향수병이 멀쩡한지 확인했다. 정말 마지막으로 다시 절벽으로 향했다. 이를 악물고 발을 디딜 틈새를 찾으며 빠르게 올라갔다. 움직일 때마다 돌멩이와 흙덩이가 우수수 떨어졌지만 절벽에 찰싹 붙은 채 손을 갈고리처럼 구부리고 발을 가만가만 옮기며 꼭대기로 향했다. 주변의 풀을 움켜쥐고 몸을 곤추세웠다. 계속 흙먼지가 일어 앞이 제대로 보이지 않았다.

눈을 깜박이고 있는데 다시 커다란 바위가 우당탕 소리를 내며 내게 굴러 왔다. 이번에는 피할 시간도 없었다. 바위는 무서운 속도로 떨어졌다. 눈을 꼭 감고 아버지의 모습을 마음속에 그렸다. 절체절명의 순간에 머리 위에서 요란한 굉음과 바람 소리가 들려와 눈을 떴더니 바위가 내 뒤로 지나가고 있었다. 내 머리 위에서 튕겨 나갔던 것이다! 좋아할 새도 없이 난 다시 틈새를 찾아 줄기차게 올라갔다.

이윽고 절벽 꼭대기에 이르러 아등바등 몸을 끌어 올린 뒤에 벌러덩 드러누웠다. 가쁜 숨을 몰아쉬었다. 그리고 절벽 아래를 내려다보며 웃음을 터뜨렸다. 아래 세상을 향해 소리쳤다.

"이게 운명이야!"

*

벵골보리수에서 조금 떨어진 곳에 평평한 바위가 있어 가만히 올라가 앉았다. 마을 어른들은 이 나무가 적어도 200살은 되었다고 생각했다. 멀찌감치 떨어져서 보니 나무 몸통의 모양새가 사람들이 뒤엉켜 있는 형상이었다. 어깨를 마주하고 서로 팔이 꼬인 채 단단히 엉켜 있었다. 고개를 들어 꼼꼼히 훑어보니 나뭇가지들이 앞뒤로 뻗어 가다가 다시 땅으로 기울어져 있었다. 나무의 시작과 끝을 찾아보려 했으나 도무지 알 수가 없었다. 모두 뒤엉킨 채 사방팔방으로 자라 하늘에 거대한 지붕이 높다랗게 펼쳐진 것 같았다. 엄마는 이 나무를 항상 여자라고 생각했다.

"여자니까 저렇게 아름답고 강한 거야."

아버지는 웃으면서 엄마의 말에 동의했다. 햇빛이 사그라진 가운데 나무를 보고 있자니 엄마의 말이 이해되었다.

엄마가 죽고 난 뒤부터 토요일마다 시장이 닫히면 이곳에 들렀다. 아버지의 설명으로는 엄마 뿌리가 자식들을 낳고 땅속으로 들락날락거리다 보면 자식 뿌리들이 결국 엄마의 자리를 차지한다고 했다.

"그러면 엄마 뿌리는 어떻게 되나요?"

"엄마 뿌리는 맡은 역할을 다했으니 자식들이 자라는 모습을 흐뭇하게 바라보겠지."

"하지만 지금은 안 보이잖아요."

"사라진 게 아니라 감춰져 있을 뿐이야."

아버지가 대답했다.

"우리 엄마처럼?"

"그래, 엄마처럼."

나는 고개를 흔들었다. 난 가끔 바보 같은 질문을 한다니까. 지금 아버지가 곁에 있으면 좋겠다고 아쉬워하며 나무를 돌아 엄마가 묻힌 곳으로 걸어갔다.

여러 해 전에 아버지가 우리가 앉을 수 있도록 평평한 바위 두 개를 갖다 놓았다. 나는 무덤과 가까운 바위 위에 담요를 폈다.

벵골보리수를 바라보며 엄마에게 말을 꺼냈다.

"엄마, 오늘은 내가 거짓말쟁이라고 고백하러 왔어요. 남을 속이는 사람 말이에요. 하지만 내 행동을 후회하지는 않아요. 엄마도 우리와 함께 지내다 보면 이해했을 거예요. 틀림없어요. 엄마는 아버지의 성격을 아니까요. 어떻게 행동할지도 알고요. 엄마가 이해해 주리라 믿어요. 하지만 어쩌지……. 모르겠어요. 나에게 다른 방법은 없을까요? 지금 모든 게 달라지고 있다는 것을 아는 사람이 나뿐인가요?"

난 잠시 생각하다 말을 이었다.

"모두들 상황이 좋아질 것처럼 굴어요. 이 어려운 시기도 금방 지나간다는 거죠. 그런데 엄마는 몬순이 사람을 구별하지 않는다고 말했잖아요. 부자든 가난한 사람이든 친절한 사람이든 잔인한 사람이든 몬순 앞에서는 누구나 똑같다고요. 그런데도 다들 평소와 다름없이 살아요. 학교에 가고 시장이 열렸다가 닫히고 크리켓을 하고 웃어요. 몬순이 다가오고 있는데도 말이에요. 엄마, 제 생각엔 우리 모두가 거짓말쟁이에요. 모두 속임수만 써요. 나도 거짓말을 했지만 나만 그런 게 아니라고요."

계속 바위에 앉아 있기가 불편해 다리를 쭉 펴고 일어나 벵골보리수 쪽으로 걸어갔다. 땅을 기고 있는 수많은 줄기와 뿌리 사이를 이리저리 걸어 다녔다. 나무 가운데에 마치 도려낸 것처럼 움푹 팬 곳이 있기에 그곳에 걸터앉았다.

"엄마, 그건 거짓말인가요? 아버지는 항상 남보다는 내 기준에 맞춰 사는 게 중요하다고 말했는데……."

나는 거대한 나무의 심장부에 앉아 이리저리 뻗어 나간 나뭇가지들을 바라보았다. 눈을 감고 두 손으로 거친 나무껍질을 어루만졌다. 얽힌 뿌리들은 땅속으로 들어갔고 줄기들은 하늘을 향해 힘차게 뻗어 나갔다. 모든 게 하나로 이어진 것을 느끼면서 다시 눈을 떴다. 나무의 우렁찬 기운이 가지에서 가지로 흘러가고 있었다.

"바로 이런 모습으로 지내야 해요, 엄마. 우린 모두 이렇게 얽혀 있어요. 시작도 끝도 없이.

엄마의 무덤으로 돌아오는 길에 반으로 부러진 채 늘어져 있는 벵골보리수 뿌리를 하나 보았다. 원래는 이 뿌리 위로도 가지가 뻗어 나갔다. 하지만 시간이 흘러 뿌리는 가지의 무게를 이기지 못하고 휘어져 결국 둘 다 부러졌다. 나는 부러진 뿌리와 가지를 바라보았다. 그 잔해의 모습은 이 거대한 나무가 오랜 세월 지켜 온 대칭과 균형의 미가 깨진 흔적이었다.

＊

나는 퍼뜩 잠에서 깨어났다. *바보 같이 잠이 들다니. 아버지가 걱정하실 텐데.* 나는 어깨를 돌리며 한숨을 내쉬었다. *그렇지만 나도 쉬어야 했어. 집에는 친구들이 있으니 잠시는 괜찮겠지. 내가 양쪽에 다 있을 순 없잖아.*

벌써 해가 하늘 높이 떠 있었다. 담요에서 빠져나온 난 기지개를 폈다. 절벽 가장자리로 다가갔더니 누군가 밑에서 팔을 내저으며 열심히 소리치고 있었다. 눈을 가늘게 뜨고 내려다보았다. 쌀림이었다. 나도 얼른 손을 흔들고는 담요를 챙기러 뛰어 돌아갔다.

가져온 병의 뚜껑에 코를 대고 냄새를 맡은 뒤 향수를 몽땅 무덤에 뿌렸다. 막상 떠나려니 서운해서 무덤 곁에 무릎을 꿇었다.

"엄마가 화내지 않았으면 좋겠어요. 내가 하는 일도 이해해 줬으면 좋겠고요. 그리고……."

난 말을 끝맺지 못했다.

절벽 가장자리로 달려가서 조심조심 아래로 내려갔다. 밑에선 쌀림이 팔짱을 낀 채 잠자코 기다리고 있었다. 그러고는 나를 아래위로 훑어보며 이맛살을 찌푸렸다.

"무슨 꼴이냐? 어디, 시궁창에라도 뒹굴었어?"

나도 이리저리 살펴보았다. 진흙탕에서 데굴데굴 굴러다닌 모습이었다.

"내가 말을 해도 못 믿을 거야, 쌀림."

쌀림은 빙긋 웃었다.

"네 이야기는 다 믿어. 가는 길에 들려줘. 그런데 일이 생겼어. 의사 선생님이 널 찾으셔. 선생님이 네 집에 들르셨거든. 우리 셋이 밖에서 계속 얼쩡거리는 게 수상하셨나 봐. 그래도 별말씀 없으시더니 우리가 붙잡기도 전에 갑자기 네 집으로 들어가셨어."

심장이 오그라들었다. 두 분이서 이야기를 나눴겠지. 두 분은 늘 대화를 하시니까. 아버지는 다 아셨을 거야. 이제 끝났어.

"야, 기운 내. 그렇게 걱정하지 않아도 돼. 우리도 무슨 일이 벌어지는지 들어 보려고 집 맞은편으로 살금살금 돌아 들어갔어. 창문에 귀를 대고 기다렸지만 아무 소리도 안 났어. 아저씨가 푹 잠들어 있어서 못 깨웠나 봐. 의사 선생님은 간단한 검사만 하신 뒤에 약을 꺼내 놓고 집을 나오셨고. 그런데 내 이름을 부르시는 거야. 그러고는 날 빤히 바라보셨어. 어떤 눈빛인지 알지? 그러고는 빌랄은 어디 갔느냐며 널 찾으시더라. 그래서 엄마 무덤에 갔다고 말씀드렸어. 그랬더니 의사 선생님이 오늘 오후에 이웃 마을로 가야 하는데 네 도움이 필요하니 잊지 말고 전해 달래. 그래서 여기로 온 거야."

"서둘러야겠다. 의사 선생님한테 당장 가 보자. 기다리시겠다."

"난 여기까지 내내 달려왔단 말이다, 빌랄아."

쌀림은 툴툴거리며 발을 끌었다.

"그나저나 왜 구질구질한 웅덩이에서 뒹군 꼬락서니인지나 말해 봐."

"그래, 알았어. 우선 걸어가자. 비가 몇 번 내리면 저 절벽이 얼마나 미끄러운지 알지? 그러니까 내가 말이야……."

이웃 마을에서

의사 선생님은 시장에서 멀리 떨어진 마을 외곽의 자그마한 집에서 살았다. 사람들과 항상 떨어져 지냈으며 환자와도 조금씩 거리를 두었다. 언젠가 난 그 이유를 물어보았다.

"선생님, 왜 다른 사람들을 피하세요? 같이 어울리기 싫으세요?"

의사 선생님은 늘 그렇듯 나를 물끄러미 바라보며 잠시 뜸을 들였다. 선생님은 서두르는 법이 없었다.

"나는 중요한 일 두 가지로 사람들을 돕고 있단다. 하나는 의사로서 그들의 건강을 돌보는 일이고 다른 하나는 판사로서 하는 일이야. 판사는 어느 한쪽으로 치우치지 않고 늘 공정하게 처신해야 한단다. 내 말뜻을 알겠느냐, 빌랄아?"

"글쎄요."

"쉽게 말해 판결을 내릴 사건과 거리를 두어야 한다는 뜻이야. 싸움이나 다툼 같은 문제를 해결할 때 나와 친한 사람들 편을 들면 안 되잖아. 이해되니?"

"예, 알 것 같아요. 그러니까 선생님에게 친구는 귀찮을 뿐이니 필요 없다는 뜻이네요."

의사 선생님이 슬쩍 웃었다. 의사 선생님은 좀체 웃는 법도 없었다. 내 엉뚱한 말에 미소를 지을 때가 없진 않았지만 그나마 손으로 꼽을 정도였다.

마침내 쌀림과 나는 의사 선생님의 집 앞에 도착하여 문을 두드렸다. 몇 분 뒤에 의사 선생님이 왕진 가방을 들고 나오셨다. 후줄근한 내 모습을 보더니 의사 선생님은 쯧쯧 혀를 차시며 입술을 깨물었다.

"흠, 난 준비를 마쳤다만 넌 전혀 아니구나."

의사 선생님은 아직도 내 머리에 붙어 있는 잔가지를 떼어 냈다.

쌀림은 킥킥 웃다가 의사 선생님이 빤히 바라보자 얼굴이 굳어졌다. 나는 발을 이리저리 움직이며 얼굴을 찡그렸다.

"절벽을 오르기가 아주 힘들었거든요. 그동안 비가 내린 탓에 위험하더라고요."

내가 말했다.

"잘 아는구나. 요즘 같은 날씨에 절벽을 오르는 게 옳은 생각이었을까? 빌랄, 솔직히 말하자면 넌 목이 부러질 수도 있었다. 아니면 구르는 바위에 부딪쳐서 만신창이가 되었거나. 어쨌든 집에 가서 깨끗이 씻어라. 아까 네 아버지를 뵈러 갔는데 편안하게 주무시더구나. 한 이삼일 정도는 약이 필요 없을 게다."

"그런데 선생님. 선생님을 도와 드리고는 싶지만 전 집에 있는 편이 낫겠어요. 아버지가 절 필요로 할지 몰라서요."

"내가 보기엔 너도 휴식이 필요해. 잠시 여유를 가져야 주변 상황이 제대로 눈에 들어오지."

"하지만 선생님……."

"네 도움이 필요하구나."

"예, 그런데 어떻게 될지 몰라서……."

"내일 같이 가도록 하자. 네가 날 따라와도 쌀림이 네 아버지를 돌봐 드리고 약도 정확하게 맞춰서 드릴 게다."

"제가 아저씨 약을 꼭 챙겨 드릴게요, 의사 선생님."

쌀림이 얼른 대답했다.

"잘됐구나. 이제 가 봐라, 빌랄. 가서 좀 쉬어라. 여기에서 내일 아침에 만나자꾸나. 어서 가라."

쌀림을 붙잡고 시내 쪽으로 부랴부랴 걸어갔다.

"우리 이제 어쩌지? 차라리 몸이 아프다고 핑계를 댈걸."

쌀림이 나를 흘낏 보더니 고개를 저었다.

"의사 선생님은 100미터 앞에서도 거짓말쟁이를 찾아내시잖아."

쌀림은 거짓말쟁이라는 자기 말에 웃었다. 스스로도 찔리는 모양이었다.

"물론 늘 그런 건 아니시겠지. 어쨌든 내 말뜻 알잖아. 괜히 수상하게 굴 필요 없어. 의사 선생님의 의심만 살 테니까."

"맞아, 그래도 내가 너무 멀리 떠나잖아."

"우리한테 맡겨. 우리가 돕겠다니까. 네가 의사 선생님을 따라가면 나머지는 우리가 처리할게. 아무도 네 아버지를 못 만나도록 할게. 알았지?"

우리는 집으로 가다가 밖에서 어슬렁대던 초타와 만났다. 나는 쌀림과 초타의 어깨에 팔을 올렸다.

"좋아, 무슨 일이 생기면 나한테 비둘기로 소식을 보내. 만지트에게 부탁하면 걔 사촌이 나한테 비둘기를 한 마리 보내 줄 거야. 그럼 내가 곧장 집으로 올게."

✻

난 지난 2년간 의사 선생님을 따라 주변 시골 마을을 돌아다니고 있다. 처음 몇 년간은 아버지가 의사 선생님과 동행했는데 시장 일로 바빠지자 나를 대신 보냈다. 난 아버지와 함께 고른 이야기책을 가는 곳의 마을 꼬마들에게 읽어 주고 있다. 아버지의 이야기에 익숙해져 있던 아이들은 아버지 대신 내가 나타나자 처음엔 시큰둥한 반응을 보였다. 아버지는 나에게 꼬마들이 어떤 이야기를 좋아하는지 이런저런 조언을 들려줬다. 그 뒤부턴 나도 마을 꼬마들의 환호성 소리를 들을 수 있었다.

물론 꼬마들에게 책을 읽어 주는 게 주변 마을을 도는 주목적은 아니었다. 한 달에 한 번씩 의사 선생님은 마을에 남아 있는 재고 의약품과 주민들이 시장에서 사 달라고 부탁한 생필품 등을 당나귀 수레에 실었다. 주민들이 찾아와 통증을 호소하면 의사 선생님은 병을 고쳐 주려고 애썼고 나도 선생님 곁에서 일을 거들었다.

해가 중천에 떴을 때 시내를 출발했다. 당나귀가 끄는 작은 수레에 몸을 실었다. 덜걱거리는 수레에 몸을 맡긴 채 난 그간의 긴장을 풀었다. 사방이 평평했으며 눈앞에는 초록색과 갈색 이미지가 넘실거렸다. 복닥대던 시장을 벗어나자 당나귀의 콧김 소리와 삐걱삐걱 돌아가는 바퀴 소리만 들려왔다. 머리 위로 파란 하늘에 하얀 구름이 둥둥 떠 있어서 위험천만한 몬순은 아주 먼 곳에 있는 듯했다.

어떤 아주머니가 손짓으로 수레를 세우고는 남편이 앓고 있는 증세에 대해 묻자 의사 선생님이 대답해 주었다. 나는 눈을 감고 시골의 고요함에 빠져들었다. 우리는 시골길을 지나며 주민들에게 손을 흔들었다. 농부나 할머니가 의사 선생님을 알아보고 말을 걸어왔다. 차나 음식을 대접하겠다며 많은 사람들이 붙잡았지만 의사 선생님은 정중히 사양하며 다음에 찾아오겠다고 약속했다. 벌판을 가로지르며 천천히 가다 보니 평온함이 담요처럼 나를 감싸는 느낌이었다.

"여긴 정말 조용해. 아주 평화스럽고."

난 혼잣말을 했다. 의사 선생님이 나를 바라보며 동감이라는 듯 고개를 끄덕이고는 다시 먼 곳을 바라보셨다. 나는 곁눈질을 하며 선생님의 반응을 기다렸지만 선생님은 수레의 흔들림에 몸을 맡기고 계실 뿐이었다.

"계속 이렇게 지낼 수는 없겠죠, 선생님?"

의사 선생님은 한숨을 내쉬며 고개를 흔들었다.

"애야, 평화는 이미 흔들렸어."

"깨졌지요."

나도 모르게 말이 툭 튀어나왔다.

"뭐?"

의사 선생님이 당황스러워하며 물었다.

"평화가 깨졌다고요. 어떤 것은 깨지면 다시 고칠 수 없어요."

나는 대답했다.

"그래, 네 말이 옳다. 하지만 시간이 지나면 수리하거나 치유되기도 한단다."

"얼마나 걸릴까요?"

"그거야 사람의 의지에 달렸지."

"사람들이 그럴 의지가 없다면요, 선생님?"

"그럼 몸은 낫더라도 정신은 완전히 회복되지 않겠지."

"의지란 게 꼭 필요하다는 건가요?"

나는 쭉 뻗어난 길을 응시하며 물었다.

"의지란 중요하단다, 빌랄아. 네 아버지를 보렴. 최악의 상황에서도 아버지의 의지만큼은 굳건하잖니. 몸은 아버지를 쓰러뜨렸지만 정신은 그분을 지탱하고 있단다."

의사 선생님은 덧붙였다.

"네 아버지의 의지는 결코 수그러들지 않을 게다."

"예, 그러실 거예요."

"넌 모르겠지만 너와 네 아버지는 참 많이 닮았어. 너도 아버지처럼 보고 싶고 알고 싶고 이해하고 싶은 게 많으니까. 네 아버지처럼 너 역시 인생의 모든 면이 궁금한 게지."

의사 선생님이 나를 흘낏 보았다.

"때로는 그런 성격이 마음에 들지 않을 때도 있어요."

"그래. 모든 일에서 의미를 찾으려니 많이 힘들고 지칠 게다."

의사 선생님이 싱긋 웃으며 말했다.

"선생님은 안 그러시잖아요."

"난 아니지. 나에게는 논리가 최고의 친구니까. 난 원인과 결과를 믿는단다. 무슨 일에든 이유가 있거든. 내게 중요한 건 어떤 행동에 어떤 결과가 발생하느냐는 거야."

"저도 그렇게 생각하고 싶어요. 그렇게 살고 싶고요."

의사 선생님이 호기심 어린 눈으로 나를 보더니 입술을 깨물었다.

"역시 넌 네 아버지의 아들이구나."

"그런데 막상 그렇게 생각한 걸 행동으로 옮기기가 쉽지 않아요."

난 아버지를 속였다는 사실에 죄책감을 느끼며 속삭였다.

"어떤 점에서 말이냐?"

"가령 다 잘될 거라는 믿음 같은 거요. 어떻게든 되겠지, 그러니 걱정하지 말고 내버려 두자, 같은 헛된 생각이요."

"하지만 네가 그렇게 믿고 싶다면, 그리고 그게 네 성격이라면……"

"그렇다면 고쳐야죠. 전 헛된 꿈을 꾸며 살고 싶지 않아요. 차라리 남들과 함께 현실 세계에서 살아갈래요."

그렇게 말하면서도 난 의사 선생님을 제대로 쳐다보지 못했다.

"빌랄, 우리 현실은 때로 추악할 수도 있단다."

선생님이 대답했다.

"그런 것 같아요. 그렇지만 적어도 솔직하잖아요."

내가 답했다.

＊

마을로 들어서자 꼬마들이 수레를 따라 달리며 우리를 맞이했다. 이번에 읽어 줄 두껍고 무거운 책을 흔들자 기대감에 찬 꼬마들이 환호성을 질렀다. 열렬한 반응에 내가 활짝 웃으며 수레에서 뛰어내리자 꼬마들이 에워쌌다. 여느 때처럼 의사 선생님은 버려진 헛간 앞에 수레를 세웠다. 의사 선생님이 잠깐 마을 대표를 만나러 간 사이에 아이들은 '큰 도시'에 대한 질문을 퍼부었다.

이윽고 아이들 틈바구니에서 빠져나온 난 의사 선생님을 찾아 다녔다. 의사 선생님은 한 무리의 남자들 곁에 서 있었다. 난 가까이 다가가다 의사 선생님이 긴장하고 계신 걸 깨달았다. 곁눈질로 보니 몇몇이 옥신각신 승강이를 벌이며 의사 선생님의 길을 막고 있었다.

"선생님, 뭐가 잘못됐나요?"

의사 선생님은 그제야 날 발견하고는 고개를 재빨리 흔들었다. 하지만 지나칠 정도로 빨랐다.

"아니, 아니다. 다 괜찮다. 저들은 우리가 어디로 가야 할지 이야기하는 것뿐이야."

거짓말이야. 나는 생각했다. 흥분한 남자들의 무리는 확실히 두 편으로 갈려 있었다. 한쪽은 찬성하고 다른 쪽은 반대했다. *뭘 반대하지?*

의사 선생님의 근심도 깊어 가고 있었다. 차분하게 푸른 하늘을 감상하는 듯했지만 관심은 10미터도 떨어지지 않은 곳에서 나누는 대화에 쏠려 있었다.

드디어 결론이 났는지 키가 작고 나이든 남자가 선생님에게 일을 시작해도 좋다는 손짓을 했다. 난 가져온 의약품을 내리려고 수레에 다가갔다. 수레에서 짐을 내리는데 의사 선생님이 내 곁에 바짝 붙어 귀에 속삭였다.

"뭔가 틀어졌다. 그게 뭔진 모르겠다마는 일이 끝나면 바로 여길 떠야겠어. 어서 꼬마들을 불러 책을 읽어 주렴. 만약의 경우 그런 것도 우리에게 도움이 될 수 있으니까."

"어떤 경우인데요?"

나는 놀라서 물었다.

"그냥 만약의 경우."

의사 선생님은 그렇게만 대답하고 초조하게 기다리던 주민들에게 저벅저벅 걸어갔다.

나는 걱정에 사로잡힌 채 꼬마들에게 돌아가서 마을 외곽에 있는 우물 근처 공터로 모이라고 일러 줬다. 눈부신 오후의 햇살 속에서 꽤 많은 꼬마들이 참을성을 갖고 내 앞에 앉았다. 마을 남자들은 아직도 모여 있었다. 티격태격 말싸움은 잦아들었지만 여전히 의사 선생님을 경계하는 눈빛으로 바라보았다. 나는 억지로 마음을 가다듬고 기대에 부푼 아이들을 향해 목청을 가다듬었다.

"오늘은 알라딘의 요술 램프를 읽어 줄 텐데……."

알라딘 이야기가 끝나자 몇몇 꼬마들이 환성을 지르며 다른 이야기도 해 달라고 졸랐다. 그런데 우리가 있던 곳으로 남자 둘이

저벅저벅 걸어오더니 내 앞에서 멈췄다.

"같이 가자."

그들은 조용히 말했다.

"어디로요?"

나는 그들의 딱딱한 태도와 눈길에 불안감을 느끼며 물었다.

"잔말 말고 따라와. 의사도 널 기다리고 있으니까. 어서."

내가 책을 집어 들자 그들은 내려놓으라고 손짓했다. 늘 앞줄에 앉아 이야기를 듣던 여자애가 일어나서 책을 받아 들었다.

"내가 대신 잘 갖고 있을게. 나중에 가지러 와."

여자애는 그렇게 말하며 책을 가슴에 끌어안았다. 나는 어렴풋이 웃으며 여자애를 향해 고개를 끄덕인 뒤에 고맙다고 중얼거렸다. 그러고는 침묵에 잠긴 아이들을 뒤로 한 채 남자들을 따라나섰다.

우리는 수레가 세워진 헛간에 도착했고 문 앞에 섰다. 그들은 나더러 들어가라고 손짓했다. 내가 들어가자 뒤에서 문이 닫혔다. 곧이어 무거운 나무 빗장이 달칵 가로지르는 소리가 났다. 의사 선생님은 구석에 놓인 쌀자루에 앉아 있었다. 얼굴은 침착해 보였지만 눈에는 검은 먹구름이 떠돌았다. 공포도 엿보였다.

"선생님, 무슨 일인가요?"

의사 선생님은 자리에서 일어나 헛간을 서성였다. 문에 바짝 다가서더니 귀를 갖다 댔다. 바깥에 아무도 없다는 걸 확인하고서야 돌아와 앉았다.

"빌랄, 우리가 이야기했던 사태야. 평화는 깨졌고 우리는 집에서 너무 멀리 떨어져 있구나. 약을 나눠 주고 일을 마치자 마을 어른들이 날 여기로 데려왔다. 사실 대부분은 청년들이었지만. 그들은 나를 이슬람교도들이 보낸 첩자로 의심하는 모양이야. 주민 숫자 같은 중요한 정보를 빼돌려 이슬람 일당에게 넘겨준 뒤에 공격하려는 게 아니냐고 묻더구나."

나는 그제야 얼마나 위험한 상황인지 깨닫고는 의사 선생님의 맞은편에 앉아 머리를 감쌌다.

"왜 그런 식으로 생각할까요? 우린 벌써 여기에 몇 년 동안이나 왔잖아요. 선생님은 저보다 훨씬 오래 여길 다녔고요. 어떻게 그런 의심을 할 수가 있죠?"

의사 선생님은 자리에서 일어나 다시 서성거렸다.

"곳곳에서 폭동과 약탈이 벌어지고 있어. 여기 주민들의 친척이 우리와 같은 시간대에 도착해서 마을 어른들에게 곳곳에서 일고 있는 폭력 사태에 대해 말했다는구나. 이곳 사람들 대부분은 그 말을 흘려듣고 무시했지만 젊은이들 마음은 흔들렸나 보다. 젊은

이들은 친척의 무시무시한 이야기를 듣고 불안했는지 마을을 위해 우릴 붙잡아 둬야 한다고 사람들을 설득했단다."

의사 선생님은 나를 바라보다가 걸음을 멈췄다. 이리저리 서성대면 내가 불안해한다는 것을 눈치챘기 때문이다.

"하지만 우릴 어쩔 셈일까요? 우린 첩자가 아니잖아요. 언제 내보내 줄까요? 난 아버지에게 돌아가야만 해요!"

난 소리를 질렀다. 두려움에 휩싸이자 위가 뒤틀려 왔다. 고통스러워 허리를 숙였다. 의사 선생님이 곁으로 다가왔다.

"또 위경련이니? 진정해라, 빌랄. 아마 몇 마디 말로 끝날 거다. 마을 주민들도 곧 지나쳤다고 생각하겠지. 우린 집으로 돌아갈 수 있어. 긴장을 풀어라. 이를 악물지 말고 깊게 숨을 들이쉬며 몸에서 힘을 빼라. 우린 괜찮아질 거야. 일단 기다리자꾸나."

나는 몸을 젖히고 천천히 숨을 쉬었다. 우릴 어떻게 할 셈일까? 우린 나쁜 짓을 한 적이 없다. 그저 주민들에게 의약품을 갖다 주며 도와줬을 뿐이다. 난 눈을 감았다. *그저 참고 기다리는 수밖에 없어. 그런데 뭘 기다려야 하지?*

✳

시간은 더디게 흘러갔다. 의사 선생님은 여전히 헛간을 서성였다. 몇 해 전 시의회는 주변 시골 마을에 의약품을 배분하겠다는 계획을 세웠다. 의사 선생님이 남는 의약품으로 마을 주민들을 치료하겠다며 자원했다. 그동안 우리는 무척 존경받으며 지냈다. 시골이라 찾아오는 사람들이 드물어서 마을 주민들은 종종 우리더러 하룻밤 더 머물라며 붙잡기도 했다.

상냥했던 이곳 주민들을 생각하자 난 웃음이 터져 나왔다. 의사 선생님의 현대적 처방과 의약품을 신기해하던 그 순진한 사람들이 우릴 죽이려 한다니. 의사 선생님은 내 웃음소리에 화들짝 놀라 걸음을 멈추고 날 빤히 바라다보았다.

"뭐가 그리 우습니?"

의사 선생님이 물었다.

"주민들이 우릴 해치려고 하는 게요. 말이 안 되잖아요. 지금 우리한테 무슨 짓을 하고 있는 거죠?"

날은 점점 어두워졌다. 판자를 붙여 둔 작은 창문 틈으로 달빛이 스며들어 바닥에 찍힌 의사 선생님의 발자국을 비추었다. 숫자 8 모양이 독특하고 아름다웠다. 난 다시 킥킥 웃었다. 의사 선생님은 정말 한결같았다. 초조하게 걸음을 옮기는 와중에도 아주 규칙적인 형태를 만들어 내고 있었다. 난 창문으로 다가가 밖을 내다봤다. 달빛이 모든 것을 은색으로 물들이며 곳곳에 그림자를 드리웠다.

"그들의 행동을 탓해 봤자 소용없단다. 지금은 수상한 시기잖니. 어려운 시절이지. 사람들의 태도가 평소와 같을 순 없어. 그러니 그들에게서 이성적인 행동을 기대해선 안 돼."

의사 선생님은 다시 발걸음을 옮겼고 난 그 말을 이해하려고 애썼다. 나도 일어서서 반대쪽으로 걸었다.

밤은 느릿느릿 흘러갔다. 난 주민들이 우리에게 저지를 수 있는 온갖 끔찍한 일들을 상상했다. 그들은 여러 방법으로 우릴 해치거나 죽일 수 있다. 난 점점 속력을 내며 걷다가 의사 선생님의 발목을 찰 뻔하기도 했다. 의사 선생님은 내 양쪽 어깨에 손을 올리고 힘을 주었다. 두 사람의 눈이 마주쳤다. 그 순간 난 처음으로 의사 선생님의 눈자위에 깊게 팬 주름을 보았다. 꼭 수술용 메스로 그어 놓은 절개선 같았다.

삐거덕 소리가 들리는가 싶더니 빗장이 열렸다. 우린 얼어붙었다. 의사 선생님은 나에게 문에서 떨어져 앉으라고 손짓하고는 헛간 가운데로 가 허리에 손을 얹었다. 복면을 쓴 청년 두 명이 들어왔다. 그들은 멈춰서 뭔가 소곤거리더니 안으로 걸어왔다.

"이봐, 난 이 마을을 8년이나 방문했지만 이런 대접은 받아 본 적이 없어……."

둘 중 덩치 큰 남자가 아무런 말도 없이 의사 선생님의 얼굴을 후려갈겼고 다른 사람은 배를 쳤다.

"아가리 닥쳐, 개자식아! 우릴 바보로 알아?"

순간 멍한 상태가 됐던 난 잠시 후에야 이 상황을 파악했다. 내가 덜덜 떨고 있는데 몸집이 작은 남자가 각목을 꺼내더니 높이 쳐들었다. 내가 비명을 지르며 달려들자 남자는 펄쩍 뛰었고 나와 함께 엉덩방아를 찧으며 넘어졌다. 남자는 놀랐지만 곧 정신을 차리더니 내 양팔을 단단히 붙들었다.

"꼬마야. 입 다물고 가만히 있어라. 안 그러면 네 머리통을 각목으로 갈겨 주마. 알았냐?"

난 마지못해 발버둥을 멈췄다. 그는 나에게 각목을 겨눈 채 슬슬 뒷걸음질치더니 다른 남자에게 고개를 끄덕였다.

"몇 가지만 묻지. 그러고 나면 둘 다 보내 주마."

의사 선생님은 가만히 앉아 있었지만 아직 호흡이 거칠었다. 숨을 깊이 들이마시고는 손을 들어 말했다.

"질문해 봐."

의사 선생님은 숨을 쌕쌕 몰아쉬었다.

"어떤 작자가 보냈어?"

몸집이 큰 남자가 물었다.

"말했잖아. 시의회에서 보냈다고. 전처럼 말이야."

두 남자는 얼굴을 마주 보더니 이상하다는 듯 어깨를 들어올렸다.

"이슬람교도들이 그 도시를 장악했나? 네 말은 그런 뜻인가?"

작은 남자가 물었다.

"아니, 그게 아니야. 내가 하려는 말은……."

작은 남자가 각목을 살벌하게 휘둘렀고 의사 선생님의 코에 정통으로 맞았다. 난 각목을 잡으려고 다시 그 남자에게 몸을 던졌다. 하지만 이번엔 그도 예상을 했는지 한 손으로 내 목덜미를 움켜잡아 바닥에 내동댕이쳤다. 커다란 남자가 다가와서 쓰러진 날 바닥에 대고 눌렀다.

"네놈이 의사라는 건 우리도 잘 알아. 마을 사람들 몇몇은 심지어 널 고마워하더군. 하지만 우린 안 속아. 몇 놈이 공격할 작정인지나 불란 말이야. 그래야 우리도 준비하지. 너 덕분에 여럿이 피를 안 흘릴 수도 있어. 잘 생각해 봐."

의사 선생님은 코피가 흐르자 똑바로 앉아 고개를 뒤로 젖혔다.

"이봐, 내가 뭐라고 말하든 소용없잖아. 네놈들은 우리가 이곳에 온 이유를 벌써 단정 지었어. 난 이곳 주민들에게 약을 나눠 주고 돕느라 지난 8년간 여길 드나들었어. 하지만 그간 네놈들은 본 적이 없어. 너희들은 뭐하는 놈들이지? 정치 선동꾼인가?"

"우리가 누구인진 알 것 없어."

"그래, 맞아. 그럴 필요 없지. 앞으로 6개월이든 1년이든 아무리 시간이 흘러도 난 다시 이곳에 올 테니까. 그런 날 보며 이 마을 사람들은 죄책감에 시달릴 테지만, 네놈들은 여기 없겠지? 아마 다른 곳으로 가서 다음 먹잇감을 물어뜯고 있을 테니까."

"도대체 뭐라고 씨부렁대는 거야, 영감탱이야? 우리더러 이곳에 와 달라고 한 건 마을 사람들이야. 그리고 우린 그들에게 진실을 알려 줄 거고."

고개를 돌려 두 남자를 빤히 바라보면서 의사 선생님은 미소를 지었다. 줄줄 흘러내린 코피에 입술과 이가 붉게 물든 상태였다. 달빛을 받은 그 미소는 한결 무시무시해 보였다.

"이봐, 네놈들보다 내 당나귀가 진실을 더 잘 알 것 같은데?"

남자들은 서로 쳐다본 뒤에 의사 선생님에게 다가갔다. 커다란 남자까지 각목을 들고 둘이 함께 의사 선생님을 실컷 두들겼다. 의사 선생님은 몸을 웅크렸다. 난 미친 듯이 소리치며 커다란 남자의 등에 올라탔다. 하지만 그에게 얼굴을 맞는 바람에 바닥으로 쓰러졌다. 내가 비척비척 일어서려고 하자 작은 남자가 배를 걷어찼다. 난 손가락 하나 까딱 못한 채 의사 선생님이 신음 소리도 못 내고 맞는 모습을 지켜보아야 했다. 그들이 멈출 때까지 난 계속 비명을 질러 댔다.

두 사람은 나를 훌쩍 건너뛴 뒤에 육중한 문을 열며 고개를 돌렸다.

"어이, 그래도 우린 기회를 준 거야. 아침에 여기로 오는 사람들은 그렇게 만만하지 않을 거야."

그들은 쾅 소리가 나게 문을 닫더니 빗장을 채운 뒤에 떠났다. 난 배를 붙잡았다. 의사 선생님은 간신히 몸을 추슬렀다. 난 의사 선생님 쪽으로 엉금엉금 기어가서 쌀자루에 털썩 기댔다.

"괜찮으세요, 선생님?"

"다행히 부러진 곳은 없구나. 아직까진 연습인가 보다. 아침엔 진짜 폭력배들이 들이닥친다니 말이다."

"저한테 그냥 거짓말해 주시면 안 돼요?"

내가 물었다.

"거짓말? 뭐라고?"

의사 선생님이 어리둥절해하며 되물었다.

"앞으로 벌어질 일들에 대해서요. 그냥 다 괜찮을 거라고요."

"그래 봤자 무슨 소용 있겠냐?"

"제 기분은 좋아지잖아요."

나지막하게 대답했다.

"잠깐뿐이잖니. 금세 진실을 깨달을 텐데."

의사 선생님은 단호했다.

"그렇더라도 문제될 건 없잖아요."

"나한텐 문제가 되지."

의사 선생님은 편안하게 자세를 바꾸려다가 통증 때문에 얼굴을 찡그렸다.

"새벽까지는 아직 몇 시간이 남아 있다. 미리 걱정해 봤자 소용없어. 여기 앉아서 무슨 일이 닥칠지 지켜보자꾸나."

먼지투성이 바닥에서 흐트러진 8자 모양을 보고 있자니 내 다리도 같이 움직이는 것 같았다. 오만 가지 생각이 머릿속을 헤집고 다녔다. 난 집에 가야 해. 난 아버지 곁에 있어야 해. 절망감이 슬금슬금 마음속으로 파고들었다. 내 앞에서 어깨를 늘어뜨린 채 머리를 붙잡고 있는 의사 선생님도 몹시 힘들어 보였다.

"선생님?"

"오냐, 빌랄아."

의사 선생님이 눈을 들지 않고 대답했다.

"드릴 말씀이 있는데요. 그러니까······. 요즘 제가 뭘 하느냐면
요······."

*

의사 선생님에게 그간 내가 해 온 거짓말을 고백했다. 의사 선
생님에게 모든 걸 실토했지만 내 기분이 특별히 더 좋아지거나 나
빠지거나 하진 않았다. 의사 선생님의 표정도 별로 달라진 건 없
었지만 그래도 내 말을 심각하게 받아들이는 눈치였다.

하지만 의사 선생님은 자기 의견을 말할 틈이 없었다. 문 쪽에
서 사각사각 긁어 대는 소리가 들려왔기 때문이다. 난 잘못 들었
나 싶어 눈을 감고 집중했다. 다시 소리가 들렸다. 하지만 의사 선
생님은 조금도 움직이지 않고 생각에 푹 빠져 있었다. 난 재빨리
문으로 다가가 귀를 갖다 댔다. 의사 선생님도 낌새를 알아차리고
벌떡 일어났다.

"무슨 일이냐?"

의사 선생님이 물었다.

"문에서 긁히는 소리가 났어요. 저쪽에 누가 있나 봐요."

우린 둘 다 문에 바짝 붙어 무슨 소리인지 들어 보았다. 긁는
소리가 계속 이어졌다.

"저기요. 내 말 들리세요?"

나는 속삭였다.

"안녕하세요."

가느다란 목소리가 저쪽에서 소곤댔다.

"안녕! 지금 상황을 알려 줄 수 있니? 저 사람들이 우릴 어떻게 한다던?"

순간 조용해졌다. 쿵쾅쿵쾅 뛰는 의사 선생님의 심장 소리가 들리는 것만 같았다.

"그러니까 두 사람이 첩자래요. 두 사람이 풀려나 돌아가면 이 마을을 공격해서 여자들을 모두 잡아오라고 시킨 댔어요. 그 사람들이 그러는데……"

다시 조용해졌다. 내 가슴에서도 쿵쾅대는 심장 소리가 들리는 듯했다.

"그 사람들이 뭐라는데?"

내가 소곤거렸다.

"두 사람을 보내면 안 된대요."

"우리 좀 도와줄래?"

의사 선생님이 조용히 물었다.

"어떻게 도와 드려요?"

"이 문을 열고 우리 좀 꺼내 줄 수 있겠니?"

밖에서 부스럭거리는 소리가 들리더니 갑자기 그쳤다.

제발. 우릴 두고 떠나지 마.

"난 키가 작아서 빗장에 닿지 않아요. 아무리 손을 뻗어도요."

"딛고 올라설 만한 게 있을 거야. 통이나 뭐 그런 거."

"너무 무거워서 못 들겠어요."

목소리가 들렸다.

"자칫하면 시끄러울 수도 있고."

내가 한마디 보탰다.

"네가 옮길 만한 가벼운 물건이 분명히 있을 텐데."

의사 선생님이 말했다. 그 목소리가 너무 필사적으로 들려서 내가 다시 말했다.

"좋아, 천천히 해. 우린 어디에도 안 갈 테니까."

난 농담을 던졌다.

아무도 웃지 않았다. 헛간으로 스며드는 빛이 달라진 걸 보니 새벽이 멀지 않은 듯했다. 지금 탈출하지 못하면 영영 못 떠날지도 모른다. 우린 귀를 문에 갖다 댔다. 부스럭 소리가 들리는가 싶더니 곧이어 콩콩 발소리를 내며 멀어져 버렸다.

우리만 남았다는 생각에 더럭 겁이 나 의사 선생님을 바라보았다. 의사 선생님은 이를 꽉 깨물며 물러서더니 쌀자루 쪽으로 천천히 걸어갔다. 난 돌아서서 바닥에 주저앉아 손으로 머릴 감싸 쥐었다. 우린 집에서 너무 멀리 떨어져 있었고 주위에는 낯선 이들뿐이었다. 이런 일이 벌어질 줄은 난 상상도 하지 못했다. 내가 아는 것이라고는 우리 마을과 시장뿐이었다. 그곳에서 살다가 그곳에서 죽을 거라고 생각했다. 내 믿음은 워낙 굳었기에 지금과 같은 사태가 벌어지리라고는 눈곱만큼도 예상하지 못했다.

갑자기 발자국 소리가 다가오더니 문 밖에서 부스럭댔다. 누군가 중얼거렸고 온 마을을 깨울 듯한 삐거덕 소리가 나더니 빗장이 벗겨졌다. 서서히 문이 밀리면서 열렸다. 우리 눈앞에 여자애가 나타났는데 아까 내가 맡겨 뒀던 두껍고 무거운 책 위에 올라가 있었다. 여자애는 싱긋 웃으며 내려와 아주 조심스럽게 책을 집더니 겉에 묻은 흙먼지를 호호 불어 냈다. 의사 선생님은 내 책을 든 여자애를 신기한 듯 바라보고는 재빨리 당나귀 수레 쪽으로 갔다.

"왜 우리한테 왔어?"

내가 물었다.

"약속한 대로 책을 돌려주려고."

의사 선생님이 급히 돌아왔다.

"마을 사람들이 깨기 전에 가야겠다."

의사 선생님이 여자애를 보며 웃더니 수레로 돌아갔다. 나도 무릎을 굽히고 여자애에게 웃어 보였다.

"우린 떠나야 해. 도와줘서 정말 고마워."

"응. 그 사람들 때문에 의사 선생님이랑 오빠가 다치는 건 싫었어."

"우리가 안 다친 건 네 덕분이야. 그렇지만 이 일을 누구한테도 말하지 마. 집에 가서 아무 일도 없었던 것처럼 지내."

"알았어."

여자애는 책을 나에게 내밀었다.

"아니, 이제 이 책은 네가 가져. 도와줘서 고맙다는 뜻으로 주는 거야. 마을 사람들한테는 내가 잊어버린 것 같다고 말해. 네가 이 책을 보며 즐거웠으면 좋겠다."

여자애는 놀라서 눈이 휘둥그레지더니 책을 가슴에 꼭 끌어안았다. 나는 여자애의 이마에 입을 맞춘 뒤에 수레로 달려갔다. 우리는 작별 인사로 손을 흔든 뒤에 재빨리 마을을 벗어났다.

＊

우리 마을로 돌아올 무렵이 되자 의사 선생님과 난 둘 다 완전히 탈진해 버렸다. 시내로 들어서는데 온몸이 땅속으로 꺼지는 것 같았다. 팔다리가 쇳덩이처럼 느껴졌고 고개는 자꾸 아래로 떨어졌다. 하지만 정신을 차리려고 노력했다. 바랐던 대로 집으로 돌아왔고 아버지에겐 내가 필요했다. 축 쳐져 있을 시간이 없었다. 의사 선생님은 평소처럼 꼿꼿이 앉아 수레를 집으로 몰았다. 하지만 그런 선생님도 수레에서 내려설 땐 몸이 쑤셨는지 살짝 얼굴을 찡그렸다.

"빌랄, 어제 오늘 일은 아무도 모르게 하자. 시의회에서 알면 사태가 악화될 수도 있으니까. 나에게 맡겨 다오. 우린 어디까지나 말을 안 하는 것일 뿐, 거짓말을 하는 건 아니잖니?"

의사 선생님의 초췌한 얼굴을 보며 난 고개를 끄덕였다. *입을 열어야 할 때까진 절대로 거짓말을 실토하는 게 아니었어. 맞아. 거짓말의 규칙은 내 생각보다 훨씬 복잡하구나.*

"입 다물게요." *난 그럴 수 있어.*

"아버지가 괜찮으신지 잘 살펴보아라. 내가 떠나기 전에 찾아뵙고 약도 있어서 그리 힘드시진 않았을 게다. 아버지가 물을 충분히 마시게 하고 신선한 과일도 드려라. 나도 조만간 다시 찾아가서 아버지를 검진하마."

"예, 선생님. 나중에 뵐게요."

수레에서 뛰어내려 걸어가는데 의사 선생님이 날 막아 세우더
니 어깨를 붙잡았다.

"그리고 아까 네 아버지의⋯⋯."

의사 선생님이 다시 입을 열었다. 아까 고백했던 말이 내 양쪽
어깨에 무겁게 내려앉았다.

"그것도⋯⋯. 나중에 이야기하자."

의사 선생님은 조용히 말하고 돌아섰다.

가짜 신문

시내를 터덜터덜 걷다가 우리들의 옥상 아지트에 이르러서 초타를 불렀다. 초타가 낡은 건물 위로 고개를 쑥 내밀더니 손을 흔들었다.

"별일 없었어, 초타? 쌀림은 어디 갔어?"

내가 물었다.

"정확한 건 모르겠지만 집에 일이 생겼나 봐."

"무슨 일?"

"그런 말은 안 했고 금방 돌아오겠대. 아, 쌀림이 그러는데 아저씨가 어제 깨어나서 널 찾으셨대. 그리고 세상 돌아가는 게 궁금하다며 신문이 있느냐고 물으셨나 봐. 쌀림이 핑계를 대며 일어서니까 아저씨가 내일까지 신문을 구해 달라고 부탁했대."

"아버지는 신문을 보면 안 돼! 지금이 어떤 상황인지 금방 알아차리실 거야. 신문마다 분리 계획 소식이 넘치는데. 아버지는 심장이 터지고 말 거야." 그래도 아버지는 어떻게든 신문을 보려고 하시겠지.

"하지만 아저씨는 신문을 보고 싶어 하셔. 아저씨가 한 번 생각에 빠지면 어떠신지 너도 알잖아."

초타가 어깨를 으쓱하며 덧붙였다.

"아저씨는 너랑 비슷해. 뭔가 머리에 딱 떠오르면 절대 못 지우시지."

난 눈을 비비며 깊이 한숨을 쉬었다. 초타가 고개를 살래살래 흔들며 날 바라보았다.

"왜 날 그렇게 보냐?"

내가 물었다.

"넌 왜 그렇게 참담한 표정이냐?"

초타가 되묻고는 말을 계속 이었다.

"머리를 쓰란 말이야. 머리를. 열심히 생각하면 답이 나온다고."

난 이마를 문질렀다. 초타는 뭐든 단순하게 생각하지. 난 그냥 초타의 기분에 맞춰 주기로 했다.

"무슨 좋은 생각이라도 있어?"

난 지친 목소리로 물었다.

"네가 직접 신문을 인쇄하면 되잖아? 간단하게."

초타는 자신의 생각에 아주 뿌듯해하며 다시 나무를 조각하는 일에 빠져들었다. 난 짜증스러워서 눈을 감았다. 그러다 퍼뜩 생각이 바뀌었다. *그래, 초타의 말이 옳아! 내가 뉴스를 골라서 신문을 인쇄하면 되잖아.* 난 초타의 등을 두드리며 고맙다고 말하고 헤어졌다.

내가 드디어 집으로 돌아왔을 땐 이미 점심시간이 가까운 무렵이었다. 안으로 들어가 보니 아버지는 잠들어 있었다. 쉴 틈도 없이 밥을 지었고 곁들여 먹을 달도 만들었다. 식사 준비를 마치고 나서 아버지의 침대 발치에 앉았다. 아버지는 고르게 숨을 쉬었고 기침도 줄었지만 너무 여위었다. 베개 위로 나온 머리가 없다면 두꺼운 담요 밑에 사람이 있다는 걸 모를 정도였다. 아버지는 원래 마른 편이었지만 지금은 뒤에서 살을 바짝 잡아당긴 듯 피골이 상접한 상태였다. 그 모습은 질긴 황갈색 가죽 신발을 연상시켰다. 양쪽 볼은 물론 눈두덩까지 푹 꺼지다 보니 눈을 뜨면 두 개의 빛만 반짝거려서 깜깜한 밤하늘에 별 두 개가 오롯이 떠 있는 것 같았다.

난 아버지의 다리를 살살 문지르며 생기를 불어넣었다.

"아버지, 일어나세요."

내가 조용히 말했다. 아버지는 머나먼 꿈나라에서 돌아온 듯 빙긋 웃으며 눈을 떴다.

"음, 다녀왔구나. 네가 몇 주는 떠나 있었던 것 같아. 거긴 어땠니?"

"뭐, 똑같았어요. 우린 우리 일을 처리하고 그 사람들은 그쪽 일을 했죠."

나는 애써 침착하게 대답했다. 내 대답에 흐뭇해하며 아버지는 서서히 몸을 일으켜 앉았다.

"점심 드실 시간이에요."

난 밥과 달을 가져왔다.

"별로 배가 안 고픈데."

아버지가 한숨을 쉬셨다.

"드셔야 해요. 먹지 않고 꿈만 꿀 수는 없잖아요."

"그렇지. 꿈꾸는 것도 피곤한 일이야. 꿈에서 얼마나 멀리 가는 지 누가 알겠니. 며칠이나 몇 년, 어쩌면 몇백 년을 넘나들 수도 있지."

난 한 손에 걸상을 든 채로 아버지에게 접시를 건넸다. 그리고 내 접시를 들고 앉았다. 난 배가 고파 정신없이 먹었다.

"신기하게도 꿈이 때로는 현실 같아."

아버지가 말을 이었다.

"맛을 느낄 정도로 말이다. 그런데 막상 깨어나면 한 줌의 흙처럼 손가락 사이로 스르르 빠져나가 버려. 붙잡지도 못하고 뭘 만들 수도 없게 말이다. 내가 기억하는 꿈은 너와 네 엄마뿐이란다."

난 여전히 게걸스럽게 밥을 먹으며 고개를 끄덕였다. 아버지는 밥에 손도 대지 않은 채였다. 난 아버지의 접시를 가리키며 얼굴을 찡그렸다. 아버지는 항복의 표시로 손을 들고는 식사를 시작했다.

"어쩌면 아버지는 엄마와 내 꿈을 꾸는 게 아닐 수도 있어요. 그냥 상상이나 기억일지도 몰라요."

내가 말했다.

"흠, 그렇게 생각하다니 흥미롭구나. 넌 무슨 꿈을 꾸니?"

아버지가 안 죽는 꿈이요. 엄마가 우리랑 여기서 함께 사는 꿈이요.

난 그렇게 말하고 싶었다. 하지만 그러지 못했다.

"꿈은 별로 안 꿔요. 대신 공상을 많이 해요."

"어떤 건데?"

"그러니까 크리켓을 잘하거나 독수리처럼 하늘 높이 날아오르거나 시장을 관리하거나 뭐 그런 거요."

"다 좋은 거구나, 얘야."

아버지가 접시를 내려다보다가 손을 들었다.

"그런데 다 먹은 것 같다. 화내지 마라. 요즘 통 입맛이 없구나."

거의 입도 안 대고 음식만 이리저리 뒤적여 놓은 상태였다. 난 접시를 치웠다.

"알았어요. 그런데 의사 선생님이 아버지는 신선한 과일을 드셔야 한대요. 그래서 석류를 가져왔어요. 잘 익었어요. 아버지가 직접 잘라서 같이 나눠 먹어요."

아버지는 석류와 작은 칼을 건네받았다. 석류를 손바닥 위에 올려놓고 칼을 비스듬히 세웠다. 그리고 빙 돌려가며 칼집을 냈다. 마지막 칼집을 내기 전에 날 보며 싱긋 웃었다. 아버지가 꼭대기 쪽을 살짝 도려낸 뒤 칼을 빼자 석류가 꽃처럼 벌어졌다. 빨간색 알갱이들이 아버지의 손바닥 위에서 작은 루비처럼 빛났다.

✳

아침 햇살이 집으로 스며들어 노란색 점을 방 곳곳에 뿌려 놓았다. 너무 졸려서 한쪽 눈만 간신히 떴다. 빛줄기가 책 벽으로 쏟아지고 있었다. 난 팔꿈치를 바닥에 붙인 채 어떤 책들이 햇살을 끌어 모으는지 살폈다. 햇볕이 들기는 했지만 방 안은 쌀쌀했다.

아버지가 움직이는 소리가 들려 차를 만들러 갔다. 찻주전자를 젓고 있는데 쌀림이 껑충껑충 뛰어들어 와서 내 곁에 털썩 주저앉았다.

"물론 세 잔이겠지?"

쌀림이 물었다.

"목에다 뜨거운 입김을 불어 대니 어쩔 수 없잖아!"

내가 슬쩍 밀자 쌀림은 비틀거리다가 벌러덩 드러누웠다. 내가 잔에 차를 따르자 쌀림은 다시 곧게 앉아 진지한 표정으로 나를 보았다.

"우리 아버지가 요전 날 우리한테 뭐라고 하셨는데. 뭐냐면……"

"빌랄아."

아버지가 다른 방에서 쉰 목소리로 불렀다. 차를 홀짝홀짝 마시는 쌀림을 놔둔 채 난 내 담요를 가져다가 아버지를 목까지 덮여 드렸다. 아버지는 갑자기 눈을 뜨더니 나를 보며 웃었다.

"또 꿈을 꾸었어."

아버지가 말했다.

"아버지는 항상 꿈만 꾸잖아요."

내가 킥킥 웃으며 대답했다.

"항상 그렇진 않아. 요즘 들어 잠이 늘어서 그래."

베개로 아버지를 받치고는 김이 모락모락 피어오르는 뜨거운 차를 건넸다. 햇살 한 줄기가 창문 밖 대나무 사이로 들어와서 아버지의 얼굴을 어루만졌다. 햇살을 받은 아버지의 살갗이 어찌나 투명한지 정맥까지 드러났다. 난 고개를 돌리려고 해도 아버지의 얇은 피부와 움푹 팬 눈자위와 성근 머리카락에서 눈을 뗄 수가 없었다. 희미한 햇빛 아래서 아버지의 머리는 흡사 해골처럼 보였다. 아버지는 햇볕 쪽으로 몸을 기울인 채 얼굴 가득 온기를 받았다. 그런 아버지의 모습은 한 줄기 빛이라도 더 받으려고 해를 향해 기울어진 꽃을 연상시켰다. 무케르 선생님은 그것을 자연의 법칙이라고 했다. 꽃을 피우고 살아가기 위한 자연의 법칙이라고 했다. 난 잔을 받아 들고 이마에 입을 맞추고 아버지가 눕도록 도와 드렸다. 아버지는 벌써 눈꺼풀이 무거워 보였다. 내가 돌아서려는데 아버지가 내 손을 슬쩍 붙들었다.

"빌랄, 난 자꾸 빠져나가는 것 같아."

아버지가 기어들어 가는 목소리로 말했다.

"그런 소리 마세요, 아버지. 아버지는 여기 계시잖아요."

내 손을 꼭 누르며 아버지가 고개를 끄덕였다.

"그래, 네 말대로 난 여기에 있지. 나도 세상의 한 부분이고 싶다. 한동안 신문이 안 오는구나. 바깥세상 소식을 들으면 기운이 날 것 같아. 신문 좀 가져다줄 수 있겠니?"

"그럼요. 그런데 문제는, 음……. 요즘 시위가 있어서요. 잠시 기다리셔야 해요."

"이상하구나. 신문이 배달 안 될 정도라니 심각한가 보구나. 그래도 곧 끝나겠지?"

"다음 주에는 끝날 테니 그때 신문을 갖다 드릴게요. 금방 올게요. 잠시 쉬고 계세요."

"오냐, 빌랄, 오냐."

아버지는 눈을 감고 담요를 가슴까지 끌어 올렸다.

나는 옆방으로 돌아갔다. 쌀림이 앉아서 차를 마시고 있었다.

"이야기 들었어?"

쌀림은 고개를 끄덕이고는 차를 쭉 들이켰다.

"응, 어쩔 생각인데?"

"씽 아저씨한테 신문 한 부를 인쇄해 달라고 부탁할 거야."

내가 대답했다.

"신문을 인쇄해 달라고 무작정 부탁한단 말이야?"

"응, 무작정."

내가 길을 나서자 쌀림이 뒤를 따랐다.

*

시장 한쪽에 있는 향신료 좌판 뒤에 씽 아저씨의 인쇄소가 있었
다. 서둘러 시장을 지나는데 이미 좌판 곳곳이 비어 있었다. 인쇄
소 마당으로 다가가면서 난 씽 아저씨를 기억해 내려 했지만 아버
지와 비슷한 연배라는 것 말고는 도움이 될 만한 내용이 떠오르
지 않았다. 시의회에서 인쇄물이 필요하면 아버지가 인쇄소로 왔
다는 것만 어렴풋이 생각났다. 난 인쇄소 문 앞에 서서 이 문제의
해결책을 궁리해 보았다.

"뭐라고 말할 건데?"

쌀림이 물었다.

"잘 모르겠어. 넌 그냥 맞장구만 쳐. 알았지?"

난 문을 두드렸다.

씽 아저씨는 문 밖에 서 있는 남자애 둘이 그리 반갑지 않았던
모양이다. 우리를 쓰윽 훑어보더니 달갑지 않아 하는 기색이 텁수
룩한 얼굴에 번져 갔다.

"뭐냐?"

아저씨가 퉁명스럽게 물었다.

"안녕하세요, 씽 아저씨. 도움이 필요해서 왔어요."

내가 말했다.

"뭘 돕는 건데?"

아저씨는 눈살을 더 찌푸렸다.

"저기, 학교 숙제로 특별한 신문 만들기가 있거든요. 반 아이들은 대개 손으로 신문을 만드는데 우린 인쇄를 하면 좋을 것 같아서요. 누구나 감탄하도록 말이에요. 그치, 쌀림?"

쌀림은 왕방울 같은 눈으로 나를 보며 고개를 천천히 끄덕였다. 나도 쌀림에게 고개를 끄덕이며 그의 어깨를 탁탁 두드렸다.

"제 생각이라고 말하고 싶지만 사실 여기 쌀림의 머릿속에서 나온 아이디어랍니다."

난 짐짓 쾌활하게 말했다.

씽 아저씨는 쌀림을 바라보며 인상을 찌푸렸다. 마치 너 때문에 내 일이 방해받게 되었다며 나무라는 듯한 시선이었다. 쌀림은 하릴없이 발가락으로 자갈을 이리저리 뒤적였다. 씽 아저씨는 여전히 문을 붙든 채 커다란 몸집으로 입구를 막고 있었다. 문을 앞뒤로 살며시 흔들었는데 아무래도 어떤 결정을 내려야 할지 고민하는 모양새였다.

"그럼 무케르 선생님이 너희들을 보냈느냐?"

아저씨가 눈을 가늘게 뜨고 물었다. 아저씨가 계속 노려보자 쌀림은 잔뜩 기가 죽어 애꿎은 자갈만 툭툭 건들었다.

"아니요, 아니요, 그건 아니에요. 두 가지 이유 때문에 선생님께 말씀드리지 않았어요. 우선 우리의 독특한 과제물을 보고 선생님이 깜짝 놀라며 감동받으시라고요. 두 번째는 우리 아이디어를 들으면 반 아이들이 우르르 몰려와 아저씨에게 이것저것 물어보며 귀찮게 할 게 뻔하잖아요. 그러면 안 되겠죠? 아저씨?"

나는 자신 있게 물었다.

"그런 건 질색이야."

씽 아저씨는 한숨을 쉬더니 우리에게 문을 열어 주었다.

"그럼 들어오는 편이 낫겠다. 대신 뭘 만지거나 함부로 앉거나 귀찮은 질문 따위는 하지 마라."

"그럼요, 씽 아저씨. 안 그럴게요."

난 얼른 쌀림의 팔을 붙잡아 가게 안으로 끌고 갔다.

씽 아저씨가 잠시 다른 방으로 사라지자 쌀림과 난 어느 정도 성공했다 싶어 마주 보며 배시시 웃었다. 씽 아저씨가 돌아와 의자에 앉았다. 의자는 아주 위태위태했는데 씽 아저씨의 커다란 덩치 때문에 더 그런 것 같았다.

"자, 인쇄할 자료는 어디에 있지? 경고하건대 내가 기사를 쓰거나 편집해 주는 일은 없어. 바로 인쇄하게끔 자료를 딱 갖춰 와.

그리고 겉쪽과 속지 두 쪽을 포함해 뒤쪽까지만 인쇄해 준다. 그나마 최대한 형편을 봐준 거야. 내 딴에는 크게 인심 쓴 거라고."

난 쌀림을 슬쩍 보며 웃었다.

"물론이죠. 지금 기사를 이리저리 배치하는 중이에요. 며칠 걸릴 거예요. 제대로 만들고 싶거든요. 이해 좀 해 주세요, 아저씨."

구시렁대던 아저씨가 곧 무너질 것 같은 의자에 앉아 양손을 마구 내저었다.

"금요일까지 가져와. 그때까지 안 되면 난 마음을 바꿀 거다."

"금요일이 바로 저희가 생각한 날이에요. 그치, 쌀림? 그때까지 꼭 갖고 올게요. 문제없어요."

"기한은 반드시 지켜라. 그런데 너희들 학교에 가야 하는 거 아니냐? 뛰어가지 않으면 지각하겠다."

씽 아저씨는 우리를 내쫓은 뒤 문을 쾅 닫아 버렸다. 난 쌀림을 향해 활짝 웃었다. 쌀림은 한쪽 팔을 나에게 두르고 학교 방향으로 걷기 시작했다.

"이제 기사만 쓰면 되겠네. 그런데 씽 아저씨가 읽으면 어쩌지?"

쌀림이 물었다.

"하루에 한 가지씩이야, 쌀림. 지금은 여기까지만 생각해 두자."

내 대답에 쌀림도 고개를 끄덕였다. 우린 희한할 정도로 텅 빈

거리를 달려갔다.

*

학교에 늦은 우린 문 뒤에 숨은 채로 무케르 선생님이 돌아서 칠판에 글을 쓰기만 기다렸다. 뒤에 앉아 있던 만지트가 우리를 보자마자 양쪽으로 두 자리를 마련했다. 드디어 무케르 선생님이 뭔가를 강조하려고 칠판으로 돌아섰다. 우린 이때다 싶어 슬몃슬몃 교실로 들어갔다. 그러고는 후다닥 앉아 선생님의 설명을 하나라도 놓치기 싫다는 듯 칠판을 뚫어져라 쳐다보았다.

선생님의 평온한 목소리에 난 마음을 추스르며 어떻게 신문을 펴낼지 곰곰이 생각했다. 그런데 뭘 써야 하지? 내 평생 그렇게 많이 써 본 적이 없는데.

수업 시간은 천천히 흘러갔고 난 방금 벌려 놓은 일이 떠올라서 초조해졌다. 신문을 만든다고? 도대체 무슨 생각을 한 거야? 씽 아저씨가 다른 사람에게 말하면 어쩌려고? 무케르 선생님에게 '학교 과제'에 대해 물어볼 수도 있잖아? 혹시 아버지를 보러 집으로 온다면?

진실을 털어놓더라도 사람들은 눈썹 하나 까딱하지 않는다. 그건 거짓을 늘어놓더라도 마찬가지다. 진실과 거짓이 중요한 건 그에 따라 내 기분이 달라지기 때문이다. 거짓말 때문에 내 기분이 엉망진창이 될수록 문제만 복잡해진다. 난 절대로 불쾌해하지 말자고 다짐했다.

누군가 내 옆구리를 찌르며 생각을 방해했다. 어느덧 수업이 끝났고 선생님이 마무리를 짓는 중이었다.

"내일 만나자꾸나. 다들 잊지 말고 책 가져와라. 빌랄과 쌀림만 빼고 모두 가도 좋아. 두 사람은 나랑 잠깐 이야기 좀 하자."

우리는 서성거리며 교실이 빌 때까지 기다렸다가 선생님의 책상으로 갔다. 선생님이 서류와 자료를 정리하는 동안 나와 쌀림은 애써 눈을 마주치지 않았다. 쌀림은 발을 동동 구르며 인상을 썼다. 잠시 뒤 선생님이 고개를 들었다.

"자, 아침에 왜 늦었지? 수업을 시작하는 시간은 늘 똑같은데 말이다. 둘 다 학교에서 5분밖에 안 걸리잖아. 이웃 마을 아이들도 제시간에 오잖니. 어디 한 번 이유를 말해 볼래?"

쌀림은 몸을 이리저리 흔들 뿐 한 마디도 못할 표정이었다. 난 목청을 가다듬었다.

"저, 선생님, 음……. 쌀림이 학교에 가자고 우리 집으로 왔어요. 아버지에게 차를 만들어 드리고 막 떠나려는데 깜박 잊고 약을 타 놓지 않았더라고요. 그래서 부랴부랴 약을 준비했어요. 쌀

림은 기다리다가 저와 같이 지각했고요." *이젠 거짓말이 술술 나오*
는구나.

무케르 선생님은 우리를 똑바로 쳐다보더니 자리에서 일어나 회
중시계를 확인했다.

"둘 다 교실에 없다가 마법처럼 불쑥 나타났는데 도무지 그 비
결을 모르겠구나. 슬그머니 들어오지 말고 기다렸다가 문 앞에서
설명하지 그랬니?"

"수업을 방해하기 싫었거든요, 선생님. 우리 생각에는 그냥 조
용히……."

"천만에, 거짓말이야……. 그런데 쌀림, 무슨 일 있니? 왜 나한
테 인상을 쓰지?"

"선생님, 화장실이 너무 급해서요."

"갔다 와라. 저번엔 아미트 때문에 홍수가 났었지. 또다시 교실
에 웅덩이를 만들고 싶진 않구나. 어서 가."

쌀림은 돌발 사태를 막으려고 조심조심 발끝으로 걸어 나갔다.
선생님은 안경을 벗고 눈두덩을 문질렀다.

"빌랄아, 무슨 일 있니?"

"아니요, 선생님. 아무 일도 없어요."

난 어깨를 으쓱하며 대답했다.

"너나 네 아버지에게 힘든 시기인데……. 그런데 넌……. 털어놓으렴. 감정을 꾹꾹 누르다 보면 언젠간 폭발할 거야." 감정을 꾹꾹 누르는 쪽이 터뜨리는 것보다 나으니까요. 누가 제 마음을 이해해 주겠어요?

선생님은 길게 숨을 내쉬더니 날 자리에 앉혔다. 그리고 어깨를 손으로 살며시 붙잡았다.

"하고 싶은 말이 있니?"

"드릴 말씀이 없는데, 전, 전……."

난 말을 더듬으며 손에서 벗어나려 했지만 선생님은 단단히 붙들었다.

"제발 말해 다오."

선생님이 부탁했다.

"왜 이러시는지 모르겠어요, 선생님. 정말로……. 전, 어……. 아무 일도 없어요."

대답을 하고나자 갑자기 피곤이 몰려왔다. 선생님의 손이 감자 자루처럼 무겁게 느껴졌다. 이윽고 쌀림이 교실로 돌아와 내 옆에 다시 섰다. 쌀림이 내 다른 어깨에 팔을 올렸다.

"말씀드려, 빌랄."

쌀림이 나지막이 말했다. 난 화가 나서 쌀림을 노려보았다. 날

배신하지 마!

"계속 모든 짐을 네 어깨에 올려놓으면 안 돼. 나처럼 다른 사람들도 널 도와줄 거야. 선생님한테 말씀드리자."

도대체 쌀림은 뭐라는 거야? 머리를 흔들자 지금까지의 생각과 계획과 거짓말과 작전과 꿈이 밀려들었다. 난 내장이 끊어질 듯 아파 허리를 구부렸다. 선생님이 내 곁에서 무릎을 꿇은 채 가만히 말을 건넸고 쌀림은 무척 걱정스러운 눈길로 바라보았다.

"빌랄, 숨을 쉬어라. 힘 빼고. 속이 뒤틀렸으니 긴장을 풀어야 해. 호흡해."

몇 번 심호흡을 하고 나자 속이 편안해지고 긴장이 사라지면서 가벼운 통증만 남았다. 쌀림은 내 곁에 주저앉았다.

"난 어디 안 간다. 말해 봐라. 처음부터."

선생님이 앉으며 말했다. 내가 쌀림을 흘끗 보자 용기를 내라는 듯 고개를 끄덕였다. 선생님의 얼굴을 들여다보니 눈빛이 아버지처럼 부드럽고 다정했다.

"다들 거짓말을 하는……."

나는 입을 열었다.

내가 말을 마쳤을 때 선생님은 무척 심란해 보였다. 선생님은 회중시계를 꺼내더니 교실 안을 이리저리 서성거렸다.

"선생님도 화장실이 급하신 걸까?"

쌀림이 내 귀에 대고 우스갯소리를 속삭였다. 하지만 난 농담할 기분이 아니었다.

선생님에게 진실을 털어놓기 무척 힘들었지만 어쨌든 기분은 훨씬 나아졌다. 어깨의 짐이 한결 가볍게 느껴졌다. 마침내 선생님이 걸음을 멈추고 자리에 앉았다. 입을 꼭 다물고 있었는데 눈빛이 지쳐 보였다.

"빌랄, 난 네 아버지를 사랑한단다. 그분은 날 위해 여러 가지로 애써 주셨다. 내가 이 일을 얻을 수 있도록 수고를 아끼지 않으셨지. 그분이 죽어 간다는 이야기를 듣고……. 난 가슴이 찢어지는 듯했다. 그러니 네 심정이야 오직 신만이 아실 테지. 부끄럽게도 그간 네 아버지를 찾아뵙지 못했다. 네 아버지의 힘겨운 모습을 차마 볼 수 없었단다."

무케르 선생님은 허리를 똑바로 펴고 앉아 안경을 썼다.

"빌랄, 네 행동을 어떻게 받아들여야 할지 모르겠다만 한 가지는 말해 주마. 난 네 아버지를 사랑하니까, 그리고 아들인 네가 아버지를 위해 그랬다는 걸 이해하니까, 또 지금 네가 얼마나 힘들지 짐작할 수 있으니……. 널 돕겠다. 아직 방법은 모르겠다만 도와주마."

쌀림이 내 곁에서 슬쩍 몸을 비틀며 안도의 한숨을 내쉬었다. *선생님이 우리를 도와주신다니!*

"네 비밀은 지켜 주마."

선생님이 부드럽게 말했다. 나는 한고비 넘겼다고 느끼며 감사하다고 중얼거린 뒤에 자리를 뜨려는데 쌀림이 갑자기 잡아당겼다.

"선생님, 사실 도움이 필요해요. 그러니까 신문을 만들어야 하거든요. 금요일까지인데……."

"무슨 일인지 말해 봐라."

선생님이 타일렀다. 쌀림은 선생님에게 깡그리 털어놓았다.

"빌랄, 과연 너답구나! 뭐, 그리 놀랄 일도 아닌가? 어쨌든 약속대로 도와주마. 그런데 신문은 어떻게 만들 생각이지?"

"준비는 마쳤어요. 우리가 기사를 써 내면 씽 아저씨가 인쇄해 주신대요."

내가 대답했다.

"그분이 왜 인쇄해 주시지?"

"학교 숙제라고 말씀드렸거든요."

쌀림이 끼어들었다. 선생님은 눈을 동그랗게 뜨고는 고개를 저었다.

"둘이서 일을 처리하는 속도가 빠르구나. 내가 부지런히 쫓아가야겠어."

그러다 쌀림이 갑자기 일어섰다.

"그럼 전 그만 갈게요."

쌀림은 어딘가 어두운 표정이었다.

"왜 그래?"

내가 물었다.

"아, 별일 아니야. 집에 가서 아버지를 도와 드려야 하거든. 가는 길에 초타에게 들러서 네가 선생님과 있다고 전할게."

"아! 그렇지, 감시꾼. 그래서 요 녀석이 그간 미꾸라지처럼 학교를 빠져나갔군. 누구보다 그 녀석을 데려와야겠어."

"선생님, 도와주신다고 약속하셨잖아요. 초타가 옥상을 안 지키면 누가 아버지를 찾아와도 알 수가 없어요."

내가 극력으로 만류했다.

"그래, 좋다. 이해하마. 혹시 모르니까 빌랄을 우리 집으로 데리고 간다고 초타에게 전해 주렴."

쌀림은 초타에게 소식을 전하겠다고 대답하고는 재빨리 교실을 빠져나갔다. 선생님은 서류를 모아 가방에 넣다가 나를 쳐다보았다.

"왜 그러니? 아직도 걱정이 가득하구나. 쌀림 때문이야?"

선생님이 물었다.

"예, 걔가 뭔가를 숨기고 있는데 그게 뭔지 알 수가 없어서요."

"넌 남의 문제를 들어주고 해결해 줘야 맘이 편하니?"

"아니요, 그건 아닌데요. 그냥 뭔가 꺼림칙해서요. 쌀림이 왜 얘기하지 않을까요? 보통 땐 저한테 시시콜콜 다 얘기했거든요."

"걔한테 시간을 주자. 조만간 고민거리를 들고 널 찾아올 거야. 지금은 너한테 부담 주기 싫은 모양이지."

선생님은 교문을 잠근 뒤에 앞장서서 걸어갔다.

"예, 그런가 봐요."

난 자신 없이 대답했다. 선생님 말씀이 옳을지도 모른다. 난 아버지 걱정만으로도 힘들었다. 정말 심각한 일이라면 쌀림이 직접 말할 것이다. 쌀림에게 밝히라고 캐묻는 대신 스스로 입을 열 때까지 기다릴 생각이었다.

무케르 선생님은 아주 똑똑했다. 항상 수석으로 학교를 졸업했고 교사가 되는 게 유일한 꿈이었다. 선생님은 서민들이 항상 배움이 모자라 애를 먹는다고 생각했다. 그래서 학교가 꼭 필요하다며 시의회를 설득했지만 그건 쉬운 일이 아니었다. 다행히 아버지가 두 팔 걷어붙이고 나서 선생님을 도와 드렸다.

시장 상인들은 산수와 역사를 배워 두면 아들에게 도움이 된다는 선생님의 주장을 마지못해 받아들였다. 그럼에도 아들을 학교에 보내는 대신 가게에서 일을 거들게 하는 일이 곧잘 있었다. 무케르 선생님은 노점상들을 끈덕지게 찾아다니며 아이들을 학교에 보내 달라고 부탁했다. 가족과 가족의 장사와 더 나아가 마을을 일으키려면 아이들이 공부를 해야 한다고 설득했다.

선생님의 집은 학교와 길 하나를 사이에 두고 있었다. 우리 집보다 약간 컸으며 서재와 바느질 방, 부엌과 침실로 방이 모두 네 개였다. 집은 훈훈하고 편안했다. 창문을 모두 열어 놓아 금빛 햇살이 집 안을 환하게 밝혔다. 마루는 방금 청소를 마친 듯 깨끗했으며 부드러운 깔개를 깔아 놓았다. 간이침대에 놓인 쿠션은 새것인지 폭신폭신해 보여 눕고 싶은 생각이 절로 들었다.

난 낮은 의자에 앉아 이리저리 돌아보며 우리 집을 떠올렸다. 우리 집의 퀴퀴한 방에서는 가죽과 책과 먼지 냄새가 났다. 그리고 한 가지 더, 죽음의 냄새도 났다. 하지만 여기는 우리 집과 달랐다. 선생님의 집은 정말 사람이 사는 집 같았다. *선생님이 올 때까지만 잠깐 기대야지. 이 좋은 향기는 뭐지? 기억이 날 것도 같은데. 엄마가 가장 좋아했던…… 뭐였더라? 아, 그래. 기억난다. 재스민……*

머리를 쓰다듬는 손길에 한쪽 눈을 뜨자 앞이 흐릿하게 보였다. 하얀 사리를 입은 여자가 나를 보며 웃고 있었다. *엄마인가?*

"빌랄, 일어나거라. 어서 와서 같이 밥 먹자."

무케르 부인이 말했다. 난 눈을 비비며 몸을 일으켰다. 마루에 앉아 기다리던 선생님이 나더러 옆에 앉으라고 손짓했다. 부인도 내 머리카락을 흐트러뜨리고는 마루에 앉았다.

"잠 좀 달아나게 세수하고 오거라."

부인이 말했다. 난 밖으로 나가 수도꼭지를 돌려 얼굴에 차가운 물을 끼얹었다. 우리 모두 평화로운 분위기에서 조용히 식사를 했다. 무케르 부인이 내 접시에 음식을 잔뜩 담아 줬다. 식사를 마치자 다들 배가 불러 흐뭇한 표정으로 물러앉았다.

선생님의 집과 선생님 부부를 둘러보면서 어쩐지 난 슬픔에 젖어 들었다. 우리 가족도 한때는 여기처럼 따뜻했는데. 눈물이 뺨으로 떨어져 화장실 좀 쓰겠다고 둘러댔다. 변기에 앉아 어떤 핑계를 대고 떠날지 궁리했다. 몇 분 지나자 부인이 날 살피러 왔다.

"빌랄, 괜찮니? 나오너라. 차를 준비했어."

"네."

얼른 대답했다. 방으로 돌아오자 두 사람이 나를 기다리고 있었다. 부인이 차를 한 잔 건네며 자리를 권했다. 선생님이 나를 안경 너머로 쳐다봤다.

"아버지가 걱정하실 거예요. 어서 가야겠어요."

난 웅얼거렸다. 선생님이 부인을 보며 눈썹을 들어 올렸다.

"봤지? 내가 말했잖아."

선생님이 입을 열었다. 난 두 사람을 번갈아 보며 이마를 찌푸렸다.

"뭘요?"

내가 물었다.

"넌 늘 바삐 움직인다고 집사람에게 이야기했다."

선생님이 말을 이었다.

"넌 앉아 있거나 서 있거나 가만히 있지를 못해. 잠깐이라도 그럴 때면 불편해서 자리를 벗어나려고 하지. 지금처럼."

부인이 내 곁에 앉아 손을 잡았다.

"빌랄, 선생님이 다 말해 줬단다. 네가 무슨 결심을 했는지도."

"제가 바보 같죠?"

내가 물었다.

"아니, 넌 아주 용감해. 하지만 네 나이엔 너무 무거운 짐이기도 하지."

"그렇지만 저밖엔 없는 걸요."

난 가만히 말했다.

"형은 뭐하니? 형도 책임을 져야지. 네 짐의 일부는 형의 몫이니까."

"형은 자기 일만으로도 걱정이 많아요. 어쨌든 형에게 이런 상황은 말 못해요. 형은 이해하지 못할 테니까요."

내가 대답했다.

"오늘까지는 나도 이해 못할 거라고 단정했잖아. 형에게 한번 말해 봐, 빌랄."

선생님이 말했다.

"라피크 형이 다음에 집에 오면 말해 볼게요." 형이 혹시라도 집에 다시 오게 된다면요.

부인은 마음이 놓인다는 표정으로 부엌에 들어갔다가 잠시 후에 음식을 들고 나와 집에 가져가라며 나에게 건넸다. 그 사이에

울었는지 부인의 눈이 발그레했다. 난 음식이 든 봉지를 받아 들고 감사의 말을 중얼거렸다. 부인이 나를 꼭 안아 주었다.

"전 괜찮아요. 다 털어놓으니 훨씬 편해졌어요. 그리고 날이 갈수록 견디기 쉬워지고요." *거짓말도 쉬워지고 속이는 것도 쉬워지고 꼭 할 일만 생각하는 것도 쉬워지고.*

선생님이 문가에 서서 나를 기다렸다.

"빌랄, 내일은 학교에 안 와도 된다."

"안 간다 된다고요?"

"그래. 내일은 집에서 신문을 만들어야지. 몇 가지 주의 사항을 적어 줄 테니 참고하거라. 아무래도 기사는 네가 써야겠다. 물론 나도 돕겠지만 글을 쓰는 건 네 몫이니까."

"선생님, 그렇지만 기사를 어떻게 쓰는지 통 모르겠어요. 어디부터 시작하죠? 뭐라고 써야 하나요?"

"진실하게 시작해서 끝까지 쭉 가면 돼."

선생님이 최근의 신문 몇 부와 기사가 적힌 종이 몇 장을 건네주었다.

"자, 받아라. 이걸 보면 어떻게 시작할지 감이 잡힐 거야. 내일 밤에는 같이 작업하자꾸나."

나는 상그레 웃으며 밖으로 나왔다.

"제목이 하나 떠올랐어요, 선생님."

"뭔데?"

"인도는 하나."

내가 대답했다.

"아주 적절한 제목이구나, 빌랄."

선생님이 다정하게 말하며 손을 흔들었다. 난 오랜만에 즐거운 마음으로 집으로 향했다.

＊

이튿날 아침 신문을 만들기 위해 일찍 일어났다. 아버지는 아직 깊이 잠들어 있었다. 난 혼자 앉아 뜨거운 차를 홀짝이며 고요한 아침을 즐겼다. 그 순간 요란한 고함 소리가 평화를 깨트렸다.

"개자식아, 넌 우리 손에 잡힐 거야. 두고 봐."

"어련하겠어, 버러지 같은 놈아, 어련하겠느냐고."

문으로 슬며시 다가가 밖을 내다보니 라피크 형이 등을 돌린 채 뒷걸음질치며 우리 집 쪽으로 다가오고 있었다. 형은 길 저편의 두 소년에게 계속 소리를 질러 댔다.

난 생각했다. 골치 아픈 일을 끌어들이면 안 돼, 형. 이 동네에서 절대로 문제 일으키지 마. 난 저쪽 남자애들을 찬찬히 바라보았다. 쟤들은 왜 안 움직이지? 순간 깨달았다. 그들은 형이 들어가는 집을 알아내려고 기다리는 중이었다. 나는 잠시 두려움에 떨었다. 형이 여기로 들어오면 저들이 집을 알아낼 테니 훗날 더 큰 문제가 될 게 뻔했다. 난 주먹을 불끈 쥐었다.

여기로 오지 마. 만에 하나 들어왔다가는……. 남자애들이 아주 천천히 몇 걸음 더 내디뎠다. 난 안절부절못했다. 어쨌든 내 형이었다. 나가서 형을 도와야 해. 하지만 이건 형의 문제야. 그리고 아무리 형이라도 집으로 문제를 가져와서는 안 돼. 여전히 갈피를 잡지 못한 채 난 남자애들을 찬찬히 뜯어보았다. 둘 다 형보다 작았다. 싸움이 벌어져도 형이 밀리기는커녕 흠씬 패줄 것 같았다. 그런 이유 때문에 저들이 나서지 못하는지도 몰랐다.

남자애들이 돌멩이를 몇 개 집어 들었다. 형은 이제 집과 몇 걸음밖에 떨어져 있지 않았다. 여기로 오지 마, 이 멍청아! 형은 바로 집 앞까지 이르렀지만 이쪽을 보진 않았다. 대신 남자애들에게 지독하게 욕을 퍼부었다. 남자애들은 화를 내며 형에게 돌을 던졌으나 거리가 멀어 아무 소용이 없었다. 형은 그들의 약을 바짝바짝 올리더니 발치에서 돌멩이를 집었다. 그리고 뭔가를 집 안으로 찼다. 조약돌을 싸 놓은 종이였다.

난 급히 쪽지를 읽었다. 공터 모퉁이 쪽에 통을 쌓아 둔 곳이 있으니 그 뒤에서 오늘 저녁 열 시에 만나자.

계속 문 뒤에 숨어 지켜보니 형은 돌멩이 몇 개를 던지다가 슬쩍 오른쪽으로 꺾어지며 사라졌다. 남자애들은 욕설을 퍼부으며 형의 뒤를 쫓았다. *저들은 형을 못 잡을 거야. 형은 이 동네 지리를 환히 꿰고 있으니까.*

고개를 흔들며 난 다시 자리에 앉았다. 오늘 저녁에 형을 만나면 아버지와 난 형 없이도 잘 살고 있다고 말해야지. 형에게 무조건 내 계획을 받아들이라고 할 거야. 그리고 다시는 집에 오지 말라고 못 박아 둬야지.

＊

그날 저녁 형이 말한 장소로 가는데 속이 부글부글 끓었다. 왜 형만 생각하면 부아가 치미는 걸까? 하지만 그건 형을 향한 분노만은 아니었다. 분노는 아련한 통증처럼 내 깊은 곳에서 흘러나왔다. 목소리는 형에게 묻고 있었다. *언제부터 달라졌지? 언제부터 우리 형제는 남남이 되었을까?* 우리 형제에게 아버지는 항상 영웅이었지만 지난 몇 년 사이에 형은 변했다. 형은 허구한 날 아버지와 다투더니 언제부터인가 집에 발길을 끊었다.

난 한때 아버지와 형이 싸우는 이유를 이해하지 못했다. 아버지는 절대로 말씨름을 하거나 벌컥 화내는 법이 없었기 때문이다. 그러던 어느 날 두 사람이 다투는 이유를 깨달았다. 아버지와 형은 얼음과 불처럼 정반대였다. 형은 늘 성질이 급했고 아버지는 고요했다. 아버지가 한마디만 던져도 형은 다투려고 했다. 아버지가 침착할수록 형은 더 열을 냈다. 정치가 화제에 오르게 되자 상황은 한층 더 심각해졌다. 형은 그 무렵 집을 떠났다.

난 거의 쉼 없이 달리다가 걸음을 늦추고 숨을 한껏 들이마셨다. 그런데 형한테 화내 봤자 소용없어. 형은 자기 길을 택했고 난 다른 선택을 했으니까. 형이 내 결정에 간섭하지만 않으면 그걸로 충분한 거야.

통을 잔뜩 늘어놓은 곳이 보였다. 형을 찾아 빙 돌았는데 여기저기 숨기에 적당한 어두침침한 곳이 많았다. 그때 갑자기 손 하나가 불쑥 튀어나와 내 옷깃을 잡더니 어둠 속으로 끌어당겼다.

"손 떼지 못해!"

내가 소리쳤다.

"쉿, 마을 사람들 다 깨겠다. 이 돌대가리야."

손아귀에서 벗어나자 난 형을 밀쳐 내며 인상을 썼다.

"나더러 돌대가리라고? 난 길거리에서 사람들에게 쫓기지는 않

아. 집으로 말썽을 끌어오지도 않고. 그치? 내가 돌대가리라면 형은 뭔데?"

형은 날 노려보다가 담배에 불을 붙이고 통 위에 앉았다.

"역시 대단해. 깜박했네. 넌 성인군자잖아. 그치 빌랄? '빌랄 성인군자.' 아직 어리지만 아주 현명하시지."

형은 비웃으며 담배 연기로 모양을 만들어 냈다.

나는 심호흡을 했다. 여기에 뭐 하러 왔는지 생각하자. 침착하자.

"왜 만나자고 했어?"

형은 내가 짜증을 내지 않자 약이 올랐는지 담배로 나를 가리켰다. 주변이 워낙 깜깜해 형의 얼굴이 제대로 안 보였기에 내 시선은 하얀 담배 연기만 쫓았다. 사그라지는 불빛이 허공에 희한한 모양을 만들어 낼 즈음 형의 익숙한 목소리가 들려왔다. 어렸을 때 나에게 책을 읽어 주던 바로 그 목소리였다.

"노인네에 대해 물어볼 것도 있고 네가 준비를 하는지 궁금하기도 해서."

"준비라니?"

내가 물었다.

"저번에 이야기했잖아. 온통 개판으로 변하고 있어. 금세 펑 폭발할 거야. 그러니 넌 이곳에 머물러 있으면 안 돼. 그건 노인네도 마찬가지고."

"나도 전에 이야기했을 텐데. 난 아무 데도 안 갈 거고 그건 아버지도 마찬가지라고."

"빌랄, 저들은 우리가 여기 있는 걸 싫어해. 왜 고집을 부려?"

"우리 고향이니까, 형. 여기에서 아버지가 자랐어. 여기에서 우리가 살았고. 난 '새로운 파키스탄'이란 게 어떻게 생겼는지도 몰라. 우리가 거기에 가서 뭘 할 건데?"

"그건 중요하지 않아. 중요한 건……."

"그게 중요해. 어쨌든 아버지와 나한테는. 형은 가고 싶으면 혼자 가. 우린 여기에 남을래."

"넌 정말 답답하구나. 지금 내 처지로는 집에 들르기도 어려워. 하지만 어떻게든 노인네한테 가서 설득은 할 거야. 노인네는 떠나기 싫어도 너한테는 가라고 하겠지."

"집에 올 생각은 죽어도 하지 마."

나는 들릴락 말락 속삭였다.

"이번에는 안 돼. 형은 눈곱만큼도 반갑지 않아."

"무슨 빌어먹을 소리야?"

격한 내 반응에 형은 화가 나면서도 적잖이 놀란 눈치였다. 난 배 속이 뒤틀렸고 통증이 밀려왔다. 긴장감 때문에 하마터면 버럭 고함을 지를 뻔했다. *형도 알아야 해. 말하자.* 결국 난 입을 열었다.

난 자초지종을 털어놓았다. 형은 통 위에 쪼그리고 앉아 내 말을 곰곰이 곱씹었다. 손에 들고 있던 담배가 점점 줄어들더니 손끝까지 타들어 갔다. 형은 흠칫 놀라 욕설을 내뱉으며 담배를 튕겨 내고는 그걸 빤히 바라보았다. 잠시 뒤에 다시 담배에 불을 붙였다.

"때려 쳐."

형이 나지막이 말했다.

"이미 시작했어. 포기하지 않아."

난 일부러 큰소리를 쳤다.

"근데 거짓말이잖아. 넌 노인네한테 거짓말하는 거야. 몽땅 거짓말이라고!"

형은 고래고래 소릴 질렀다. 형이 '거짓말'이라고 말할 때마다 면도날이 내 배 속을 스치는 기분이었지만 상관없었다. 이젠 아니었다.

"그래, 거짓말이야. 그래도 진실과 거짓을 놓고 따진다면 형의 말이 진실이더라도 난 거짓을 택할래."

"도대체 어쩔 셈이야? 아버지는 너만 바라보잖아. 네가 진실을 말한다고 믿으면서. 그런데 어떻게 그럴 수 있어?"

"간단해. 난 아버지를 사랑해. 이 세상 무엇보다 더. 형도 집에 있었다면 아버지가 더 버티기 힘들다고 판단했을 거야. 그럼 내 말을 이해했겠지."

"난 이해 못해."

"상관없어. 괜히 집에 와서 형의 '진실'로 우리를 들볶지만 않으면 돼. 끔찍한 진실을 받아들이기 싫으니까."

형의 얼굴이 달빛에 드러났다. 진주처럼 빛나는 눈물이 형의 뺨을 타고 한 방울 한 방울 떨어지고 있었다.

"빌랄, 이런 일을 할 필요가……."

난 형의 얼굴에서 눈길을 돌리며 마음을 다잡았다.

"아니, 해야 돼."

내가 자리를 뜰 때까지 형은 손가락에서 타들어 가는 담배를 꼬나들고 통 위에 앉아 있었다. 돌아서기 전에 자칫하면 형이 또 데겠다는 생각이 떠올랐다. 하지만 형이 방금 전의 실수를 통해 배우지 못했다면 내가 나서 봤자 소용없을 거란 생각이 들었다.

✳

금요일에 쌀림과 난 부푼 가슴을 안고 씽 아저씨의 인쇄소로 향했다. 지난 며칠을 꼬박 신문 제작에 매달렸다. 낮에는 기사를 썼고 저녁에는 선생님을 만났다. 씽 아저씨는 문을 열어 주며 우리더러 들어오라고 웅얼거렸다. 그리고 우리의 손때 묻은 종이를 받아 들면서 인쇄할 준비를 할 테니 한 시간 뒤에 오라고 말했다.

쌀림과 난 옥상으로 가서 초타 곁에 앉아 기다렸다. 초타는 곧 있을 닭싸움에 대해 주절주절 늘어놓았다.

"그런데 흔한 닭싸움이 아니라는 거지. 이번에야말로 모든 닭싸움을 끝장내는……."

초타에게 곧 돌아오겠다고 약속한 뒤에 씽 아저씨의 인쇄소로 향하는데 어쩐지 예감이 좋지 않았다. 난 인쇄소 문을 두드리며 숨을 꾹 참았다. 문이 휙 열리자마자 볼멘 목소리가 터져 나왔다.

"너희 둘, 당장 이리로 들어와."

쌀림이 나를 앞으로 떠밀며 들어갔다. 씽 아저씨는 팔짱을 낀 채 서 있었다. 아저씨의 얼굴만 뵈서는 화가 났는지 어딘지 도통 알 수가 없었다. 늘 화난 표정이었으니까.

"도대체 이게 뭐냐?"

아저씨는 우리가 써 낸 기사 몇 편을 가리켰다.

"아저씨가 짐작했던 뉴스는 아니지요."

쌀림은 아무 생각 없이 입 밖으로 말을 내뱉었다.

"그래, 내가 짐작했던 기사가 절대로 아니다. 이렇게 쓰는 게 숙제냐? 그러니까 이런, 이런……."

그냥 말씀하세요, 씽 아저씨. 뭔지 아시잖아요.

"이런 거짓말을 쓰는 게. 도대체 이런 거짓말을 쓰는 목적이 뭐야, 어?"

"그냥 남다르게 쓰고 싶었어요. 그것뿐이에요, 아저씨. 그러니까 '만약에 이렇다면'에 해당하는 거죠."

쌀림이 더듬거리다 도와달라는 듯 나를 바라보았다.

"그럴 만한 이유가 있어서요. 이거 인쇄해 주실 건가요?"

난 쌀림의 더듬대는 말을 툭 자르며 물었다.

"이런 헛소리를 인쇄하라고? 아니, 못한다. 이건 소설이고 엉터리고 거짓말이야. 잉크를 낭비하는 짓이라고."

씽 아저씨는 이렇게 말하면서 허름한 의자에 주저앉아 고개를 흔들었다.

"잘 알겠습니다."

난 그 말만 남긴 채 인쇄소를 나섰다. 쌀림은 기막혀하는 아저씨에게 사과했다.

＊

난 길을 따라 내려가다가 쌀림이 부르는 소리에 멈췄다.

"왜 그래? 네가 차분히 설명했다면 아저씨는 부탁을 들어줬을 거야."

쌀림은 화를 냈다.

"난 신문을 열심히 만들었어. 하지만 아저씨 말이 맞아. 그건 몽땅 거짓말이야. 그나마 거짓말은 바람에 흩날리는 잎처럼 허공으로 사라지지만 그걸 종이에 글로 쓰면 기록으로 남잖아. 말로 하는 것보다도 더 곤란한 일이 벌어질지 몰라."

뒤에서 우리를 부르는 소리가 들리는가 싶더니 씽 아저씨가 한 걸음에 달려왔다.

"도대체 이디로 내빼는 거냐?"

아저씨가 숨을 거칠게 몰아쉬었다.

"인쇄를 못하시겠다면서요. 더 하실 말씀이 있으세요?"

내가 물었다. 쌀림은 끙 신음 소리를 냈다. 씽 아저씨는 양손을 허리에 척 얹었다.

"이 문제를 좀 더 이야기해 보자. 나한테 뭔가 감춘 게 있지?"

아저씨가 실눈을 뜨며 나를 가만히 바라보았다.

"너 굴람 형님의 아들이냐?"

그 순간 거짓말을 할까도 생각했지만 쌀림이 옆구리를 꾹 찌르기에 그냥 대답했다.

"예."

씽 아저씨가 들릴락 말락 욕을 했다.

"이야기 좀 하자."

아저씨는 그렇게 말하고는 우리를 다시 인쇄소로 데려가 차를 세 잔 따른 뒤에 앉으라는 손짓을 했다.

"어렸을 때부터 네 아버지와 알고 지냈다. 네 아버지가 나보다 몇 살 많지. 우린 학교에 같이 다녔어."

아저씨는 인쇄기를 가리키며 빙긋 웃었다.

"이 기계를 살 때 네 아버지가 돈을 모아서 날 도와줬는데 그 이야기를 들어봤니? 아마 못 들었겠지. 네 아버지는 책이나 인쇄물에 늘 관심이 많았다. 그래서 이 마을에서도 신문과 안내문을 인쇄해야겠다고 마음먹었지. 여기서 글을 쓰고 인쇄 기술도 있는 사람은 나밖에 없으니 내가 그 일에 적격이었지만 인쇄기가 없어서 뾰족한 수가 없었다. 그런데 네 아버지가 시의회를 설득하여 돈을 거뒀지. 그리고 작은 기계를 구입하여 나에게 빌려준 덕택에 이 일을 시작할 수 있었단다. 네 아버지의 도움이 없었더라면 난 여전히……. 내가 뭘 하면서 살았을지 모르겠구나."

쌀림의 눈길이 느껴졌다. 난 입만 달싹이며 물었다.

"뭐?"

쌀림도 입만 움직였다.

"말씀드려."

쌀림이 시키는 대로 하다 가는 마을 전체에 소문이 쫙 퍼지겠어. 하지만 난 결국 입을 열었다.

"씽 아저씨, 말씀하셨듯이 제 아버지를 잘 아신다면 제가 이런 기사를 쓴 이유를 이해하시고……."

내가 설명을 마치자 씽 아저씨는 기사들을 넘기며 방이 쩌렁쩌렁 울릴 정도로 웃어 댔다. 아저씨의 얼굴은 아까보다 훨씬 상냥해졌고 눈길도 부드러워졌다.

"정말 이래도 되는 거냐? 난 네 아버지를 형제처럼 사랑하지만 이게 과연 옳은 일일까?"

아저씨가 가만히 물었다.

"다른 방법이 있나요, 아저씨?"

아저씨가 눈을 들어 천장을 보더니 소리 죽여 짧게 기도를 올렸다.

"구루힌두교와 시크교의 종교 지도자가 우리를 인도하사……."

아저씨는 잉크가 곳곳에 묻은 천을 기계에서 획 벗기고는 손을 허리에 얹은 채 우리에게 돌아섰다.

"나한테 맡겨라. 내일까지 인쇄해 주마. 이제 가 봐라. 이 어설픈 원고를 순서에 맞춰 배열하려면 손 좀 봐야 하니까. 어서 돌아가."

✳

나는 세 명의 성직자들 앞에서 발끝만 내려다보고 있었다. 그동안 이들은 네 번이나 더 아버지를 찾아왔지만 나는 아버지가 자고 있다거나 불편하다고 둘러대며 이들의 발길을 돌렸다. 그런데 이번에는 성직자들이 물러서지 않겠다며 버텼다.

이들에게 진실을 털어놓는 순간 내 계획은 느리지만 확실하게 마을 전체로 퍼져 나갈 것이다. 아니, 거짓이라고 해야 하나? 그렇더라도 이 성가신 손님들에겐 사실대로 말해야 나와 내 친구들이 편해질 것 같았다. 난 허리를 쭉 펴고 그동안 어떤 일을 꾸몄는지 실토했다.

"우리에게 거짓말을 하다니!"

신부가 소리쳤다.

"도덕적으로 용납할 수 없는 일이야."

이맘이 말했다.

"네 아버지는 진실을 알아야 해."

판디트가 덧붙였다.

"하느님이 이 일을 어떻게 생각하시겠니?"

신부가 다시 소리쳤다.

"이 일을 하느님께 여쭤 보지 않아서 어떻게 생각하실지 모르겠어요. 하지만 제가 말씀드렸다면 하느님도 이해하셨겠죠."

난 차분히 답했다. 쌀림은 내 오른쪽에 서서 성직자들을 노려보았고 만지트는 우리 집 앞에서 반항하듯 작은 나뭇가지로 이를 쑤시고 있었다.

"이해하실 거라고?"

신부가 한마디 덧붙였다.

"그렇더라도 그건 진실이 아니리 거짓이야. 내 아버지는 죽어……."

"저기요, 판디트님, 이맘님, 신부님."

쌀림이 목소리를 높이며 말을 끊었다.

"안 돼, 쌀림. 난 괜찮으니……."

내가 말렸다.

"아니, 난 싫어."

쌀림이 내 앞에 서서 말했다.

"빌랄의 집 앞에 찾아와서 이러는 거 싫어요. 애가 나쁜 짓을 한 것도 아닌데 혼나는 것도 싫고 또……."

"쌀림……."

난 다시 말렸다.

"그러니 그냥 떠나 주세요. 우리가 알아서 할 테니 맡겨 두시라고요."

쌀림이 말을 이었다.

"바가반 성자여, 저 소년들에게 진실을 알려 주소서."

판디트가 말했다.

"알라가 저들을 용서하리니……."

이맘이 입을 열었다.

쌀림이 성직자들에게 큰소리쳐 줘서 고마웠다. 성직자들은 양손을 비벼 대며 나를 향해 혀를 찼다. 만지트는 계속 이를 쑤시며 쌀림이 쏘아붙이는 모습을 흥미롭게 지켜보았다. 결국 내가 쌀림의 어깨에 손을 올렸다. 쌀림은 고함을 멈추더니 잠잠해졌다. 난 성직자들을 차례차례 쳐다보며 양손을 들었다. 그러자 세 사람도 곧 말을 멈췄다. 하지만 그들은 금방이라도 다시 불만을 쏟아 낼 기세였다.

"제가 진실을 말해야 하나요?"

그들은 하나같이 그렇다고 중얼거리며 고개를 끄덕였다.

"그게 최선이라고 확신하시나요?"

그들은 다시 묵주와 목걸이와 무거운 옷감을 흔들며 동의했다.

"그럼 좋습니다. 판디트 선생님, 처음에 일자리를 찾아 여기 오셨을 때 델리의 유명한 구루 밑에서 가르침을 받았다고 사람들에게 말씀하셨어요. 하지만 다들 알다시피 선생님은 델리에 가 본 적도 없고 첸니아에서 오셨지요."

"아니, 그건 아주……."

판디트가 더듬거렸다.

"이맘 선생님, 아드님이 중요한 관직에 있다고 널리 자랑하셨지만 사실 아드님은 어느 무장 강도단 소속이고 바탈리아 근처의 마을에 산다는 걸 알아요."

"그게, 아니, 내 말은 그렇긴 한데. 걔는 바탈리아 근처에 살지만……."

"그리고 신부님, 신자가 마지막으로 고해성사를 한 게 언제였나요?"

"아, 그게 좀 됐지. 좀 줄어들었어. 여긴 작은 마을이니까……."

"신부님, 신부님이 술을 많이 드시면 고해성사 내용을 아무한테나 말해 버리니 그렇죠."

"그런 건 기억이 잘 나지 않아서……."

신부가 얼버무렸다.

"무슨 뜻인지 아시겠죠? 세 분 모두."

쌀림과 만지트가 입을 쫙 벌린 채 나를 보며 서 있었다. 난 친구들 앞을 지나 문을 열고 성직자들을 향해 손짓했다.

"그럼 들어오세요. 아버지는 세 분의 진실을 기꺼이 들으실 거예요."

성직자들은 조용해진 거리에서 붙박이처럼 서 있었다.

"네 아버님이 잠드셨다면 굳이 방해할 생각은 없는데……."

신부가 입을 뗐다.

"그래, 아버님은 쉬셔야 할 게다. 우리 세 사람 때문에 소란스러워진다면 좋을 게 없지."

이맘이 말을 이었다.

"그래. 그럼 우리 안부나 전해 다오. 하느님이 구해 주실 게다."

판디트는 눈을 감고 기도를 올렸다. 이맘은 양손을 하늘로 들어 올리고 몸을 흔들며 기도를 읊조렸다. 신부는 묵주를 한 알씩 돌리며 멀리 바라보았다.

"와 주셔서 감사합니다."

내가 말했다.

"뭐, 이 정도 가지고. 얘야, 우리가 늘 기도하고 있다고 전해 드려라."

신부가 말했다.

✳

난 멀어져 가는 세 사람을 바라보다가 벽에 기대어 스르르 주저앉았다.

"빌랄, 그건……."

쌀림이 입을 열었다.

"내가 뱉은 말이지만 내 기분도 참 좋지 않다. 이제 곧 온 마을 사람들이 내가 무슨 짓을 저지르고 있는지 알게 될 거야."

난 씁쓸하게 대답했다.

"그렇지만 빌랄, 넌……."

쌀림이 더듬거리며 적당한 말을 떠올리느라 애썼다.

"넌 성직자들에게 필요한 말을 했을 뿐이야, 빌랄."

만지트가 차분하게 말을 이었다.

"남에게 그런 말을 듣기 싫다면 그렇게 살지 말아야 해. 그리고 그들이 남에게 훈계나 늘어놓을 처지는 아니지."

"고마워, 만지트. 네 말을 들으니 기분이 한결 나아진다."

만지트가 고개를 끄덕이며 내 곁에 앉았다. 쌀림은 그대로 서서 눈동자를 굴리며 적당한 말을 찾으려고 애쓰더니 결국 포기하고 주저앉았다.

"그나저나 그분들 표정은 봤냐?"

쌀림이 빈정거렸다.

"진짜 우습더라."

만지트가 대답했다.

"뭐라고 설명하기는 어렵지만 마치……. 어휴, 생각이 안 나네."

쌀림이 말했다.

"커다란 목소리로 진실을 들었으니 크게 놀랐을 테지."

만지트가 말을 받았다.

"난 이해할 수 있어."

나는 어깨를 으쓱하며 말했다.

"무슨 말이야?"

쌀림이 물었다.

"거짓말도 계속 반복하다 보면 사실처럼 느껴지거든. 언제부턴 가 자기 말을 진실이라고 스스로 믿게 되는 거야."

"이렇게 탁 트인 장소에서 그런 이야기를 들었으니 깜짝 놀랄 수밖에."

만지트가 말했다.

"머리를 한 대 쾅 맞은 기분일 거야."

나도 동의했다.

"그럼 언젠가 너도 그런 기분을 느끼게 될까?"

쌀림이 물었다.

"아니, 난 그런 기분은 안 느낄 거야. 절대로."

난 대답했다.

*

"그건 그렇고. 우리 신문이 나왔던데. 아저씨는 읽으셨어?"

쌀림이 물었다.

씽 아저씨가 진짜처럼 보이도록 기사들을 특별한 종이에 인쇄해 준 덕분에 신문은 꽤 그럴싸하게 나왔다. 아저씨는 신문이 잘 나왔다며 기뻐했을 뿐 아니라 자신의 일처럼 뿌듯하며 신문을 우리 집으로 직접 가져오셨다.

"이따가 저녁에 갖다 드리면 아버지는 잠들 때까지 촛불 아래서 신문을 읽으시겠지."

내가 말했다.

"아저씨가 눈치채시려나?"

만지트가 물었다.

"그렇지는 않을 거야. 아버지는 요즘에 잠이 늘어서 깨어나도 계신 곳이 어딘지 잘 모르실 정도니까. 때로는 나를 엄마라고 생각하시는지……."

내가 씁쓸하게 대답했다.

"내가 같이 있어 줄까?"

쌀림이 물었다.

"아니, 아니야. 집에 가. 내일 그냥 옥상에서 만나자."

만지트와 쌀림이 떠난 뒤에 난 조용히 햇살이 바뀌는 광경을 지켜보았다. 집으로 들어가서 등 뒤로 문을 닫고 신문을 챙겼다. 아버지는 침대에 누워 천장을 바라보고 계셨다.

"아버지, 깨어나셨네요. 기분은 어떠세요?"

아버지는 소스라치게 놀라며 나를 보았다. 여기가 어딘지 또 깜빡하셨나 보네.

"보세요, 아버지. 신문을 가져왔어요."

아버지는 의식이 돌아왔는지 생기를 띠었고 고맙다는 듯 웃었다. 신문을 받아들자 얼굴에 바짝 대고는 촛불 아래서 눈을 찌푸

리며 읽었다. 아버지가 신문을 읽는 동안 난 침대에 앉아 소리 내
지 않으려고 애썼다. 아버지는 이윽고 신문을 내려놓더니 나를 보
며 함박웃음을 지었다.

"거봐라. 곧 좋아진다고 말했잖니."

아버지가 행복해하며 말했다.

"맞아요, 아버지. 모두 다 좋아질 거예요."

내가 대답했다. 신문을 받아 들고 약을 준비했다. 이윽고 밤이
되자 아버지를 자리에 눕혀 드렸다.

닭싸움

일주일 뒤의 이른 아침 우린 옥상 위에 앉아 있었다. 시장이 깊은 잠에서 서서히 깨어나던 참이었다. 문 여는 노점은 날이 갈수록 줄어들었다. 배짱이 두둑한 상인들만 정상적으로 하루 일과를 시작했다.

문득 생각했다. *정상? 정상이란 게 뭘까? 사람을 죽이고 불구로 만들 만큼 미워하는 건 절대 아니야. 그건 정상이 아니야.*

난 주위를 둘러보았다. 우리 사이에도 묘한 긴장감이 흐르고 있었다. 항상 밝은 기운을 몰고 다니던 쌀림은 옥상 모퉁이에 서서 먼 곳을 바라보며 뾰로통하게 앉아 있었다. 다리를 밖으로 내놓기는 했으나 평소처럼 대롱대롱 흔들진 않았다. 쌀림은 나에게 뭔가 감추고 있었다. 쌀림의 가슴속에 숨겨진 비밀이 그의 밝은 성격마저 앗아간 것 같았다.

만지트는 우리와 살짝 떨어진 곳에 앉아 계속 나무토막을 깎았다. 나무토막이 작아져 남은 부분이 별로 없는데도 만지트는 아무 생각 없이 계속 잘라 냈다. 지난주부터 만지트는 자꾸만 움츠러들었다. 만지트의 마음도 어딘가로 완전히 떠나 있었다. 그의 시선이 느껴져 난 고개를 돌려 웃음 지었지만 만지트는 내 눈길을 피했다. 해가 떠올랐고 햇살이 우리를 골고루 비췄다. 우린 서로 바라보다가 시선을 돌리다가 했다.

초타가 계단을 깡충깡충 올라오자 다들 각자의 생각에서 벗어났다. 초타는 이 얼굴 저 얼굴에서 불편한 기색을 읽었지만 그렇다고 잠자코 입 다물고 있을 성격은 아니었다.

"오늘 오후에 닭싸움을 벌인대. 그렇게 크고 난폭한 닭들은 첨봤어. 사람들이 거기로 많이 모일 거래. 우리도 가자!"

만지트는 나무를 다듬던 동작을 멈추더니 비로소 나무토막의 상태를 깨달았는지 휙 내버렸다.

"닭싸움은 어른들이 보는 거잖아. 우린 못 오게 막을 텐데."

만지트가 말했다.

"아니, 괜찮을 거야. 사람들이 왕창 몰려든다는데 누가 우리에게 신경이나 쓰겠어."

216

초타가 팔짝팔짝 뛰면서 흥분에 겨워 대꾸했다.

"닭싸움은 왜 하는데? 그리고 사람들이 왜 많이 모여?"

쌀림이 물었다.

"몰라. 내가 지나가는데 폰디체리 할아버지가 아난드 아저씨에게 그 이야기를 하더라고. 무슨 말인지는 통 못 알아들었지만 말이야."

초타가 어깨를 으쓱하며 말했다. 난 옥상 귀퉁이로 가서 폰디체리 할아버지가 늘 앉아 있는 장소를 살펴보았다. 할아버지는 찾지 못했지만 통에 비스듬히 세워진 할아버지의 지팡이는 보였다. 초타는 흥분하여 이미 제정신이 아니었고 열광의 도가니로 우리를 끌어들이려고 안달이었다.

"어때? 갈 거야, 말 거야?"

초타가 물었다. 쌀림이 날 보며 고개를 흔들었다.

"골치 아픈 일이라도 터지면……."

쌀림이 말했다.

"뭐, 별일 있겠어?"

만지트가 일어나서 긴 다리를 쭉 뻗었다. 만지트와 쌀림은 초타가 나타나자 슬슬 활기를 띠었다. 나도 고개를 끄덕였다. 초타의 얼굴이 확 밝아졌다.

"피비린내 나는 싸움이 벌어질 것이야!"

초타가 비명을 지르듯 말했다.

난 폰디체리 할아버지를 잠깐 만나고 오겠다고 했다. 닭싸움이 시작되기 전까진 돌아오기로 했다. 폰디체리 할아버지는 눈이 어두운데도 공원을 바라보며 앉아 있었다. 할아버지를 방해하고 싶은 생각은 없었지만 꼭 물어볼 게 있었다.

"빌랄이구나. 망설이지 말고 가까이 오렴."

할아버지가 주름진 손으로 나를 불렀다. 난 할아버지의 곁에 놓인 통으로 가 앉았다. 그리고 할아버지가 보는 곳으로 같이 눈길을 돌렸다. 아니, 안 보이는 곳인가? 할아버지가 정말 앞을 보는지 못 보는지 난 가끔 헷갈렸다.

"오늘 오후에 열린다는 닭싸움에 대해서 들으셨어요?"

"듣지 않을 수가 있겠니? 너도나도 화제로 삼고 있는데."

할아버지가 대답했다.

"왜요? 그저 닭싸움일 뿐이잖아요?"

"가끔씩 인간은 짐승이나 다를 바 없을 때가 있단다."

폰디체리 할아버지가 고개를 저으며 말했다.

"다들 피 냄새를 맡았어. 그 비릿한 냄새가 우리의 가장 악한 부분을 건들었단다. 인간의 가장 어두운 면이지. 그것은 평소 생각으로만 머물던 것을 행동으로 옮기게 하거든."

"하지만 그게 닭싸움이랑 무슨 상관인데요?"

"패거리들 말이다. 그 패거리들이 거기로 가서 신호를 기다릴 거야."

할아버지는 한숨을 내쉬며 턱을 가슴팍으로 떨어뜨렸다.

"할아버지도 가실 건가요?"

"비록 보이지는 않아도 가련다."

"왜요?"

난 의아해서 물었다.

"할아비 역시 짐승이니까. 그리고 끝이 가까워졌다면 징조가 나타날 테니 확인해야지."

할아버지가 소곤거렸다.

"이제 떠나라, 어서."

할아버지가 손을 내저었다.

"난 징조를 확인할 필요가 없어요. 끝이 가깝다는 걸 아니까요."

텅 빈 광장을 바라보는 할아버지를 남겨 둔 채 난 떠났다.

✳

옥상으로 돌아가자 쌀림이 내 곁으로 와 어깨에 팔을 둘렀다. 나도 쌀림에게 팔을 두르고는 킥킥 웃음을 터뜨렸다.

"왜 그렇게 킥킥거려, 땅딸아?"

쌀림이 물었다.

"너 때문이잖아, 이 얼뜨기야! 요즘 좀 우울해 보이고……."

"내가? 누가 할 소리!"

쌀림이 말을 이었다.

"너야말로 요즘 요상한 눈빛으로 먼 곳을 바라봤잖아. 네 입에서 아무 때나 타고르와 카비르인도의 시인이자 종교 운동가의 시가 튀어나올 것 같았다니까."

난 쌀림을 밀쳐 내며 머리통을 슬쩍 때렸다.

"와, 저기 봐."

난 아래를 내려다보며 한 방향으로 우르르 몰려가는 사람들을 가리켰다.

"이번 닭싸움에는 사람들이 정말 많이 모인대."

"하지만 우린 몸집이 작으니까 잽싸게 빠져나갈 수 있어."

쌀림이 대꾸하며 씩 웃었다.

"내 말은 그게 아니라……."

난 마을 묘지 쪽을 바라보며 말을 이었다.

"폰디체리 할아버지가 말씀하시길 요즘 시끄러운 패거리들
이……."

"아무튼 이 옥상에 앉아서는 할아버지의 말뜻을 알 수가 없잖
아. 더구나 무케르 선생님이 오늘 종일 네 아버지 곁을 지키시겠
다니 잘됐네. 어서 가자!"

쌀림이 벌떡 일어나 계단을 뛰어 내려갔다.

사람들은 광장을 벗어나 묘지를 향해 물밀듯 밀려갔다. 닭싸움
은 항상 마을 묘지에서 열렸다. 언제나 그랬다. 한번은 아버지에
게 그 이유를 물어보았다. 아버지의 대답에 따르면 마을 원로들
은 시장에서 닭싸움을 벌이는 걸 바람직하지 않다고 여겼다고 한
다. 그 대신에 시내에서 떨어진 묘지에서 하는 닭싸움은 허락해
주었다. 아버지는 나를 향해 빙그레 웃으며 덧붙였다.

"그 덕분에 시의회 의원들도 아내에게 들키지 않고 다른 사람들
처럼 내기를 할 수 있었단다."

인파 속으로 들어서자마자 우리는 곧장 떠밀려 갔다. 언제나처
럼 만지트가 앞장섰다. 만지트의 주황색 터번이 우리 눈앞에서 까
닥거렸다. 쌀림은 내 오른쪽에 찰싹 달라붙었다. 난 왼쪽에 있는

초타가 군중 속으로 사라지거나 길을 잃을까 봐 단단히 붙잡았다. 광장은 사방팔방에서 모여든 사람들로 서서히 메워졌다. 우리는 멈춰 서서 군중의 거대한 회오리를 온몸으로 느꼈다. 폰디체리 할아버지가 패거리라고 이른 건 이를 두고 한 말일까? 우린 꼼짝없이 한가운데서 발이 묶였다. 사람들이 수없이 어우러지며 이리저리 흔들렸다. 난 눈을 감았다. 한쪽에선 분노와 폭력과 피바람이 고동쳤다. 다른 쪽에선 고요와 평화와 명상이 일렁거렸다. 앞에서는 결과를 기다리는 초조하고 조급한 분위기가 느껴졌다.

눈을 뜨자 빛과 소리가 확 밀려들어 정신을 차리기 어려웠다. 만지트의 주황색 터번이 내 앞에서 흐릿해지더니 군중 속으로 번져 갔다. 난 눈을 깜박이며 이 괴상한 장면을 머릿속에서 몰아내려 했지만 오히려 심해졌다. 보는 곳마다 색깔들이 이리저리 뒤섞였다. 붉은 스카프가 하얀 도티허리와 다리를 감싸며 입는 인도의 남자 전통 의상와 섞였고, 은팔찌는 진한 구릿빛 피부와 섞였으며, 푸른 하늘과 흰 구름이 만나 군중 사이로 똑똑 떨어졌다. 그렇게 아름다운 모습은 난생처음이었다.

우리는 일렁거리며 모두 함께 앞으로 나아갔다. 시작도 끝도 없었다. 엄마 무덤가의 벵골보리수처럼 엄마 뿌리는 어디론가 빨려 들어갔고 아기 뿌리들만 남아 있었다. 이게 폰디체리 할아버지가 말한 패거리일까? 난 패거리를 난폭하고 밉살스러운 단어라 생각했는데 사람들의 눈에는 기쁨이 어려 있었다.

나는 발 디딜 틈도 없이 서서히 나아갔다. 군중은 갈래갈래 나뉘어 묘지의 여러 문을 지나 곳곳에 흩어진 무덤들 사이 오솔길로 빠져나갔다. 이윽고 사발 모양의 무덤들을 모두 통과하자 언덕 아래로 아담하고 동그란 공터가 나타났다. 공터는 흙으로 덮여 있었다. 그곳을 둘러싸고 사람들의 숫자가 금세 불어났다.

만지트가 우리에게 돌아서서 고개를 흔들었다.

"더는 나갈 길이 없어."

"내가 찾을게."

초타가 조바심을 내며 대뜸 나섰다. 내가 그의 팔을 놓아주자 만지트가 가던 방향으로 밀고 들어갔다. 곧 이를 드러내며 킬킬거렸다.

"따라와."

초타가 곧장 앞으로 나갔다. 우린 초타의 등 뒤에서 기를 쓰고 따라갔다. 초타는 꽉 막힌 곳을 비집고 잘도 들어섰다. 사람들의 장벽에 가로막히면 밑으로 기어들거나 옆으로 돌아갔고 심지어 사람을 타고 넘기도 했다. 다들 아등바등 따라가는데 어느 순간 만지트의 주황색 터번이 보이지 않았다. 만지트가 어디 있지? 잠깐 멈추려는데 초타가 내 손을 쥐고 마구 당기는 바람에 정신없이 끌려 갔다. 초타는 포기하지 않고 제일 앞자리까지 우릴 데려갔다.

비로소 눈앞이 제대로 보였다. 아래 공터에 사람 서너 명이 모여 있었다. 그들 중에는 초타의 삼촌도 있었다. 초타의 삼촌은 닭싸움 진행에서 중요한 역할을 맡은 모양이었다. 검은 완장을 두른 채 주변의 남자 둘에게 뭔가 지시를 했고 그 둘은 열심히 들었다. 눈치를 보니 싸움닭 주인들 같았다.

사람들이 몰리면서 점점 공터가 좁아지자 초타의 삼촌이 덩치 큰 남자들에게 관중을 밀어내라고 시켰다. 관중들은 진행 상황을 조금이라도 더 보려고 누구 할 것 없이 까치발로 서 있었다. 주변에 쌓여 있는 흙더미를 딛고 올라선 사람들도 있었다. 몇몇은 나무 상자를 가져와 그 위에서 아래 공터를 내려다보기도 했다.

언젠가 읽은 카이사르가 활약한 고대 로마 시대를 배경으로 한 책이 떠올랐다. 지금 모습이 그 책 속의 장면과 너무 흡사했다. 로마 사람들은 원형경기장에서 검투사들이 죽을 때까지 싸우는 시합을 지켜봤다. 이곳도 원형경기장인데다 사방에 죽음의 기운이 감돌고 있으니 그때와 딱 맞아 떨어지는 게 아닐까. 난 잠시 죽은 자들의 영혼이 모여 산 자와 함께 이 시합을 지켜보는 건 아닐까 생각했다. 공터의 위쪽과 주변을 돌아보면서 묘한 느낌에 사로잡혔다.

초타의 삼촌이 닭 주인들과 대화를 마쳤다. 닭 주인들은 돌아서서 구름 떼 같은 군중 속으로 자취를 감췄다. 뒤쪽의 사람들이 어찌나 밀어대는지 그냥 서 있기도 힘들었다. 쌀림과 초타가 양쪽에서 날 꽉 잡아 줘서 밀릴 때마다 함께 버텼지만 점점 힘이 부쳤다. 이따금씩 사람들의 파도가 밀려오면 내 발은 허공에 둥둥 떴다. 군중은 점점 인내심을 잃어 갔다.

닭 주인들이 검은 천으로 덮어 둔 닭장을 들고 돌아왔다. 경기장 가장자리의 뒤집힌 상자에 앉아 있던 노인이 공터 가운데로 느릿느릿 걸어 나오더니 손을 올렸다. 그 몸짓은 군중을 가로질러 묘지의 끝까지 전달됐다. 조용히 하라는 신호였다.

노인은 닭 주인들에게 닭을 가져오라는 신호를 보냈다. 침묵이 이어지는 가운데 두 남자가 각각 닭을 들고 노인에게 다가갔다. 닭들의 머리에도 검은 천이 덮여 있었다. 남자들은 마주 서서 노인의 손짓을 기다렸다. 노인이 손목을 탁 꺾으며 천을 벗기라는 신호를 보내자 남자들은 닭을 높이 쳐들었다. 순간 군중의 아우성과 분노가 폭발하듯 터져 나왔다. 두 마리의 닭은 서로 부리가 닿을 만큼 가깝게 마주한 상태에서 광란의 열기에 휩싸였다. 마침내 노인의 신호에 따라 양쪽 닭들은 주인의 손에서 풀려났다.

두 마리의 닭은 서로 날아들어 할퀴고 쪼아 댔다. 한바탕 불꽃 같은 싸움이 벌어졌고 곧이어 조금 지쳤는지 서로 커다랗게 원을 그리며 돌았다. 시작하자마자 피어올랐던 흙먼지가 서서히 가라 앉았다. *두 닭이 서로 무척 다르네.* 몸집이 큰 쪽은 품종이 간Ghan 으로 적갈색을 띠었고 부리는 금빛이었다. 햇빛 아래 노랗게 빛나 는 발톱은 뭉툭해 보였지만 사실 날카롭고 위협적이었다. 자그마 한 쪽은 까만 람푸르Rampur 종으로 붉은 부리를 시계추처럼 좌우 로 흔들었다. 람푸르 종은 발톱이 작지만 대신 깔쭉깔쭉하고 뾰 족했다.

닭들은 얼마간 빙빙 돌다 멈춰서더니 다시 상대에게 다가갔다. 간이 람푸르의 목으로 곧장 돌진하자 작은 람푸르는 날렵하게 움 직이며 공격을 피했다. 경기의 흐름은 비교적 단순했다. 몸집이 큰 간은 람푸르를 쫓아다니며 튼튼한 목과 짧은 부리로 정면 공격 했다. 람푸르는 자신이 작고 약하다는 걸 잘 알았기에 정반대되는 작전을 세웠다. 추격을 피해 달아나면서 간의 기운을 빼앗다가 상 대가 지치면 잽싸게 물어뜯었다. 그러나 몸집이 작은 람푸르로선 한 번이라도 세게 맞는다면 치명적일 테니 아슬아슬한 작전이었 다. 이 자리에 쏠린 사람들의 관심만큼이나 볼 만한 시합이었다.

군중의 아우성이 죽음의 경기장을 뒤흔들었다. 난 등골까지 오싹해졌다. 군중의 외침은 최후의 폭발 같은 것이었다. 지난 몇 주 동안 마을 전체가 숨죽이며 참아 왔던 게 드디어 여기에서 꿈틀거렸다. 여기저기서 거친 분노와 참았던 숨이 터져 나왔다. 군중은 피를 원했다. 시간이 흐르다가 딱 멈췄다. 시선이 닿는 곳마다 사람들은 얼굴과 몸을 추악하게 뒤틀며 숨겨 뒀던 감정을 드러냈다. 너도나도 입을 벌린 채 시꺼먼 구멍으로 찢어지는 소리를 냈다. 모두들 그간 내가 알고 지낸 사람들이었지만 이 경기장에선 하나같이 낯설었다. 인간다운 모습은 묘지의 입구에 내려놓고 온 것 같았다.

닭싸움에서 눈을 떼고 주변을 살펴보니 폰디체리 할아버지가 내 맞은편에서 지팡이에 기대어 경기장을 응시하고 있었다. 할아버지가 장님이란 게 지금 상황에선 별 도움이 되지 못할 것이다. 타고난 이야기꾼으로서 폰디체리 할아버지는 지금 눈앞의 모습보다 훨씬 더 지독한 걸 상상하실 테니까.

쌀림이 나를 붙잡더니 바싹 끌어당겼다.

"경기를 중지하지 않고 있어. 아마 그러기 힘들겠지. 여기 모인 군중들 때문에."

쌀림은 시끄러운 소리에 묻히지 않으려고 고래고래 외쳤다.

"무슨 말이야?"

"원래는 시합을 멈추고 싸움닭에게 휴식 시간을 줘야 하는데 오늘은 끝장을 볼 셈인가 봐. 닭들이 죽을 때까지."

고함치는 쌀림의 눈동자에 피를 갈구하는 군중의 모습이 비춰졌다. 당연히 끝까지 가겠지. 오늘은 적어도 그 정도는 돼야 할 거야.

지금껏 겨우 몇 분이 흘렀을 뿐인데 영원처럼 느껴졌다. 람푸르가 간의 추적을 요리조리 피하자 간은 서서히 지쳐 갔다. 공격은 여전히 살벌했지만 횟수는 크게 줄어들었다. 화가 치민 간이 람푸르에게 날아들었지만 허공을 가르며 빈 바닥으로 떨어졌다.

기회만 엿보던 람푸르가 순간 등을 보인 간에게 달려들어 깊게 상처를 냈다. 간의 목에서 고통스러운 비명이 터져 나와 군중을 휘감더니 이내 잦아들었다. 간은 경기 중 처음으로 뒤로 몇 걸음 물러났다. 지치고 상처받은 닭은 비틀비틀 옆 걸음질 치며 경계하는 눈빛으로 상대를 바라보았다. 내 심장이 가슴 속에서 방망이질을 쳤다.

별안간 불꽃이 터지듯 군중이 다시 한 번 폭발했다. 이 닭싸움은 사람들이 지금까지 겪어 왔던 삶의 다른 전투와 다를 바 없었다. 가난과 맞붙고 고난과 맞붙고 운명과 맞붙었던 전투. 전투를 벌일 때마다 사람들이 항상 듣던 말이 있었다.

"원래 그런 거야. 그냥 받아들이고 최선을 다하란 말이야."

자신감을 회복하며 기세등등해진 람푸르가 집요할 정도로 간의 뒤를 빙글빙글 쫓아다녔다. 간은 고통에 겨워 휘청거리며 람푸르의 공격 범위에서 벗어나고자 서투르게 움직였다. 이제 람푸르는 물러서지 않고 눈앞에 드러난 간의 목과 등을 계속 할퀴었다. 우린 주춤주춤 뒷걸음질쳤지만 군중은 지금이 마지막이라고 생각했는지 자꾸만 앞으로 다가섰다. 군중의 슬픔과 분노가 파도처럼 밀려왔다.

람푸르는 결정타를 노리는지 고개를 까닥였다. 두 닭은 최후의 공격을 위해 상대에게 다가섰다. 마음이 급해진 간이 야멸치게 달려들어 죽기 살기로 덤볐다. 람푸르는 움찔거리며 피하는가 싶더니 간의 목이 보이자마자 온 힘을 다해 부리로 쪼았다. 간의 검은색 깃털이 붉게 물들었다. 휘청거리던 간이 바닥으로 쓰러질 때까지 람푸르는 꼿꼿이 서서 지켜보았다. 이걸로 싸움은 끝났다.

거대한 함성이 하늘을 쩌렁쩌렁 울렸고 승리의 구호가 들불처럼 군중 사이로 퍼져 갔다. 람푸르는 가느다란 발목에 의지한 채 비틀거리다가 고개를 서서히 들어 올리며 승리를 만끽했다. 그러고 나서 몇 걸음 물러서더니 옆으로 쓰러졌다. 나는 쌀립과 초타의 손을 놓고 한 발자국 나가다가 무릎을 꿇었다. 안 돼! 람푸르의 눈이 하늘을 향해 열려 있었다. 번들거리는 진주색 눈이었다.

승자가 쓰러졌다는 말이 퍼져 나갔다. 내 뒤의 사람들이 우왕좌왕 부딪치다가 삼삼오오 흩어졌다. 인간 장벽이 무너졌다. 초타가 나를 쌀림의 등 뒤로 바짝 밀었다. 우리는 서로를 꽉 붙잡고 아수라장에서 벗어나려고 허둥거렸다. 람푸르의 주인이 양손으로 닭의 시체를 껴안았다. 사방에서 주먹다짐과 말싸움이 일었다. 폰디체리 할아버지만 여전히 같은 자리에 서 있었다. 난 초타와 쌀림을 끌고 할아버지에게 달려갔다.

"할아버지, 여기에서 빠져나가야 해요. 어서요!"

할아버지는 나에게 돌아서서 온화하게 웃으며 말했다.

"아니, 할아비는 이 광경을 지켜봐야 한단다, 빌랄아. 무슨 죄를 타고나서 이러는지는 모르겠다만 어쨌든 난 증인이거든. 하지만 너희들은 당장 떠나라. 뒤돌아보지 말고. 뒤돌아보면 큰일 난다."

할아버지는 손을 흔들고는 서둘러 발길을 옮겼다. 가지 말라는 내 비명에도 할아버지는 돌아보지 않았다. 쌀림이 내 팔을 잡아당겼다. 우리는 공터를 벗어나 언덕을 오르며 묘지의 출구로 향했다.

내 시야는 다시 뿌옇게 흐려졌고 이리저리 이미지가 뒤섞였다. 하지만 아까 이곳으로 올 때와는 달리 지금 모습은 전혀 아름답지 않았다. 오히려 역겨웠다. 사람들이 서로를 향해 돌을 던졌다. 어디서 나무를 꺾어 와 쓰러진 사람들을 흠씬 두들겨 패는 무리도 있었다. 도망가는 사람들을 향해 짧고 긴 칼을 휘둘러 대는 무리도 있었다. 흰 옷감이 붉은색으로 물들었다. 아주 잠시였지만 그 색깔의 조화가 꽤 아름답다고 생각했다.

언덕의 경사가 가팔라서 양손으로 기어 올라갔다. 어디선가 연기가 불어왔다. 한 걸음씩 올라가는데 누군가 내 다리를 붙잡았다. 바닥에서 손만 허우적거리며 나에게 매달렸다.

"살려 줘, 살려 줘! 죽기 싫어!"

얼굴은 보이지 않고 비명 소리만 들렸다. 초타가 손을 걷어차며 고함을 질렀다. 나 역시 떼 내려고 발버둥 쳤다. 순간 손이 사라졌다.

초타에게 떠밀려 계속 올라가는데 갑자기 불기둥이 앞을 가로막았다. 우린 진흙투성이 비탈길에 매달려 있었다. 이제 이곳은 지옥이나 다를 바 없었다. 어디를 가나 불길과 검은 연기가 가득했다. 사랑하는 가족을 찾으려고 연기 속을 헤매는 사람들과 두들겨 팰 희생자를 찾으려고 연기 속을 헤매는 사람들로 이곳은 아비규환이었다.

갑자기 내 눈앞에서 피와 연기가 뿌옇게 흐려지더니 이미지가 마구 번졌다. 주변에서 온통 꽃들이 피어났다. 붉은 장미가 노란 꽃과 뒤섞였다. 하얀 꽃잎은 갈색 진흙 속으로 스며들었다. 분홍 꽃잎이 공중으로 떠오르다가 가만히 멈추었다. 초타와 쌀림이 나를 굽어보고 있었다.

"어, 꿈인가? 가만, 내가 쓰러졌어?"

내가 소곤거렸다. 쌀림이 날 일으켜 세우더니 고개를 끄덕였다.

"그런 것 같아. 우리가 돌아보니 네가 바닥에 쓰러져 있었어."

정신을 차리고 다시 언덕을 기어올랐다. 초타가 우리에게 소리쳤다.

"힘내, 이제 다 올라왔어. 여긴 조용한 것 같아."

초타가 손을 흔들었다. 뒤에서 쌀림이 밀어준 덕분에 쉽게 초타가 앉은 곳까지 올라왔다. 초타는 완만한 비탈길 아래로 고개를 내밀었다. 연기가 심해 앞이 제대로 보이지 않았지만 인기척은 거의 없었다.

"어떻게 생각……."

초타가 입을 여는 순간 쌀림이 가로막았다.

"쉿! 저게 뭐지?"

가만히 귀를 기울이자 앞에서 부스럭부스럭 긁적이는 소리가 났다. 어떤 형체가 불쑥 나타나더니 재빨리 사라졌다. *저기야!* 오른쪽에서 뒤적거리는 소리가 들리는가 싶더니 유령 같은 게 머리에 손을 얹고 나타났다가 다시 자욱한 연기 속으로 사라졌다. 곳곳에서 부산한 움직임과 쥐어짜는 목소리가 들려왔다. 흐느낌과 신음과 비통한 탄식이 연기 속을 떠다녔다. 초타가 얼른 귀를 막았다.

"저 소린 죽어가는 고양이나 뭐 그런 거겠지?"

초타의 얼굴이 일그러졌다. 쌀림은 초타에게 팔을 두르며 아무 말 없이 나를 보았다. *이제 우린 어쩌지?*

아무리 생각해 봐도 자욱한 연기를 뚫고 가는 길밖엔 없었다. 쌀림이 입을 앙다문 채 시무룩한 얼굴로 나를 보았다. 이어서 스카프를 길게 풀어 찢더니 우리를 가까이 모았다.

"이걸 모두의 허리에 묶자. 서로 헤어지지 않도록 말이야. 거의 다 왔어. 무슨 일이 생겨도 멈추지 말고 계속 걷자."

쌀림은 확신에 찬 걸음으로 우리를 끌고 연기 속을 헤쳐 나갔다. 금세 다시 앞이 보이지 않았다. 한 걸음씩 조심조심 무덤을 지나며 천천히 나아갔다. 연기 너머로 어떤 형체들이 휙 스쳐갔다. 꽤 오래 걸은 것 같지만 시간의 흐름을 가늠하기 어려웠다. 다들 숨죽인 상태였다.

쌀림이 갑자기 멈췄다. 우리에게도 멈추라고 손짓한 뒤에 한쪽 무릎을 꿇었다.

"길을 잃은 것 같아."

쌀림이 고개를 숙이며 말했다.

"이쯤 되면 묘지 중앙으로 이어지는 길이 나와야 하는데 도대체 여기가 어딘지 모르겠어."

"네 잘못이 아니야. 곧 연기가 걷힐 테니 어디로 가야 할지 알 수 있을 거야. 여기에 앉아서 잠깐만 기다리면……."

난 그 생각이 위험하다는 걸 곧 깨달았다. 유령 같은 사람들이 배회하는 묘지 한복판에 태평스럽게 앉아 있다가는 무슨 일을 당할지 몰랐다. 쌀림이 눈치채고 몸을 일으켰다.

"내 생각에는 계속 걷는 편이 낫겠어."

쌀림이 말했다. 우린 머뭇머뭇 걸음을 내디뎠다. 울부짖는 소리가 점점 가까워지며 귓전을 때렸다. 초타는 잔뜩 옹송그린 채 눈동자를 정신없이 굴리며 무슨 소리인지 알아내려고 애썼다. 초타가 그렇게 벌벌 떠는 모습은 처음 보았다.

쌀림이 기어가듯 속도를 늦췄다. 어떤 남자가 갑자기 왼쪽에서 지독한 연기를 뚫고 외마디 비명을 지르며 우리에게 달려들었다. 화들짝 놀라 남자를 바라보니 온몸이 타고 부푼 상태에서 얼굴을 붙잡고 있었다. 아니, 얼굴의 남아 있는 부분이라고 해야 하

나? 쌀림이 허겁지겁 우리를 잡아당기며 길을 비켜 주었다. 남자
는 날듯이 사라졌는데 옷에서는 아직도 연기가 피어오르고 있었
다. 그의 비명과 울부짖음이 어우러져 가슴을 저미도록 끔찍한
소리를 만들어 냈다. 우리는 모두 주저앉아 귀를 막았다. 남자의
비명이 사그라졌기에 쌀림과 함께 일어나려는데 우리를 묶은 천
이 팽팽해졌다. 초타는 아직도 바닥에 웅크린 채 귀신이라도 본
듯한 표정을 하고 있었다.

"초타, 초타? 괜찮아. 그 남자는 갔어. 우리도 움직여야지."

난 초타에게 다가가 무릎을 꿇고 말했다.

"어디로 가? 여긴 우리가 살던 세상이 아니야. 우린 어디로 가
야 돼?"

초타가 물었다.

"그래, 그래. 여기서 좀 더 앉아 있자, 초타. 알았어."

나는 놀란 초타를 달랬다. 초타는 무릎을 껴안고 몸을 앞뒤로
흔들며 번뜩이는 눈으로 음침한 주변을 살피고 있었다. 쌀림은 여
전히 묘지 출구를 찾아내려고 연기 속을 유심히 들여다보았다. 그
런데 내 허리를 묶은 천이 다시 팽팽해지기에 쌀림을 잡아당겼다.

"무슨 일이야, 쌀림? 뭘 봤어?"

"내……. 내 생각에 누군가를 봤는데 금세 사라졌어."

쌀림이 대답했다.

"저기 다시 보인다! 폰디체리 할아버지! 폰디체리 할아버지! 여기요. 우리 이쪽에 있어요. 폰디체리 할아버지?"

자욱하게 피어오르는 연기를 헤치고 폰디체리 할아버지가 지팡이로 단단한 땅을 훑으며 나타났다.

"쌀림, 저런, 맞지?"

폰디체리 할아버지가 우리 앞에 서서 물었다.

"할아버지, 길을 잃어서 어느 쪽으로 가야 할지 모르겠어요."

내가 재빨리 말했다.

"빌랄이구나. 그리고 또 누가 있지?"

할아버지는 질문하면서 보이지 않는 눈으로 초타를 바라보았다.

"초타도 있어요."

쌀림이 대답했다.

"오냐, 다들 여기에 있으면 안 된다. 이 연기 속에서 누가 갑자기 나타날지 모르니까. 날 따라오너라."

우린 걸음을 재촉하며 할아버지 뒤를 바짝 따라갔다. 할아버지는 지팡이로 부러진 가지와 무거운 바위와 금이 간 묘비를 두들기며 앞장섰다. 그 사이에도 유령 같은 존재들이 여전히 우리 주변을 맴돌았지만 비통한 울부짖음은 서서히 수그러들었다. 별안간 우리 위쪽으로 어렴풋하게 묘지 출구가 나타났다. 우린 녹초가 된 상태에서도 안도의 한숨을 내쉬며 문을 지나갔다.

"누군가 커다란 석유통을 기울인 뒤에 불을 붙였어."

할아버지가 중얼중얼 말을 이었다.

"땅바닥에 있던 마른 덤불과……."

"할아버지는 나오는 길을 어떻게 찾으셨어요?"

할아버지는 한숨을 쉬었다.

"난 노인네란다, 빌랄아. 내 생전의 친구들은 묻혔거나 아니면 여기저기 뿔뿔이 흩어졌지."

"무슨 말씀인지……."

"애야, 나이가 들면 친구를 찾아갈 만한 장소는 묘지뿐이란다. 난 이곳에 워낙 자주 왔기에 눈을 가리고 재갈을 물린 채 뒤로 걷더라도 빠져나올 수 있단다."

시장에 이르자 할아버지는 그늘진 곳에 놓인 자신의 통으로 가서 평소와 다름없이 앉으셨다. 그리고 먼 곳으로 시선을 던지며 고개를 흔들었다.

"아직도 연기 냄새가 나는구나."

할아버지는 소리 죽여 중얼거렸다.

"어서 가거라. 이 시장 전체가 죽은 자와 산 자의 유령에 사로잡

히기 전에."

할아버지가 단호하게 말하고는 지팡이를 휘둘렀다.

"어서 집에 가!"

✳

우린 폰디체리 할아버지의 충고를 무시하고 옥상으로 달려갔다. 묘지를 빠져나온 만지트가 가장 먼저 들를 장소였기 때문이다. 계단을 우당탕탕 오른 뒤에 낡은 쌀자루 위로 풀썩 쓰러졌다. 다들 침묵 속에서 각자가 보고 들은 것을 되새겼다. 몇 분 뒤 슬슬 만지트가 걱정되기 시작했을 때 주황색 터번이 입구에서 불쑥 나타났다. 모두 벌떡 일어선 순간 피로 물든 만지트의 하얀 옷이 눈에 들어왔다. 쌀림이 다가가 그의 팔을 잡았다.

"만지트, 이 피는?"

"그건……. 그건 내 피가 아니야."

만지트가 쌀자루에 몸을 던졌다.

"만지트, 무슨 일 있었어?"

"너희를 놓친 뒤에 앞자리까지 나갔어. 바로 맞은편에 너희가 보여서 목이 터져라 불렀지만 시끄러운 소리에 묻혀 버렸어. 빼곡히 서 있던 사람들이 와르르 넘어져서 난 죽기 살기로 빠져나왔어. 수많은 사람들이 쓰러지고 짓밟혔어. 너희를 찾으려고 했지만 야단법석인데다 아직 거기 있을지 알 수 없었어. 석유통들이 기울어지고 언덕에 불이 붙었어. 내 앞으로 불길이 치솟았지. 순간 불길 너머에 묘지 밖으로 가는 길이 있다는 생각이 들었어. 그러려면 불을 통과하는 수밖에 없었어. 연기 때문에 한 치 앞도 안 보였어. 사람들이 불길을 향해 달리고 화염을 뚫고 지나갔어. 나도 뒤로 물러났다가 불을 향해 달렸지. 다행히 크게 다치지 않고 불을 통과했지만 그 뒤 내 눈앞에 나타난 모습은……. 그러니까……. 끔찍했어."

만지트는 말을 멈추고 눈을 꼭 감더니 주먹으로 관자놀이를 눌렀다.

"각목과 칼을 든 남자들이 서로를 죽이고……. 서로를 불태우고……. 난 달아나려 했지만 각목과 칼을 든 남자들이 계속 쫓아와서……. 난 내 몸을 지키려고……. 내가 달리 뭘 할 수 있었겠어?"

만지트가 눈에 핏발이 선 채 악몽을 되새기며 물었다. 난 만지트의 옆에 앉아 친구의 어깨에 팔을 둘렀다.

"맞아. 네 잘못이 아니야, 만지트. 넌 잘못 없어."

"빌랄의 말이 맞아. 넌 어떻게든 피해야 했고, 그게 가장 중요해."

"내가 가만히 있었더라면 그 자식들이 날 죽였을 테고……. 그 자식들이 내 터번을 보고는 다가와서 잔인한 욕을 퍼부었어. 그중엔 아는 놈들도 몇 명 있었는데……. 내가 어쩌면 좋았을까?"

만지트가 다시 물어보았다. 만지트는 내가 적당한 대답을 해 주기를 간절히 바라는 눈치였다. 난 아무 말도 생각나지 않았다. 사람을 죽였다고 해도 만지트는 여전히 내 친구였다. 친구를 돕고 싶었고 위로가 될 말을 해 주고 싶었다. 그러나 만지트가 속으로 흐느끼는 동안 난 그의 곁에서 팔을 두르고 앉아 있는 게 고작이었다.

아직도 연기가 자욱한 가운데 우리는 입을 다문 채 옥상에 앉아 각자 끔찍한 생각에 빠져 있었다. 금세 시내 곳곳에서 통곡 소리가 터져 나왔다. 만지트가 벌떡 일어나더니 게슴츠레한 눈으로 우리를 보며 몇 마디 중얼대고는 계단으로 향했다. 그리고 우리가 붙잡을 새도 없이 뒤도 한 번 돌아보지 않고 사라졌다. 쌀림이 옥상 옆쪽에서 내려다보았다.

"아무래도 집에 가는 것 같은데."

쌀림은 아무한테나 툭 내뱉었다. 그리고 나에게 몸을 돌려 숨을 한껏 들이마셨다.

"나도 집에 가 봐야겠어. 엄마가 걱정하실 거야."

"그래, 다들 집에 가는 게 좋겠어."

난 아무 생각 없이 대답했다. 쌀림은 초타 곁으로 가서 초타를 일으키고 부축했다.

"둘 다 나중에 보자."

내가 말했다.

"웬만하면 오늘 저녁에 들를게."

쌀림이 멍한 표정의 초타를 붙잡고는 대답했다.

"쌀림······."

내가 입을 뗐다.

"그래, 알았어. 나중에 이야기하자. 우선 집에 가. 아저씨가 깨어나면 네가 어디에 있는지 걱정하실 거야."

"그럴 것 같아."

"나중에 만나자."

쌀림이 초타를 부축하며 입구를 빠져나갔다. 비틀비틀 계단을 내려가는 소리가 들려왔다.

흩어지는 친구들

이튿날 우린 옥상에 앉아 쥐 죽은 듯 고요해진 시장을 내려다 보았다. 어떤 기억이 날 듯 말 듯 맴돌다가 마침내 사전에서 봤던 어떤 동물의 시체 사진이 떠올랐다. 시체의 뼈에는 살점이 대롱대롱 매달려 있었다. 눈을 감고 그 사진 뒤의 내용을 더듬어 봤다. 포식자가 배를 채우고 나면 청소동물인 웃는하이에나점박이하이에나의 별칭가 등장한다. 어제 여기도 포식자들이 다녀갔고 이젠 누구나 마을에 널린 시체들을 볼 수 있었다. 하늘에 구름이 모여 있었다. 이 다음은 뭐지? 청소동물이 나타날 차례인가? 하이에나의 웃음소리를 듣진 못했지만 사진만 봐도 끔찍하리라는 것쯤은 짐작할 수 있었다.

옥상을 둘러보다가 우리도 전과는 많이 달라졌다는 느낌을 받았다. 만지트는 시장을 등지고 앉아 묘지 쪽을 피했다. 묘지를 보지 않으면 어제의 닭싸움과 불길을 잊을 수 있다고 생각하는 것 같았다. 머리를 푹 숙인 만지트를 보니 환했던 그의 주황색 터번이 빛을 잃었다는 생각이 들었다.

초타는 평소대로 옥상의 가장자리에 앉아 발을 대롱거렸다. 모든 것이 변했지만 초타는 그 변화를 인정하기 거부했다.

쌀림은 나와 가장 멀리 떨어진 곳에 앉아 있었다. 그에게 다가가서 그 옆에 앉고 싶었다. 무슨 일이 있는지 물어보고 싶었다. 마음속 이야기를 나에게 털어놓기를 바랐다. 하지만 그땐 나 역시 너무 지쳐 있었다. 나 자신의 비밀을 간직하는 것만으로도 벅찼기에 친구의 짐을 나눠 질 엄두가 나지 않았다. 지금 알고 있는 것을 그때도 알았더라면 난 그에게 걸어가 옆에 앉아 팔을 두르고 이야기했을 것이다. 어쩌면 우리는 함께 마지막 웃음을 터뜨릴 수 있었을지도 모른다. 그러나 그 순간은 그렇게 지나갔다. 다시는 쌀림을 볼 수 없다는 사실을 그때는 미처 몰랐다.

✻

난 두 가지 면에서 나 자신이 싫었다. 일반적인 불만은 아니었다. 좀 더 키가 크길 바라거나 좀 더 잘생기길 바라거나 좀 더 크리켓을 잘하길 바라는 것과는 다른 성격의 문제였다. 그저 두 가지 남다른 특성을 타고난 게 싫었다.

그중 한 가지는 남의 생각을 꿰뚫어 보는 능력이었다. 잠자코 앉아 사람들의 표정과 손짓과 눈과 입의 미묘한 변화에 집중하는 게 내 버릇이었다. 가끔씩은 나에게서 무슨 파이프 같은 게 나와 있어 상대방의 감정이 내 속으로 마구 흘러드는 듯한 느낌도 들었다. 옆 사람의 생각이 자연히 읽혀져 기분이 망가진 게 한두 번이 아니었다.

또 하나 싫은 것은 상대방의 말이 없어도 그걸 알아내는 능력이었다. 언어 뒤에 숨은 또 다른 언어를 알아내는 재주랄까. 문제는 그럴 때마다 불길한 예감이 들었다는 것이다. 불길한 예감. 최근에 배운 표현이다. 배 속으로부터 밀려오는 아련한 아픔과 눈 안쪽의 통증은 불길한 예감의 신호였다. 뭔가 고약한 일이 벌어질 때면 그런 식으로 예감했다. 그런데 요즘에 새로운 사실을 하나 깨달았다. 이 두 가지 특성이 서로 연결돼 있었다는 것이다.

쌀림의 집으로 걸어가면서 의사 선생님에게 이 두 가지 특성을 수술용 메스로 없애 달라고 부탁하는 장면을 상상했다. 의사 선생님이 내 머리통을 절개하고 열어서 뇌를 살펴본다. 안전한 제거를 위해 표적에 확실하게 표시를 해 둔다. 의사 선생님이 혐오스러운 두 녀석을 없애고 내 머리 뚜껑을 닫는다. 그러면 나는 자유로워진다. 항상 주변을 꿰뚫어 보는 것에서 자유로워지고 불길한 일이 일어날까 봐 날마다 마음 졸이는 것에서 자유로워진다. 온전한 자유를 누리게 된다.

난 불길한 생각을 떨쳐 버리려고 고갯짓을 했다. 숨을 깊게 들이마신 뒤에 쌀림의 집으로 향했다. 집들이 다닥다닥 붙어 있는 동네인데도 희한하게 조용했다. 어떤 할머니가 집 앞에서 쪼그려 앉아 빨래를 하고 있었다. 받침돌에 대고 빨랫감을 내리쳤다. 그리고 박박 문질렀다. 그 빨랫감을 한쪽으로 치운 뒤에 다른 옷감을 집어 들었다. 하얀색 사리였다. 받침돌에 내리치려고 옷을 번쩍 치켜들더니 갑자기 할머니는 팔을 내리고 옷을 가슴에 묻었다. 할머니가 안고 있는 하얀색 사리에 붉은 물이 들어 있었다.

쌀림의 집으로 다가갈수록 마음이 무거워졌다. *내가 왜 왔을까? 뭘 보게 될지 알면서도 난 여기로 왔어. 왜냐고? 난 알아야 하니까. 그게 나니까. 아무리 지독한 일이라도 내가 직접 확인해야 하니까.*

집으로 들어갔다. 아무도 없었다. 쌀림과 가족은 떠났다.

집에는 남겨진 게 거의 없었다. 냄비 몇 개와 낡고 부서진 이동식 침대와 푸르죽죽한 빗장 몇 개가 한쪽 벽에 세워져 있었다. 이

것이 그동안 쌀림이 끌어안고 있던 비밀이었다. 쌀림은 가족들이 몇 주 전부터 떠날 준비를 하는데도 나에게 사실을 감춰 왔다. 돌이켜 보면 쌀림은 몇 번이나 말하려고 했지만 그때마다 내가 화제를 돌리곤 했다.

마당으로 나와서 우물이 있는 막다른 통로로 향했다. 우린 여름마다 이곳에서 이웃집으로 물을 튀기거나 서로에게 물을 뿌리며 놀았다. 나란히 앉아 숙제를 했고 나무 그늘 아래서 빈둥거렸다. 난 고개를 들어 나무를 보며 우리들의 작은 보금자리가 아직 온전한지 실눈으로 살폈다. 나뭇가지를 붙잡고 올라가자 우리가 대나무에 노끈과 밧줄을 묶어 만든 보금자리가 보였다. 무릎을 구부리고 상자 모양의 보금자리로 기어들어 가 작은 마당을 내려다보았다. 공처럼 몸을 동그랗게 말고 얼굴을 퀴퀴한 지푸라기에 갖다 댔다. 누군가 내 울음소리를 들었을지 모른다고 생각했지만 결국 쓸데없는 걱정이었다. 내 울음을 들어 줄 사람은 아무도 없었다.

*

비둘기가 하늘로 치솟았다. 누군가 오고 있어. 난 우리 집 앞의 이층집 옥상으로 허겁지겁 달려간 뒤에 골목길을 내려다보았다.

초타가 저 멀리 옥상 아지트에서 나에게 손을 흔들고 있었다. 나도 마주 흔들며 누가 우리 집 쪽으로 방향을 트는지 살폈다. 어스름한 상태였고 햇빛이 드는 곳도 거의 없었다. *저기다!* 하얀색이 얼핏 보이더니 빠르게 움직이며 골목길을 드나들었다. *또 보인다!* 속력을 내서 움직이는 걸 보면 이곳 지리를 잘 아는 모양이었다. 초타가 미친 듯이 팔을 흔들고 괴상한 몸짓을 보이다가 나를 가리켰다. *뭐하는 거지?*

이층집에서 후다닥 내려온 뒤에 집 앞으로 걸어갔다. *누구라도 상관없어. 내가 해결할 거야.* 난 어둑어둑한 골목을 바라보며 실눈을 뜨고 기다렸다. 어떤 손이 내 어깨를 붙잡고 빙글 돌리는 바람에 화들짝 놀랐다.

"잘 지냈나, 동생?"

"뭐하는……."

나는 씩씩거렸다.

"쉿! 그만 나불대고 들어가. 여기까지 아무도 못 따라온 건 확실해. 혹시 따라왔더라도 지금쯤 헤매고 있겠지. 어서."

형은 내가 막아서기도 전에 집으로 발을 들였다. 난 형을 뒤쫓아 가 팔을 붙들었다.

"무슨 짓이야? 우리 약속한 거 같은데? 형이 집에 온다거나 문제를 끌어들이지 않기로 말이야."

내가 목소리를 죽이며 다그쳤다.

"아니, 여기 오지 말라고는 너 혼자 정했지. 난 그따위 말에 동의한 적 없어. 자. 뿔 좀 그만 내고 진정해. 노인네랑 짧게 이야기하고 끝낼게."

형은 그 말을 마치자마자 걸음을 내딛었다. 난 양팔을 쫙 뻗은 채 형을 막아섰다.

"안 돼. 아버지는 주무셔. 그리고 아버지에게 떠나라고 말할 생각이라면 그냥 가. 아버지가 그딴 말을 들을 필요는 없어. 그건 나도 마찬가지고."

형은 뒤로 물러서서 담배에 불을 붙였다.

"바깥 상황이 점점 심각해지고 있어. 힌두교 패거리들이 여기에서 널 쫓아낼 때까지 얼마나 걸릴 것 같아? 응?"

형이 허공에 담배를 내저으며 으르딱딱거렸다.

"시간은 상관없어. 우린 아무 데도 안 가니까. 이곳이 우리 집이고 아버지는 여기에서……."

내 목소리가 흔들렸다.

"말해. 아버지는 여기에서 죽겠지. 진실도 모른 채 숨을 거둘 거야."

형이 담뱃재가 묻은 손가락으로 날 가리키며 속삭였다.

"형은 진실에 대해 뭘 알지? 형이 말하는 진실이란 뭔데? 사람 머리를 각목으로 후려치는 게 진실은 아니잖아. 형이 아버지에게 말하고 싶어 하는 진실이란 게 그런 거야? 지난번 닭싸움장에서 난 두 눈으로 똑똑히 지켜봤어. 그딴 게 진실이라면 난 필요 없어!"

난 마구 퍼부었다.

"내 앞에서 고상한 척 굴지 마, 빌랄. 네가 진실의 수호자라도 되는 줄 알아? 피와 흙먼지를 뒤집어쓴 채 사는 우리보다 네가 한 수 위라고 생각해? 천만의 말씀이야. 넌 이 공포를 다른 방식으로 대하는 것뿐이야. 너도 우리랑 똑같아. 나랑 똑같은 놈이라고. 이 거짓이 빌어먹을 네 세상이듯 저 바깥의 진실은 내 세상이야!"

형의 말은 작은 면도날이 돼 나를 갈기갈기 베었다. 난 마음의 눈으로 나를 돌아보았다. 형의 말에 뻣뻣하게 굳은 채 멍하니 입 벌리고 있는 내 모습을 보았다. 형은 뜨겁게 달궈진 석탄처럼 검은 눈동자를 번뜩였고 입을 흉측하게 뒤틀었다.

이윽고 형은 자기가 무슨 말을 했는지 깨달은 듯 한 손을 치켜들더니 입을 다물었다. 난 형에게 다가가 안아 주며 다 괜찮아질 테니 우리도 좋아질 거라고 말해 주고 싶었다. 하지만 마음뿐이었다. 몇 걸음에 불과한 우리 둘 사이의 거리가 마치 깊은 계곡처럼 느껴졌다. 형제는 계곡을 사이에 두고 마주 보고 있었다. 계곡은 너무 넓고 깊었으며 다리는 불타 버렸다.

눈물이 뺨을 적시기에 난 얼굴을 닦고 심호흡했다.

"형이 옳아. 형의 말이 사실이야……."

난 들릴락 말락 속삭였다. 그리고 책 벽 너머를 가리켰다.

"어서 가. 아버지는 당연히 진실을 알아야 해. 하지만 난 차마 말을 못하겠어. 이 거짓을 간직해 온 시간이 나에게는 영원처럼 느껴져. 제발 날 도와줘. 날 이 비참한 곳에서 꺼내 줘."

난 고개를 숙이고는 입구에서 물러났다. 형은 몇 걸음 나아가다가 우뚝 멈췄다. *제발 말해 줘, 형. 그냥 말해 버려.* 형은 초조해 보였다. 발을 내디디며 반대편 방으로 들어갔다.

*

잠시 뒤 형이 다시 나왔다. 얼굴엔 핏기가 없었고 눈엔 섬광이 사라져 흐릿한 호박 구슬처럼 보였다. 형이 내 뒷덜미를 붙들고 끌어당기자 둘의 이마가 맞닿았다. 어린 시절 형이 기대어 오면 난 하던 일을 멈추고 이마를 형에게 갖다 댔다. 두 개의 자석처럼 찰싹 달라붙은 채 우린 웃음을 터뜨렸다. 이번에도 소리는 안 났지만 둘 다 웃음을 머금었다. 형은 나에게서 몸을 떼자마자 재빨리 집을 나서더니 골목길로 빠져나갔다. 난 하얀색 형체가 되어 어둠 속을 들락거리는 형을 지켜보았다.

형이 더는 보이지 않자 아버지 침대 곁으로 가서 의자에 앉았다. 잠꼬대를 중얼대던 아버지가 뒤척이더니 눈을 떴다.

"빌랄, 방금 꿈에서 네 형이 날 보러 왔더구나."

난 이불을 아버지 쪽으로 끌어 올렸다.

"그냥 꿈이에요, 아버지."

"그런 것 같더라. 걔가 여기에 앉아 한참이나 내 머리를 쓰다듬었어. 그러고는 가까이 기대어 내 귀에 속삭이더라."

"뭐라고 그랬는데요."

난 포기한 상태로 물었다.

"미안하다고 말하더구나."

"그 말만 했어요?"

"그래. 그런데 네 형은 뭐가 그렇게 미안했을까? 붙잡고 들어 보려는데 그냥 떠났어."

"모르겠어요, 아버지. 어쨌든 형이 왔다니 기쁘네요."

내가 대꾸했다.

"나도 그렇구나."

아버지가 졸린 듯이 숨을 내쉬었다.

"나도 그래."

✳

그 녀석이 날 봤어. 확실해. 약을 가슴에 꽉 껴안은 채 난 얼어붙어 있었다. 거리는 텅 비었고 패거리들은 골목을 돌아다니며 집과 사람을 불태우고 있었다. 난 라자왈라 선생님에게 얼굴을 보이고 문을 열어 달라고 가까스로 설득하여 약을 받아 오던 참이었다.

난 샛길로 숨어들었다. *저게 뭐지?* 발을 끄는 소리가 점점 가까워졌다. *들켰구나. 쟤가 이쪽으로 온다면 날 덮칠 게 뻔해. 당장 벗어나야 해.* 숨을 깊게 들이마신 뒤에 뒤도 돌아보지 않고 쏜살같이 달렸다. 고함 소리가 들리기에 고개를 숙이고 속력을 냈다. 이 골목은 손금 보듯 훤했다. *조금 뒤에 얽히고설킨 샛길이 나오면 쟤를 떼어 내야지.* 난 왼쪽으로 꺾은 뒤에 다시 오른쪽과 왼쪽으로 번갈아 들어서며 간격을 벌리려고 애썼다.

하지만 그 녀석은 나를 바짝 쫓으며 소리쳤다.

"쥐새끼야, 죽어라고 뛰어 봐라. 그래 봤자 내 손에 잡힐 거다."

저 목소리 기억나! 난 복잡한 골목길을 죽기 살기로 내달렸다. 오

른쪽으로 가는 척하다가 몸을 돌려 왼쪽으로 달리며 상대를 따돌리려고 했다. 어두운 샛길에서 밖으로 나오자 뒤쫓는 소리가 들리지 않았다.

내 앞에는 사방으로 갈라지는 샛길이 네 개 있었다. 멈춰서 숨을 깊이 들이마신 순간 뒤쪽 골목에서 발자국 소리가 들렸다. *선택해, 빌랄!* 왼쪽의 기다란 샛길로 골라 들어섰는데 폭이 워낙 좁아 양쪽 벽을 손으로 짚으며 달려야 했다. 그러다 그만 막다른 곳으로 들어서고 말았다. 사방이 높은 벽으로 둘러싸여 있었다. 한 바퀴 돌며 위를 보았다. *너무 높아!* 난 졸지에 갇힌 신세가 되었다. 벽에 등을 찰싹 붙였다. *내가 이쪽으로 오는 걸 봤을까?* 벽에 대고 스르르 주저앉아 무릎을 끌어안았다. 조용히 기다렸다.

몇 초 뒤에 날 쫓던 녀석이 골목 입구로 들어와 딱 멈췄다. 구석에 있는 나를 보며 웃었다.

"쥐새끼야, 아슬아슬했어."

그 녀석이 숨을 헐떡이며 말했다.

"거의 따돌린 줄 알았겠지만 난 이 동네 토박이거든."

녀석은 허리를 펴고 한 걸음 내디뎠다.

"나한테 원하는 게 뭐야?"

내가 숨을 죽이며 물었다.

"너한테? 없어. 너랑 볼 일도 없고 원하는 것도 없어. 그저 널 이 지구상에서 치우려는 것뿐이야. 이 이슬람교 쓰레기야."

녀석이 씩씩거리며 말을 내뱉었다.

"있지, 네 형이라는 새끼가 우리 형들을 다치게 했거든. 그 새끼가 날 피해서 몇 번 내뺐어. 그런데 그 새끼한테 동생이 있더라고. 구루가 주신 선물이란 걸 알았지."

녀석이 한 발을 앞으로 또 내디뎠다. 주머니에서 작은 병을 꺼내 날 보며 웃었다.

"이게 뭘까? 응? 석유야."

녀석은 주머니를 여기저기 뒤져 성냥을 꺼냈다.

"이건 또 뭔지 알지?"

난 한 걸음 뒤로 물러섰고 녀석을 보며 두려움에 떨었다. 그동안 많이 보고 들었지만 막상 이 일이 내게 닥치니 공포가 상상을 뛰어넘었다.

"아마 훨훨 타겠지? 네 비명 소리를 똑똑히 들어줄게. 다음에는 네 형도 꼭 찾아내 동생이랑 똑같이 태워 주지."

녀석이 다가와 내 셔츠에 석유를 끼얹었다. 녀석은 손에 성냥을 들고 웃음을 터뜨렸다.

"그만둬."

입구에서 귀에 익은 목소리가 들려왔다. 고개를 돌린 곳엔 만지트가 서 있었다. 만지트는 우리에게 성큼성큼 걸어왔다.

"네가 골목 입구에 카라시크교도들이 손목에 차는 팔찌를 떨어뜨린 덕에 여길 찾아낼 수 있었어."

만지트는 은팔찌를 꺼내 들어 보이며 말했다. 성냥을 든 녀석은 만지트를 어리둥절한 눈으로 바라보았다.

"삿 스리 아칼.'참된 신을 믿는 자에게 평화'라는 뜻의 시크교도 인사말 형제, 여기엔 뭐하러 왔어?"

녀석이 물었다. 만지트는 나와 녀석을 번갈아 보더니 한 걸음 더 다가섰다. 만지트는 그 녀석보다 훨씬 컸다.

"쟤는 내 친구야. 성냥을 버리고 가라. 쟤는 네 싸움 상대가 아니야."

"저놈은 이슬람 쓰레기야. 저놈 형 때문에 우리 편이 무지 많이 다쳤어. 이제 달콤한 복수의 시간이야."

"아니, 당장 꺼져."

만지트가 녀석 앞으로 바짝 다가섰다. 녀석은 주춤거리다가 노려보며 쏘아붙였다.

"만약 싫다면?"

만지트는 더할 나위 없이 침착하게 녀석을 눈빛으로 제압했다.

"당장 안 꺼지면 저 병을 네 얼굴에 끼얹어 불을 질러 주지. 딱 네 얼굴에. 구루에게 맹세코 반드시."

녀석의 눈은 만지트를 쏘아봤지만 성냥을 든 손은 부들부들 떨렸다. 결국 마지못해 성냥을 내려놓았다.

"네 형들을 알아. 네 형들한테 말하면 어떻게 될까?"

"말해. 우리 형들이 네 편을 들 것 같으냐? 형들이 네 수염을 밀어 놓지 않으면 그게 더 이상한 일이지, 이 깡패 새끼야."

만지트가 녀석의 발치에 카라를 던지고는 화를 내며 덧붙였다.

"더 열 받기 전에 눈앞에서 사라져라."

녀석은 만지트를 멀리하며 걸음을 옮겼다. 그리고 다시 한 번 나를 노려본 뒤에 서서히 사라졌다. 만지트가 나에게 돌아서서 한숨을 쉬었다.

"괜찮아?"

난 몸을 구부리고 구역질을 했다. 신음을 토해 내며 벽에 기대어 마음을 가라앉혔다. 배를 붙잡고 눈을 깜박이자 눈물이 흘러나왔다.

"아니, 진짜 안 좋아. 그래도 널 보니 기쁘다, 만지트."

난 헐떡거리며 대답했다. 차츰 정신이 들기에 똑바로 서서 만지트를 바라보았다. 둘 다 아무 말 없는 가운데 어색한 침묵이 감돌았다. *말하지 마, 만지트. 굳이 말하지 않아도 돼.*

"빌랄, 더는 널 못 볼 것 같아. 우리 집에서는……. 이슬람교도 들을……."

내 안에서 분노가 치솟았다.

"넌 어떤데, 만지트? 어떻게 생각하는데? 넌 날 알아. 내 이름 은 이슬람교도가 아니야. 난 빌랄이야. 그냥 빌랄이라고!"

만지트는 양쪽 주먹을 꽉 쥐고 이를 악물었다.

"그런 게 아니라, 난……."

"그럼 뭔데? 너랑 나랑 다른 게 뭔데?"

"빌랄, 네 말처럼 다 바뀌었어. 지금은 우리가 함께 어깨동무를 하며 놀던 때가 아니야. 우리 사이에 다른 점이 뭐냐고? 우리 가 족은 나더러 이 싸움에 나서라고 해. 키르판시크교도들의 휴대용 단검을 갖고 다니고……. 사람들을 불태우라고……."

"네 생각은? 넌 뭐라고 할 거야?"

난 필사적으로 물었다.

"내 생각은 중요하지 않아!"

소리치는 만지트의 얼굴에 우울한 그림자가 뒤덮었다.

"모르겠어, 빌랄? 지금 같은 시기에 다른 길이 있을 것 같아? 우린 아직 어려. 우리에게 무슨 힘이 있지? 넌 모든 게 다 네 뜻대로 된다고 생각해? 그렇지 않아. 아무리 발버둥쳐도 다른 길은 없어. 넌 지금 이 상황을 바꿀 수 있다고 생각할지도 몰라. 물론 그런 적도 있었지. 하지만 지금처럼 심각하고 중요한 시기에는 선택권이 없어, 빌랄."

"선택의 기회는 언제나 있어."

난 속삭였다. 폭풍우를 머금은 하늘을 바라봤다. 물을 퍼낼 틈도 없이 침몰하는 배처럼 내 가슴속엔 순식간에 슬픔이 차올랐다.

"방금 넌 문제가 될 줄 알면서도 날 따라와서 도와줬어."

"난 언제까지나 네 친구로 남을 거야."

만지트가 들릴락 말락 대꾸하고는 말을 이었다.

"그런데 지금은 친구가 될 수 없어. 미안해. 가야겠다."

나를 똑바로 보면서 만지트는 입구 쪽으로 뒷걸음질쳤다. 내가 아주 잘 알았던 주황색 터번은 잠시 반짝이다가 눈앞에서 사라졌고 내 인생에서 멀어졌다.

몬순의 계절 2

　시의회의 의장인 람프라카쉬 지안와랄 씨가 우리 집 앞에서 발을 동동 구르고 있었다.

　"안타깝구나, 빌랄. 너뿐만 아니라 이 마을에도 안타까운 일이다. 네 아버지는 훌륭한 분이셨는데……. 지금도 물론 그렇지만. 아주 좋은 친구이고."

　지안와랄 씨가 말했다.

　"와 주셔서 감사합니다, 의장님. 죄송하지만 아버지의 건강이 좋지 않아 아무도 만나실 수 없답니다. 의장님이 오셨다는 말을 들으면 무척 기뻐하실 거예요."

　"오냐, 그러길 바란다. 그런데 소문을 듣자니 네 아버지가……. 이걸 어떻게 말해야 할지……."

"어떤 소문인데요?"

"그러니까 네 아버지가 아무것도 모른다던데……. 저기 알아채지 못하고……. 어, 요즘 상황을 말이다. 그게 사실이냐?"

난 지안와랄 씨를 똑바로 바라보았다. 지안와랄 씨도 나를 물끄러미 보았다. 우리 둘 다 눈을 피하지 않았고 그럴 생각도 없었다.

"예, 사실이에요."

내 대답에 지안와랄 씨가 서서히 고개를 흔들었다. 턱수염을 쓰다듬으며 손수건을 꺼내 이마를 닦았다. 침묵이 점점 커지더니 두터운 커튼처럼 우리 사이를 가로막았다. 지안와랄 씨가 땀에 젖은 손수건을 조그맣게 접어 호주머니에 넣고는 내 뒤로 열린 문을 바라보았다. 목청을 가다듬더니 입을 열고 무슨 말을 하려 했으나 결국 한마디도 꺼내지 못했다. 지안와랄 씨는 마음을 추스르고 허리를 쭉 폈다.

"그래, 좋다. 진실도 결국은 목숨을 위한 거니까. 아버지에게……. 내 마음을 전해 다오. 안타까운 마음을."

지안와랄 씨가 그 말을 남기고 돌아섰다.

"그럴게요. 그런데 의장님, 오늘 밤 마을 음악회를 연다던데 사실인가요? 춤이라도 추나요?"

"원래는 비밀이란다. 하지만 이 마을에서 비밀이란 없는 것 같구나."

"진짜인가요?"

"그래, 나와 슬픔에 겨운 몇몇 바보들이 경의의 표시라고 생각해서……. 몇 시간 뒤면 사라질 통일국가에 대해. 그리고 우리 인도에 대해."

착 가라앉은 목소리가 간신히 지안와랄 씨의 입 밖으로 새어나왔다.

"그렇군요."

내가 대답했다.

"네 아버지도 오시면 좋겠지만. 이런 분위기에서 아버지는 참석하시지 않는……."

"예, 아버지는 안 가시는 편이 낫겠죠."

나도 동의했다. 지안와랄 씨는 한 발자국 내딛고 손을 내 어깨에 올리더니 단단히 힘을 주었다.

"그래, 알았다."

그렇게 말하고 떠났다.

초타와 옥상에서 만났을 때 입을 꾹 다물어야 했는데 어쩌다 보니 마을 음악회 이야기를 꺼내고 말았다. 초타가 벌떡 일어나더니 글자 그대로 나를 질질 끌어당겼다.

"가기 싫어, 초타."

"왜 가기 싫어?"

초타는 신바람이 나 팔짝팔짝 뛰며 물었다.

"아버지가 위독하셔. 그리고 마을이 고통받으며 죽어 가고 있어. 이런 상황에서 춤추는 걸 보러 간다니. 말도 안 돼."

조바심 내던 초타도 마음을 바꿨는지 옥상 가장자리로 가서 멀리 바라보았다. 내 심정을 초타에게 어떻게 전해야 할까? 이젠 분위기를 띄우던 쌀림도 없고 주변을 평온하게 해 주던 만지트도 없어. 나에겐 고통뿐이야.

"있잖아, 초타……."

"괜찮아, 빌랄. 꼭 가고 싶은 건 아니었어. 그저 자정까지 네 마음을 가볍게 해 주고 싶었을 뿐이야."

난 초타에게 다가가 적막한 시장을 함께 내려다보았다.

"이제 시장에는 쥐들만 득실거려. 저길 지나고 있노라면 우르르 내달리며 찍찍거리는 소리가 들린다니까. 개중에 큰 놈들은 내 팔뚝 정도 되더라고."

초타가 자기 팔을 잡고 나에게 흔들며 말했다.

"네 팔이 짧아서 다행이지 아니면 진짜 걱정할 만한 일이네."

나는 배시시 웃으며 대꾸했다. 고개를 들어 하늘을 바라보며 해가 인도를 비추는 것도 이게 마지막이라는 생각을 했다. 내일이면 해는 다른 인도 위로 떠오를 테니까. 이제 모든 게 영원히 바뀌게 된다. *그렇지만 난 아직 여기, 인도에 있어. 난 아직 여기에 있다고.* 난 마구 소리치고 싶었다.

"음악회는 몇 시에 시작하는데?"

초타가 조용히 물었다.

"해가 떨어지기 직전에 시작해서 자정이 되기 전에 끝날 거래."

난 대답하며 마음을 굳혔다. 초타의 어깨에 손을 올렸다.

"좋아, 의사 선생님이 곧 찾아오실 테니 아버지 좀 보살펴 달라고 쪽지를 남겨야겠다. 그리고 자정까지 돌아오겠다고 알려 드린 뒤에 너랑 나랑은 음악회에 가자."

초타는 활짝 웃으며 내 옆구리를 찔렀다. 난 초타를 손바닥으로 슬쩍 치려고 했으나 초타는 여느 때처럼 잽싸게 저 멀리로 줄행랑쳤다.

※

그날 저녁 초타는 깡충깡충 뛰며 앞장섰다. 초타는 늘 앞장서지. 가끔씩 어깨너머로 돌아보며 나와의 거리가 좁혀질 때까지 기다렸다가 내가 웬만큼 따라잡았다 싶으면 다시 달려 나갔다. 난 어디를 가든 서두르는 편이 아닌데다 음악회에 몰래 들어가기가 쉽지 않을 것 같아 발걸음이 가볍지 않았다.

마을 음악회는 시내 저편의 고색창연한 저택에서 열렸는데 예전에 나와브무굴제국 시대 이슬람 귀족가 살던 곳이었다. 아주 낡은 저택이었지만 그날 밤만큼은 하얀 건물을 밝혀 주는 노란 불빛 때문인지 생기가 넘쳤다. 열린 창문으로 두런두런 말소리가 새어 나와 걸음을 멈췄다. 초타가 돌아서서 의아한 눈빛으로 날 쳐다봤다.

"좀 기다리다가 아무도 안 볼 때 몰래 들어가자."

내 제안에 초타가 코웃음을 쳤다.

"그렇게 되면 앞부분을 놓치잖아. 몰래 들어갈 방법이 있는데 해 볼래?"

초타와 저택을 번갈아 보며 난 입술을 오므렸다. 초타가 몰래 들어갈 방법을 알지도 모른다는 생각이 들었다. 물론 거짓말일 가능성도 있지만 말이다.

"좋아. 대신 가만가만 들어가야 돼."

우린 빙 돌아 저택의 뒤쪽으로 갔다. 주변의 커다란 나무들이 부드럽게 살랑거려 시내와 멀리 떨어져 있는 게 실감났다. 초타가 엎드리라고 신호를 보냈다. 우린 엉금엉금 기어 어느 창문 밑에 이르렀다. 초타가 입을 열었다.

"여기로 들어가면 돼."

"확실해?"

난 미심쩍었지만 초타는 머뭇거리지 않고 벌떡 일어나 창문을 위로 밀었다. 끽 소리를 내며 창문이 살짝 열리더니 그대로 멈췄다. 초타가 창문 틈으로 쏙 들어가서 저택 안쪽으로 쿵 소리를 내며 떨어졌다. 나도 일어나 창문 아래로 기어들어 간 뒤 몸을 앞으로 내밀었다. 그런데 아무리 버둥거려도 빠져나갈 수가 없었다. 내 몸집이 초타의 두 배란 걸 초타는 미처 생각하지 못했다. 내가 창문에 낀 채 노려보자 초타가 상그레 웃었다.

"나 꼈어, 초타! 창문을 좀 더 위로 밀어야 돼."

난 쌕쌕거렸다. 초타가 창문 밑에 있는 작은 선반에 올라서서 창문을 위로 밀었지만 꿈쩍도 하지 않았다. 난 앞뒤 어느 쪽으로도 움직일 수 없었다.

"초타, 뒤로도 못 가겠어. 창문을 쪼끔만 더 올려 봐. 우리 힘을 합칠까?"

초타가 숫자를 셌다.

"하나, 둘, 셋……."

창문이 요란한 소리를 내며 위로 들렸다. 나와 초타는 서로 부딪치며 먼지투성이 방으로 쿵 떨어졌다. 난 벌떡 일어났다. 누군가 틀림없이 이 소리를 들었을 거야. 돌아서서 창문을 살그머니 닫은 다음 초타를 끌고 두꺼운 커튼이 드리워진 한 기다란 창문으로 갔다. 초타를 커튼 뒤로 밀어 넣고 묵직한 커튼으로 우리 둘을 감싼 채 기다렸다. 누군가 방으로 들어오더니 창문 쪽으로 움직였다. 난 손으로 초타의 입을 막은 뒤에 동상처럼 꼼짝 않고 서 있었다. 이윽고 발자국 소리가 멀어졌고 우린 커튼 뒤에서 나왔다. 그리고 가만히 귀를 기울이며 문밖으로 나갔다. 다행히 복도에는 사람이 없었다. 초타가 환한 곳으로 달려가기에 쫓아갔다. 어두침침한 우묵벽으로 초타를 끌고 들어가 몸을 숙였다.

"저쪽이 음악실로 통하는 복도 같아. 그러면 우린 위층으로 올라가서 음악실이 내려다보이는지 알아보자."

내가 속삭였다. 초타가 고개를 끄덕이고 재빨리 발길을 돌렸다. 복도 끝에 계단이 있었다. 살금살금 걸음을 옮기는데 타블라인도 전통 타악기인 한 쌍의 작은 북의 희미한 소리와 시타르인도 전통 현악기로 기타와 비슷하다의 조화로운 선율이 들려왔다.

"이제 시작하려나 보다."

내가 말했다.

2층에는 얇은 먼지가 곳곳에 쌓여 있었다. 스쳐 지나는 방마다 은색 불빛이 스며들었다. 행사를 위해 저택을 환기하는 중인지 창문이 모두 열려 있었다. 침묵 속에 휘날리는 커튼들을 뒤로 한 채 우린 으스스한 옛 궁전을 내달렸다.

앞에 작고 야트막한 계단이 나왔다. 아래로 이어진 계단 밑엔 문이 하나 있었는데 수년 동안 손댄 흔적이 없어 보였다. 문을 열자 큼지막한 사각형 창살이 나타났고 그 사이로 음악실이 내려다보였다. 초타가 나에게 고개를 돌려 '내가 말했잖아.'라는 표정으로 싱긋 웃더니 나무틀에 몸을 붙였다. 나도 초타 옆으로 다가가 창살 틈으로 밝고 환한 방을 내려다보았다.

방은 천장이 높았고 한가운데 사각형의 커다란 붉은 천을 펼쳐놓았다. 베개와 방석이 여기저기 흩어져 있었다. 그곳에 시의회 의원들이 앉아 있었다. 부드러운 대화가 오갔으나 분위기는 침울했다. 참석자 모두에게 잊을 수 없는 밤이었다. 역사의 무게가 두꺼운 먼지처럼 관중에게도 내려앉아 있었다.

관중 앞에는 사각형의 자그마한 검은 천이 깔려 있었다. 무대로 쓸 공간이었다. 등불이 방을 환하게 밝혔고 의원들은 디바자그마한 기름등잔를 하나씩 들고 있었다. 불꽃이 펄럭이자 방 전체가 소리 없는 박자에 맞춰 흔들렸다. 네모반듯한 검은 천의 한쪽 귀퉁이에 연주자 두 명이 방석을 깔고 앉아 있었다. 흰옷을 단정하게 차려입은 두 사람의 모습에서 긴장감이 묻어났다. 타블라 연주자는 손가락을 풀며 준비했고 시타르 연주자는 숙련된 솜씨로 줄을 만지며 마지막 조율을 했다.

카타크이야기를 몸으로 표현하는 인도 전통 춤 무용수가 기다란 커튼 뒤에서 나타났다. 장미꽃잎을 한 줌 손에 든 채 은은하게 빛나는 흰옷 차림으로 미끄러지듯 발을 놀리더니 관중 앞에 섰다. 꽃잎을 공물로 바닥에 흩뿌린 뒤에 관중에게 살짝 고개 숙여 인사하고 물러서자 양 발목에 묶은 궁그루인도 무용수들이 발목에 차는 금속 방울에서 찰랑찰랑 소리가 부드럽게 났다. 정적이 내려앉은 음악실엔 바람이 스쳐 가는 소리와 무용수가 자세를 잡느라 우아하게 바스락거리는 소리만 들릴 뿐이었다.

시타르 연주자가 줄을 뜯으며 관중들의 마음을 다독였다. 그는 줄을 이리저리 어루만지며 구석구석을 소리로 가득 채웠다. 무용수가 숨죽인 채 턱을 당기고 눈을 감더니 떨리는 선율에 귀를 기울였다. 나도 무용수처럼 들으려고 눈을 감았다. 무용수는 무엇을 느꼈을까? 시타르 연주자가 줄을 바꿔 다른 가락을 연주했지만 난 그대로 눈을 감고 있었다. 타블라가 시타르의 리듬에 맞춰 연주를 시작하더니 금세 다른 박자를 둥둥 치며 뒤쫓았다. 시타르 연주자가 슬그머니 소리를 죽이자 타블라의 리듬이 별안간 두드러졌다.

난 두 명의 연주자를 바라보았다. 그들은 친구였다. 나와 쌀림처럼, 나와 초타처럼, 나와 아버지처럼. 친구는 사랑하는 사람이 자리할 공간을 남겨 두는 법이다. 사랑하는 사람들은 입을 열 때와 침묵을 지킬 때를 안다.

음악이 이어지는 가운데 무언가가 시작되었다. 딸랑거리며 부스럭대는 소리가 났다. 격자무늬 유리창으로 내다보니 카타크 무용수가 발을 사뿐히 움직였다. 발목에 매달린 수많은 방울이 타블라 장단에 맞춰 딸랑거렸다. 무용수의 분신들이 새로운 공간을 만들어냈다.

세 가지 소리가 제각각 터져 나와 우리의 귀와 마음 사이를 가득 채웠다. 디바의 불꽃이 소리에 따라 깜박이더니 무용수의 빠른 발에 맞춰 몸을 흔들었다. 무용수는 음악에 몸을 맡기며 양손을 들어 올렸다. 그리고 새의 날개처럼 양팔을 쫙 펼친 채 선율에 따라 이리저리 날아다녔다. 양쪽 팔을 번갈아 흔들며 물총새의 날갯짓을 흉내 내는 중에도 발은 바쁘게 움직였다. 살짝 가락이 바뀌자 이번엔 바닷물고기인 은줄멸로 변해 물살을 갈랐다. 시타르는 자갈에 부딪치는 파도 소리를 연주했고 타블라는 부드럽게 둥둥 소리를 내며 물고기의 자맥질을 표현했다. 넋이 나간 초타의 눈동자에 디바의 등불과 눈부시게 하얀 무용수가 아른거렸다.

타블라 연주자의 손놀림이 점차 빨라지다가 딱 멈추며 배경으로 사라지자 시타르가 다음 장면을 소개했다. 무용수의 몸짓과 뒤쪽 벽에서 일렁거리는 그림자를 보았다. 무용수는 이야기를 풀어내기 시작했다. 인도의 시작과 인도의 산과 강을 이야기했다. 무용수는 인더스 강의 맑은 물에서 뛰노는 물고기였고 히말라야 높은 산맥까지 솟구치는 독수리였다. 때로는 대지가 되고 때로는 공기로 변해 어머니 인도를 고스란히 보여 줬다. 우아한 목을 한껏 젖히고 양옆으로 내저으며 길고 가느다란 손가락으로 갖가지 형태를 그려 냈다.

방 안의 모든 사람들이 그녀의 역사가 펼쳐지는 광경을 지켜봤다. 그건 우리의 역사이기도 했다. 강둑에 정착한 최초의 주민들과 최초의 사냥꾼들과 최초의 무용수들. 지금과 똑같이 밤낮이 바뀌는 곳에서 흙과 나무로 만들어 낸 원시적인 도구들. 지상에서 빠르게 지나가는 시간과 그녀가 자리 잡은 땅. 무용수는 한 그

루의 벵골보리수였다. 줄기가 뻗어 가고 땅에서 솟아난 가지들이 서로 뒤엉켰다. 타블라는 가지와 가지가 얽히고설켜서 시작도 끝도 알 수 없음을 장단으로 표현했다.

이제 그녀는 몬순으로 바뀌어 부드러운 불빛 아래서 빙글빙글 돌았다. 타블라가 무용수의 다급한 움직임을 서둘러 따라갔고 시타르가 그 뒤를 쫓았다. 부산하게 움직이는 발소리와 찰랑찰랑한 방울 소리는 단단한 땅에 쏟아지는 빗줄기였고 손가락으로 그려 낸 것은 하늘에서 떨어지는 빗방울이었다.

타블라의 소리가 커지자 분위기가 달라졌다. 그것은 대자연의 분노였다. 시타르의 줄에서 묵직한 소리가 땅땅 울렸다. 무용수가 한 발을 내밀고 발꿈치를 바닥에 댄 채 빙글빙글 돌았다. 타블라의 북소리가 요란하게 재촉하니 무용수는 더욱 빨라졌다. 몬순이 밀어닥치자 사람들은 서로 부둥켜안고 버텼다. 다들 무용수의 펄럭이는 치마로 눈길이 쏠렸다. 치맛단이 넓게 퍼져 대지를 아울렀다. 끝없이 회전하는 무용수를 보면서 난 눈이 흐려지고 앞이 뿌옇게 변하는 걸 느꼈다. 눈부실 정도로 하얀 형체가 어둠과 뒤섞였다. 창살 사이로 몬순의 난폭한 힘이 느껴졌다. 황금빛 불꽃이 거센 바람을 못 이기고 깜박였다. 그런데도 무용수는 끊임없이 돌았다.

그동안 살아온 모든 순간이 눈앞을 스치며 지나갔다. 아버지와 처음으로 벵골보리수에 올라갔던 순간. 나무에서 떨어지자 엄마가 자신의 사리로 내 무릎을 닦아 줬던 순간. 쌀림과 함께 처음으로 우물물을 길어 올렸던 순간. 옥상을 발견하고 우리들의 아지트로 삼았던 순간. 아버지가 나를 데리고 처음으로 시장 노점을 둘러봤던 순간. 몬순의 빗소리를 처음 들었던 순간. 처음으로 달콤한 망고를 맛봤던 순간. 처음으로 강에서 수영하며 저녁에 먹을 물고기를 잡았던 순간. 처음으로 아버지의 중병을 알아차렸던 순간. 내 삶을 온통 거짓으로 만들겠다고 다짐했던 순간.

무용수가 갑자기 동작을 멈추고 바닥에 고꾸라지며 머리를 숙였다. 별안간 음악도 멈췄다. 춤은 끝났다.

아버지의 인도

음악실에서 나온 우리는 어두운 곳만 골라 살금살금 움직이며 집으로 향했다. 흥분된 감정과 함께 두려움이 허공에 떠돌았다. 사람들이 축하하러 거리로 모여들고 있었다. 아니, 어쩌면 마음이 혼란스러워 거리로 나섰는지도 모른다. 기쁨의 환호성은 떠나는 사람들의 침묵과 기묘하게 어우러졌다. 사람들은 시계가 자정을 알릴 때까지 서성대며 지켜보았다. 난 그들의 혼란스러운 기분을 이해할 것 같았다. 이제 우린 서로를 다르게 느끼게 될까? 앞으로 어떻게 변할까? 내일은 어떻게 될까?

다가올 변화를 무작정 거부하는 사람들이 있는가 하면 이제 인도는 새 시대 새 아침을 맞이하게 됐다고 주장하는 사람들도 있었다. 나는 나 자신과 남들의 생각 사이에서 갈팡질팡하는 데 지쳤다. 햇불을 든 사람들이 떼를 지어 뚜벅뚜벅 지나가기에 우린 어둠 속에서 꼼짝 않고 숨어 있었다.

"인도여 영원하라!"

"자이 힌드! '인도에 승리를'을 뜻하는 힌두어"

초타의 뜨거운 입김이 내 귓가에서 느껴졌다.

"저들은 아직도 사람이 사는 집을 불태운대."

초타는 숨죽인 채 계속 속삭였다.

"빌랄, 너 때문에 팔이 아파."

난 눈을 깜박거리다가 그제야 초타의 팔을 너무 꽉 붙잡고 있다는 사실을 깨달았다.

"미안해."

"네 집부터 들르자."

난 고개를 돌려 초타를 의아하게 바라보았다.

"네 집이 더 가깝잖아. 우선 거기로 가야지."

내가 대답했다.

"아니, 아니. 무슨 일이 생길지 모르니 집까지 함께 가 줄게."

"초타, 지금은 우리 둘 모두에게 나쁜 일이 생길 수 있어. 그러니 괜찮아."

초타가 고개를 돌려 거리를 살피더니 내 팔을 붙잡았다.

"가자."

초타가 내 손을 잡고 앞장섰다. 난 어쩔 수 없다는 듯 고개를 흔들었지만 속으로는 초타가 함께 가 줘 정말 기뻤다. 얌체 같은 줄 알지만 너무 무서워서 혼자 남는 게 싫었다.

거리를 조심스레 지나다가 학교 근처 무케르 선생님의 집 앞에 이르렀다. 초타가 부리나케 앞서 가기에 내가 붙잡았다.

"초타, 잠깐만. 선생님 좀 뵙고 가자. 별일 없는지 알려 달라고 며칠 전에 신신당부하셨거든. 걱정하고 계실 거야."

"좋아, 하지만 서둘러. 여기서 얼쩡거리다가는 큰일 나."

초타가 대답했다. 난 문을 두드리며 안에 사람이 있는지 문틈으로 들여다보았다.

"선생님? 무케르 선생님? 계세요?"

조용했다. 두 분이 어디로 가셨을까? 초타가 초조한 듯 부르르 떨었다. 그때 무거운 나무 문이 끽 열리더니 선생님의 기다란 팔이 쑤욱 나와 날 끌어당기고는 재빨리 문을 닫았다.

"잠깐, 잠깐만요! 초타가 밖에 있어요."

내가 소릴 질렀다. 선생님은 문을 다시 열고 초타를 불러 얼른 안으로 데려왔다.

"빌랄, 도대체 어디에 있었던 거냐? 네 아버지를 뵈러 갔더니 의사 선생님이 너 때문에 애태우시더라. 쪽지에 곧 돌아오겠다는 말만 남겨 두었다면서?"

"의사 선생님이 아버지에게 제가 없어졌다고 말씀하셨대요?"

"확실하진 않다만 그러진 않으셨을 거야. 아버지는 잠들어 있었고 목도 제대로 못 가누셨으니……."

선생님이 말끝을 흐렸다.

"어디 좀 다녀왔어요."

내가 조용히 말했다.

"빌랄, 이런 거리를 돌아다니다간 사고 난다. 마을의 반은 축하하고 있지만 나머지 반은 떠났어. 게다가 지금 거리를 휘젓고 다니는 녀석들도 있으니……."

"알아요. 저희도 봤어요."

선생님은 걱정스러운 얼굴로 한숨을 내쉬었다.

"집에 가라, 빌랄. 의사 선생님이 널 찾고 계셔."

"알았어요. 가자, 초타."

난 곧장 문으로 향했다.

"기다려라. 같이 가야겠다."

선생님이 코트를 입으며 말했다.

"안 돼요, 선생님. 사모님 곁에 계셔야죠."

"난 혼자서도 괜찮단다."

무케르 부인이 어둠 밖으로 나오며 말했다. 부인이 양팔로 나를 꼭 안아 주었다. 나는 팔도 내밀지 못한 채 뻣뻣하게 서 있었다. 움직일 수가 없었다. 부인은 물러서서 슬픈 미소를 지었다.

"네가 얼마나 용감한지 넌 모를 거야."

부인이 말했다. 난 고개를 숙이고 발만 쳐다보았다.

"진실을 말할 용기를 가져야만 용감한 사람이라고 생각했어요. 난 겁쟁이에요. 하지만 이젠 괜찮아요. 아버지가 평화롭게 돌아가실 수만 있다면 난 얼마든지 겁쟁이로 살 수 있어요. 아까 지안와랄 의장님이 오셔서 중요한 말씀을 해 주셨어요. 진실도 목숨을 위한 거라고요."

부인은 울음을 참으며 돌아서서 스카프로 얼굴을 가렸다. 부인은 우는 모습을 보이고 싶지 않아 했다. 선생님은 부인을 어두운 방으로 데려다 주고 다시 우리를 바라보았다.

"좋아. 떠나자. 누가 불러도 무조건 가야 한다. 거리의 패거리에게 붙잡히면 너희는 내 자식들인데 독립을 축하하려 함께 중앙광장으로 가는 중이라고 하자. 알겠니?"

우리 셋은 함께 걸음을 재촉하며 거리로 나섰다. 곳곳이 칠흑같이 어두운데다 선생님이 긴 다리로 성큼성큼 걷는 바람에 우린 따라가기 바빴다. 여느 때처럼 선생님은 혼잣말을 했다. 그리고 나를 보며 초조하게 웃었다. 우린 집 앞에 이르러서야 멈췄다. 미행이 있는지 확인하느라 주변을 둘러보며 문을 두드렸다. 잠시 기다리다가 다시 문을 두드리고 인기척이 있는지 귀를 대보았다. 발자국 소리가 점점 가까워지기에 난 물러났다.

"누구요?"

무뚝뚝한 목소리가 들려왔다.

"저예요, 빌랄."

내가 대답했다. 무거운 문이 열리자마자 의사 선생님이 어서 들어오라고 우릴 재촉했다.

"빌랄, 도대체 어디에 있었던 거냐?"

의사 선생님이 화를 내며 물었다.

"아버지가 널 찾으셨어. 생각이 있는 거냐? 아버지가 얼마 남지……."

무케르 선생님이 손을 들자 의사 선생님이 말을 그쳤다.

"저랑 있었습니다. 제가 가지 말라고 했어요. 거리가 불안해서 아이들을 제 집에 데리고 있었습니다."

무케르 선생님이 둘러댔다. 나와 선생님을 번갈아 보던 의사 선생님은 어깨에 긴장을 풀고 고개를 숙였다. 의사 선생님이 내 어깨에 손을 올렸다. 난 의사 선생님의 표정을 살피려고 했지만 의사 선생님은 내 눈길을 피했다. 불빛이 어슴푸레해서 의사 선생님의 얼굴이 제대로 보이지 않았다.

"아버지에게 가 봐라, 빌랄. 시간이 되었구나."

의사 선생님이 거의 속삭이듯 말했다. 발목에 무거운 모래 자루라도 묶어 놓은 느낌이었다. 한 발 한 발 질질 끌면서 책 벽으로 향했다. 세 사람의 시선 때문에 뒤통수가 뜨거웠다. 난 돌아서서 제각각으로 서 있는 세 사람을 바라보았다. 무케르 선생님은 회중시계를 손에 들고 서 있었는데 어찌나 꽉 쥐었는지 손마디가 온통 파랬다. 의사 선생님은 슬픔이 일렁거리는 눈으로 나를 바라보고 있었다. 초타는 나와 가장 가까운 곳에서 작은 주먹을 움켜쥐고 있었다.

"저, 아버지와 단 둘이 있고 싶은데요……."

목이 메어 얼른 돌아섰기 때문에 세 사람은 내 얼굴을 보지 못했다.

"우리가 여기 없어도 괜찮을까, 빌랄?"

무케르 선생님이 물었다.

"예, 그럼요. 초타 좀 집에 데려다 주세요, 선생님."

난 마음을 추스르며 대답했다.

"난 절대 안 가."

초타가 고집을 부렸다.

"애야, 말 들어라. 바깥은 안전하지 않아. 집에 데려다 줄 테니 내일 다시 오렴."

무케르 선생님이 초타를 달래며 문으로 데려갔다. 문지방에서 초타가 나에게 돌아섰다.

"네가 원하면 바로 올게. 그냥 내 이름만 불러. 당장 여기로 올게."

초타는 그렇게 외치면서 깜깜한 곳으로 재빨리 내달렸다. *쟤는 날 떠나지 않았어.* 목이 따끔거려 왔다. 난 눈물을 참았다. 무케르 선생님이 조그맣게 불렀으나 이미 초타는 사라진 뒤였다.

"저 녀석이……."

"초타는 괜찮을 거예요, 선생님. 쟤는 항상 괜찮아요."

"나중에 보자."

무케르 선생님은 손을 살짝 올리고 밖으로 사라졌다.

의사 선생님은 붙박이처럼 서서 침통한 표정을 감추지 못하고 있었다. *두 분은 아주 다르구나.* 아버지는 항상 벵골보리수의 뿌리를 생각나게 했다. 층층이 겹친 채 사방팔방으로 뻗어 있는 덩굴손 같았다. 의사 선생님은 정반대였다. 쭉 뻗은 대나무였다. 휘거나 부러지지 않고 올곧은 대나무였다. *의사 선생님도 힘드시겠지. 두*

분은 절친하셨으니. 의사 선생님에게 다가가 손을 꼭 쥐어 드렸다.

"제일 먼저 알려 드릴게요, 선생님. 일이 생기면요."

난 소리 죽여 말했다. 막 꿈에서 깨어난 듯 의사 선생님은 엉켜 있는 두 손을 내려다보았다. 그러더니 굵은 손가락으로 내 손을 어찌나 세게 움켜쥐는지 나도 모르게 소리를 지를 뻔했다. 곧 의사 선생님은 내 손을 놓았고 돌아보지 않고 그대로 나가 문을 닫았다.

✳

책 벽을 지나 침대 발치에 섰다. 의사 선생님이 켜 놓은 촛불이 침대 옆에 있었다. 노란 불길이 너울거리며 갖가지 그림자를 만들었다. 촛불 쪽으로 다가가자 내 검은 그림자가 모래 색깔 벽에 어른거렸다. *네가 증인이니? 내가 얼마나 잘 버티는지 확인하러 온 거니?*

침대에 앉아 아버지의 잠든 모습을 지켜보았다. 아버지는 마르고 갈라진 입술 사이로 씨근대며 거친 숨을 몰아쉬었다. 난 물을 가져와서 손가락을 잔에 담근 뒤에 부드럽게 아버지의 입술을 적셔 드렸다. 내 손을 아버지의 가슴에 대고 눈을 감았다. 아버지는 호흡할 때마다 힘겨워했다. 숨을 차지하려는 싸움. 자신과의 전

쟁. 아버지의 가슴은 거의 오르내리지 않았다. 속절없이 무너지는 전쟁이었다.

갑작스레 눈을 뜬 아버지가 나를 똑바로 보며 웃었다.

"너 왔구나."

아버지가 속삭였다.

"의사 선생님은 떠나셨어요, 아버지."

눈을 힘겹게 뜨며 아버지가 상그레 웃었다.

"나도 그렇단다, 거의."

아버지가 조용히 말했다. 더듬더듬 아버지의 손을 찾아 그 연약한 마디를 감싼 뒤에 내 가슴으로 가져왔다. 아버지와 나는 촛불 아래서 일렁였다. 자정이 몇 분 남지 않았는데 난 아직도 낡아 빠진 꿈에 매달려 있었다. 아버지의 손을 내 입술에 대고 입을 맞추자 뜨거운 눈물이 뺨을 타고 흘러 어둠 속으로 후드득 떨어졌다.

"아버지, 이제 거의 다……."

난 아버지에게 바싹 기대어 귓속말을 속삭였다.

"빌랄." 아버지에게 말해. 더 늦기 전에 어서 말해!

"이제 1분도 안 남았어요, 아버지." 난 거짓말쟁이야.

"애야, 말하기가 힘들어서……."

아버지가 소곤거렸다. 시계가 자정을 알렸다. 축하와 고뇌와 비탄의 소리가 광장 쪽에서 터져 나왔다.

"아버지, 들으셨어요? 저 소리는……." 이것은 내가 영원히 짊어져야 할 부분이야. 영원히.

"인도는 자유를 얻었어요."

난 울먹였다.

"빌랄, 우리 아가……."

아버지의 목소리가 들릴락 말락 했다. 무슨 말인지 들으려고 몸을 기울였다. 아버지의 머리를 양손으로 받치고 이마에 입을 맞췄다.

"아버지……."

"네가 나의 인도란다."

아버지가 속삭였다. 광장에서 여러 소리가 터져 나오는 가운데 아버지는 다급하게 공기를 들이마시느라 점점 호흡이 가쁘고 거칠어졌다. 별안간 마지막 숨이 아버지의 입술에서 길게 새어 나왔다. 휘파람처럼 가느다란 숨소리는 그 무엇보다 순수했다.

촛불은 여전히 깜박거리며 벽에 어린 그림자를 쫓았다. 책 벽을 바라보니 두꺼운 책 몇 권이 뽑혀 있었다. 몇 권이나 뽑아야 저 벽이 무너질까. 아버지를 가슴에 안고 생각했다.

✳

시내의 와자지껄한 소리가 점점 가깝게 들려왔다. 그런데 분위기가 심상치 않았다. 뭔가 격렬하게 분노한 듯한 느낌이었다. 비명과 욕설도 들렸지만 촛불만 펄럭이는 어두컴컴한 방 안에 있다 보니 아주 멀게만 느껴졌다. 문에 뭔가 부딪치며 쿵 소리를 냈다. 누군가 들어오려고 했다.

난 아버지를 꼭 끌어안은 채 머리카락을 어루만지며 앞뒤로 몸을 흔들었다. 드디어 해냈다. 아버지는 내 팔에 안겨 헛된 진실을 모른 채 세상을 떠나셨다. 사랑하는 인도가 여전히 하나인 상태에서 눈을 감으셨다. 쿵쿵 소리가 이어졌지만 난 상관하지 않았다. 어둠 속에 붕 떠 있었으나 심장은 하염없이 가라앉는 느낌이었다. 그때 별안간 나무를 쫙 쪼개는 소리가 들렸다.

어떤 목소리가 침통한 분위기를 갈라놓았다.

"전에 말했지, 이 쥐새끼야. 홀라당 태워 주겠다고. 너 같은 기생충을 없애기 전에는 인도가 절대로 자유를 얻을 수 없어. 이번에는 누가 구해 주실까? 불 질러!"

책 벽 너머 바닥에서 유리병이 박살나는 소리가 마음 한구석을 비집고 들어왔다. 책 벽이 먼저 화염에 휩싸였다. 불은 책들을 날

름날름 먹어 치웠다. 불길은 벽을 따라 하염없이 번지더니 천장으로 치솟으며 침대까지 이르렀다. 밖에서 고함 소리가 커졌고 옥신각신 말다툼하는 소리도 들렸다.

"빌랄! 빌랄!" 내가 아는 목소리인데. 어떻게 고모가 여기에 오셨지?

"빌랄! 내 말 들리니, 빌랄?"

"어서 밖으로 나와!"

이어서 다른 소리가 터져 나왔다. 역시 귀에 익은 목소리였다. 형이 여기서 뭐하는 거지? 형한테는 오지 말라고 말했을 텐데. 어차피 이젠 상관없어.

양초가 마지막으로 팔락이다가 꺼졌다. 주변의 벽이 온통 불길에 휩싸였다는 생각이 스쳤다. 낡은 가죽 조각과 누르스름한 종이가 공중을 떠다녔다. 사방팔방에서 수많은 지식이 타올랐고 쪼그라든 종이들은 까만 숯가루로 변했다. 손을 내밀어 떠다니는 종이를 몇 장 잡으려고 했으나 손에 닿을 때마다 바스러졌다.

난 눈을 감고 아버지를 꼭 안은 뒤 한숨을 쉬었다. 불꽃의 온기에 졸음이 밀려왔다. 스스로에게 다짐했던 약속을 지켰으니 이젠 좀 쉬고 싶었다.

고요함을 뚫고 와장창 소리가 나더니 어둠 속에서 뭔가 나타났다.

"빌랄, 나가야 돼. 당장!"

"형, 여기서 뭐해?"

형은 나를 거칠게 붙잡고 양팔을 잡아당겼다.

"싫어! 난 아버지 곁을 안 떠날래. 그렇게 못해."

난 울먹이며 아버지의 시신에 매달렸다. 형은 내 팔을 놓고 내 앞에 무릎을 꿇었다.

"빌랄. 아버지는 돌아가셨어. 몇 분 뒤에는 너도 그렇게 된다고. 아버지를 보내 드려."

"싫어, 싫어. 난 아버지에게 끝까지 말하지 않았어. 하고 싶었지만 결국 못했어."

"아버지를 놓아 드려, 빌랄. 아버지는 이제 고통스럽지 않아."

형은 내 손을 잡고 살며시 끌어당기며 안아 주었다.

"보내 드리자, 빌랄."

형이 내 귀에 속삭였다.

불길이 곳곳으로 번지자 형이 일어섰다. 침대보를 잡아챈 뒤에 방구석에 놓인 물통으로 달려가 침대보에 물을 적셨다. 그리고 물통을 가져와 나에게 물을 끼얹었다. 둘이 함께 침대보를 뒤집어 쓴 채 앞으로 발을 내디뎠다. 거의 무너져 내린 책 벽이 우리 앞길을 가로막았다.

"저길 뛰어넘어야 해, 빌랄. 준비됐니?"

형이 소리쳤다.

"응!"

난 형의 팔을 붙잡았다. 몇 걸음 물러섰다가 함께 눈을 감고 불바다로 뛰어들었다. 그리고 건너편으로 쿵 소리를 내며 굴러 떨어졌다. 불길이 우리를 에워쌌다. 난 발목이 아팠다. 형이 일어서서 날 질질 끌고 문밖으로 나갔다. 우린 차가운 밤공기 속으로 고꾸라졌고 필사적으로 헐떡거렸다.

불꽃과 연기가 우릴 위협하자 형이 날 일으켜 세웠다. 종잇조각들이 밤하늘로 높이 치솟았다가 시장 위에서 사방으로 흩어졌다. 내 곁에는 초타가 돌멩이를 단단히 쥐고 있었고 초타 곁에는 고모가 서 있었다. 고모는 두려움에 떨며 집과 나를 번갈아 보았다. 입을 달싹였지만 아무 말도 하지 않았다. 고모가 손을 내밀어 날 끌어당기더니 흐느꼈다. 고모에게서 재스민 향기가 났다. 이윽고 고모의 포옹에서 벗어나 형의 곁으로 갔다. 우린 나란히 서서 맹렬하게 타오르는 불길을 지켜보았다. 아버지의 죽음이 새로운 국가의 탄생으로 이어졌다고 생각하자 우리의 꾀죄죄한 얼굴을 타고 눈물이 흘러내렸다.

잠시 후 형이 나에게 돌아섰다. 형은 내 셔츠를 붙잡고 와락 끌어안았다. 나도 형의 가슴에 얼굴을 묻고 꽉 부둥켜안았다. 하지만 곧 형은 나를 억지로 떼어 놓더니 뒷걸음질쳤다. 불빛이 형의 눈에 어리자 아버지의 모습과 비슷해 보였다. *떠나지 마.* 난 가슴이 찢어지는 듯했으나 형은 점점 멀어졌고 눈앞에서 사라졌다.

바로 그날 밤 난 새로운 삶을 위해 고모의 손에 이끌려 고향 마을을 떠났다. 형을 본 것도 그때가 마지막이었다. 이제 형의 모습은 잘 기억나지 않지만, 형이 화낼 때면 검은 눈동자가 이글이글 타오르는 석탄처럼 빛났다는 것만큼은 지금도 기억에 생생하다.

에필로그

　나의 이야기가 끝나자 모여든 청중들에게서 탄식이 흘러나왔
다. 수많은 얼굴들이 나를 주시하고 있었다. 침묵이 길어지면서
텅 빈 공간을 채웠다. 난 검푸른 밤하늘을 바라보았다. 희미한 별
들이 드넓은 하늘에 아무렇게나 흩뿌려져 있었다. 독립 60주년을
축하하는 의미로 고향 마을을 방문해 달라는 초청을 받았을 때
난 두려웠다. 어른이 된 후로 과거의 행적을 잊으려고 애를 썼지
만 벗어날 수 없었다.

　난 본능에 따라 법률가라는 직업을 선택했다. *진실의 수호자.* 난
아주 오랫동안 그 일에 매달렸고 결국 대법원장이라는 고결한 지
위까지 오르게 되었다. *거짓말쟁이를 밝혀 내는 데는 거짓말을 해 본
사람이 제격이겠지.* 신문에서 내 이름을 본 마을 시의회가 나에게

지난 이야기를 들려 달라며 초대했다. 난 마을 주민들에게 진실을 고백할 필요가 있다고 스스로를 설득했다. *긴긴 세월 동안 무거웠던 짐을 드디어 내려놓는구나.* 그렇게 생각하자 마음이 흔들렸다. 결국 난 모든 이야기를 털어놓았다. 청중은 침묵에 휩싸였다.

어디선가 흘러오는 냄새에 코를 킁킁거렸다. 머리를 이리저리 흔들자 그 냄새가 머릿속에서 아련한 옛 기억을 일깨웠다. *몬순이 다가오고 있어.*

청중은 움직이지 않았다. 난 이야기를 써 둔 종이를 모아 공처럼 구긴 다음 지팡이를 찾아들었다. 시장은 어리둥절해하며 청중과 나 사이를 번갈아 보다가 나를 도우러 다가왔다. 아마도 시장은 이런 이야기를 기대한 건 아니었을 것이다. 난 손짓으로 그를 막으며 휘청휘청 연단을 벗어났다. 청중 앞에 나선 시장은 나에게 와 줘서 감사하다는 말로 침묵의 마법을 깼다. 청중은 하나둘 장터로 흩어졌지만 낯선 고요함은 여전히 허공을 맴돌았다.

연단 한쪽에 뒤집힌 통이 있기에 가서 걸터앉았다. 또 다른 기억이 머리를 스쳤다. 폰디체리 할아버지와 할아버지가 즐겨 찾던 그늘 밑의 통이 떠올랐다. 할아버지는 이렇게 말하곤 했다.

"이 통에는 이야기 바다가 담겨져 있단다." 할아버지에겐 언제나 *이야기가 많았지.*

난 킬킬 웃으며 생각했다. 너무 오랫동안 연단에 서 있었던 탓에 다리가 뻣뻣해지면서 쥐가 났다. 생기가 돌아오도록 다리를 살살 문질렀다.

✳

앉아 있으려니 사람들이 하나둘 모여들기 시작했다. 여럿이 오는 경우도 있었고 혼자 오는 경우도 있었다. 다들 느리지만 단호한 걸음으로 다가왔다. 몇몇은 축복의 의미로 내 발을 만졌고 어떤 이들은 악수를 청했다. 어머니들뿐만 아니라 아버지들과 아이들도 찾아왔다. 노인들은 물기 어린 눈을 일렁이다가 고개를 흔든 뒤에 내 등을 두드리며 내가 고백한 과거를 위로해 주었다. 내 이야기에 등장했던 사람들의 가족과 친구들이 고맙다는 인사를 건넸고 지난 추억을 떠올리며 함께 웃음 지었다. 내 카미즈인도 전통 상의의 소맷부리만 슬쩍 만지고 가는 이들이 있는 반면 내 곁에서 흐느껴 우는 사람들도 있었다.

주변 사람들의 진지한 얼굴을 보고 있자니 내 어깨의 짐이 점점 무거워지는 것 같았다. 난 이야기를 털어놓으면 마음이 가벼워지고 편안해질 줄 알았다. 그런데 비밀을 밝히고 나니 오히려 더 억눌린 듯한 기분이 들었다.

모여든 사람들 뒤편에서 어떤 소년이 서성거리고 있는 게 내 눈길을 끌었다. 어디서 많이 본 얼굴인데. 사람들이 하나둘씩 빠져나가 모두 자리를 떴을 때 소년이 주춤주춤 다가와 공손히 고개를 숙였다.

"말씀 잘 들었습니다. 저에게는 무척 의미 있는 자리였습니다. 저는 선생님 이야기 속의 의사 선생님 손자입니다." 아, 그랬구나. 무척 낮이 익다 했더니.

"제 아버지 성함은 빌랄입니다. 저는 굴람이고요."

소년이 말했다.

"굴람은 내 아버지 성함이란다. 너를 만나다니 영광이구나."

내가 대답했다.

"아닙니다, 아니에요. 무슨 말씀이세요? 제가 오히려 영광이지요."

소년은 머리를 내젓더니 내 발에 닿을 정도로 고개를 숙였다.

"네 할아버지가 나에게 많은 것을 가르쳐 주셨단다."

"전 지금도 할아버지가 그리워요. 할아버지는 돌아가실 때까지 마을에서 의사로 지내셨어요. 주변 시골 마을에도 계속 다니셨고요."

"당연히 그러셨겠지. 그러시겠다고 말씀하셨거든. 의사 선생님은 약속을 지키시는 분이었다."

"선생님, 여기 잠깐만 기다려 주시겠어요? 선생님이 정말로 오실지 확실히 몰랐거든요. 그래서 가져오지 못한 게 있어요. 조금만 기다려 주세요. 금방 돌아올게요."

"오냐, 여기 그대로 있으마."

내가 대답했다. 좀 쉬려고 벽에 등을 기댔다. 마을은 변한 게 별로 없었다. 골목과 뒷길마다 노점이 늘어서 있었다. 굳이 달라진 점을 꼽자면 시장이 훨씬 커졌고 지역 특산물이 더 다양해졌다는 것이다. 아버지가 기뻐하셨을 텐데.

굴람이 숨을 헐떡이며 돌아와 무릎에 손을 짚고 허리를 구부렸다.

"얘야, 허리를 펴라. 그래야 숨을 제대로 쉬지."

내가 그 나이였을 때를 회상하며 말했다. 굴람은 어리둥절한 눈으로 나를 보며 허리를 세웠다.

"전 항상 이리저리 뛰어다니는데요. 그럴 때마다 할아버지도 그렇게 말씀하셨어요."

굴람은 주머니에서 구겨진 편지 봉투를 하나 꺼냈다.

"아버지가 돌아가시자 외아들인 제가 아버지의 유품을 정리했어요. 아버지의 서류를 뒤적이다가 할아버지의 물건이 담긴 커다란 상자를 발견했는데 그 안에 이 편지 봉투가 있었어요. '소중한 친구 빌랄에게'라고 적혀 있었지만 분명 제 아버지의 것은 아니고 전 이 분이 누군지 몰랐어요. 지금까지는요. 아마 선생님이 급하게 떠나서서 할아버지가 전해 드리지 못했나 봐요. 이제라도 선생님께 드려야 할 것 같아서요."

난 바짝 얼어붙은 채 편지를 받아 들었다. 굴람이 호기심 어린 표정을 짓는 가운데 난 편지를 뒤집었다. 심장이 세차게 뛰었고 하늘의 별은 더 밝고 또렷했다. 봉투를 조심스럽게 뜯어 편지를 펼치는 순간 숨이 턱 막혀 왔다. 그것은 1947년 8월 14일에 아버지가 쓴 편지였다. 눈앞이 흐려져 글씨를 읽으려고 안간힘을 썼다. 처음 몇 줄은 어린아이가 쓴 것처럼 너무 글씨가 컸고 간격도 어설펐다. 하지만 뒤이어 선명한 글씨가 가지런히 적혀 있었다. *아버지가 억지로 편지를 쓰려고 했지만 힘이 부치자 누군가 대신 받아 적었군.* 굴람을 바라본 순간 내 손이 떨렸다. *의사 선생님이야.* 난 편지로 눈길을 돌리고 읽어 내려갔다.

사랑하는 아들에게

죽기 전에 너에게 이 편지만큼은 꼭 쓰고 싶었다. 빌랄아, 나에게는 자랑거리가 많지만 그 무엇보다 너의 아버지라는 사실이 가장 자랑스럽구나. 너야말로 제일 용감한 소년이다. 앞으로 네가 훌륭한 사람이 되리라고 아버지는 믿는다.

　난 이 편지를 끝까지 쓸 기운이 없어서 여기에 있는 의사 선생님에게 도와 달라고 했다. 아들아, 네가 나를 위해 진실을 감추기로 맹세한 이야기를 의사 선생님에게 들었단다. 얘야, 왜 그렇게 무거운 짐을 졌느냐?

　빌랄, 네가 나의 인도란다. 네가 나의 꿈이야. 네 행동을 선물로 여기며 내 마음속에 간직하마. 네가 이 편지를 받아 들 때면 알게 되겠지. 내가 자초지종을 알고 나서 눈물을 흘린 건 슬퍼서가 아니라 너를 아들로 둔 기쁨 때문이었다. 사실을 밝힌 의사 선생님을 탓하지는 말거라. 그는 정의로운 바보라서 선택의 여지가 없었을 게다. 다들 그 심정을 헤아리고도 남겠지.

　라피크에게 내가 자랑스러워한다는 이야기를 전해 다오. 우린 말싸움도 많이 했지만 난 한 번도 네 형을 잊은 적이 없다고 말이다. 라피크가 이 세상뿐만 아니라 마음속에서도 평화를 찾기 바란다.

　이제 편지를 마쳐야겠다. 너를 떠난다고 생각하니 무척 가슴 아프구나. 내가 가장 아끼던 책들을 너에게 남긴다. 잘 간직해 다오. 책을 한 권씩 집어 들 때마다 넌 웃으면서 나를 생각하겠지.

아버지가

여전히 손을 부들부들 떨며 편지를 뚫어져라 쳐다보았다. 몇 분이 흐르자 글자들이 선과 모양을 이루었고 추억과 영상으로 변했다.

"선생님, 괜찮으세요?"

굴람이 걱정스러운 표정으로 물었다. 편지를 조심스럽게 접은 뒤에 봉투에 넣고 손으로 꽉 쥐었다. 다른 손에는 여전히 연단에서 읽었던 종이 뭉치가 들려 있었다. 종이 뭉치를 펼친 뒤에 가장자리의 구김을 일일이 폈다. 의사 선생님의 진지한 얼굴을 빼닮은 키가 훤칠한 소년이 호기심 어린 눈빛으로 종이를 보았다.

"누구나 거짓말을 한다."

소년은 내가 급히 갈겨쓴 문장을 큰 소리로 읽었다. 난 소년에게 구겨진 종이를 건넸다.

"선생님, 이 종이를 어떻게 할까요?"

"네 마음대로 하렴."

난 소년을 지나쳐 가며 대답했다.

"그건 이제 나와 상관없으니까."

1858년부터 1945년까지 인도는 영국의 식민 지배를 받았습니다. 하지만 인도의 완전한 독립은 제2차 세계대전이 끝나고 나서도 두 해 뒤인 1947년에야 이뤄졌습니다. 영국이 인도를 이렇게 오랫동안 지배할 수 있었던 이유는 무엇일까요? 여러 가지 설명이 있겠지만 흔히 힌두교와 이슬람교 사이의 갈등을 가장 큰 이유로 꼽습니다.

영국의 식민 지배에 대항해 싸울 땐 힌두교를 믿는 인도인들도 이슬람교를 믿는 인도인들도 모두 하나가 돼 힘을 모았습니다. 그런데 인도 안에서 이슬람교도의 숫자가 힌두교도들에 비해 현저히 적었던 게 갈등의 씨앗이 됐습니다. 다수의 힌두교도들 손에 소수의 이슬람교도들이 휘둘리는 모양새였거든요. 인도인들의 힘을 약화시키기 위해 종교 간 갈등을 이용했던 영국의 식민지 통치 전략도 한몫했습니다. 그렇게 서로 간의 불신의 골이 쌓이다가 결국 이슬람교 지도자들이 이슬람 국가를 따로 세워 독립해야 한다고 생각하기에 이른 것입니다.

간디는 인도의 분리 움직임에 강력히 반대했습니다. 그러나 힌두교와 이슬람교는 뜻을 모으지 못했고 나라 안에서 두 세력 사이의 다툼과 충돌이 끊이지 않았습니다. 결국 수천 명이 죽고 부상당하는 사태를 맞자 양측은 분리 독립을 결정했습니다. 1947년 8월 15일에 인도는 영국으로부터 독립했고, 파키스탄은 그 하루 전인 8월 14일에 독립했습니다.

이 책의 주인공인 열세 살 소년 빌랄에게 1947년은 어떤 의미를 지닐까요? 빌랄의 어머니는 다섯 해 전에 세상을 떠났습니다. 병세가 중한 아버지는 온종일 집 안에 누워 계시고, 혈기 왕성한 형은 친구들과 어울려 다니느라 얼굴 보기도 힘듭니다. 먹을 것은 변변치 않은데다 옷가지도 형편없습니다.

그래도 빌랄에게는 좋은 친구들이 있어 외롭지 않았습니다. 1947년 8월이 다가오기 전까지는 말입니다. 운명의 날이 다가오면서 빌랄의 자그마한 행복도 흔들리기 시작합니다. 친구들과 웃고 떠들며 즐겁게 지내고 싶은 소망. 병상에 누운 아버지가 마음이나마 편안했으면 하는 소망. 작은 집에서 형과 오순도순 살고 싶은 소망. 이슬람 소년 빌랄에게 이런 소망조차 지나친 욕심이었을까요?

"저 악당들과 영국인 침략자들은 결코 인도를 쪼개지 못한다. 내 평생에 그런 일은 없다. 내가 살아 있는 한." 빌랄의 아버지는 아픈 중에도 나라 걱정에 마음을 졸입니다. 그런 아버지에게 빌랄은 인도가 나뉘는 일은 없다며 거짓말을 합니다. 빌랄의 아름다운 거짓말이 시작된 것입니다. 하지만 그 거짓말은 눈덩이처럼 불어나 빌랄은 죄책감에 시달립니다. 게다가 한때 이웃사촌이었던 주변 힌두교도들로부터 목숨까지 위협당합니다. 한 나라가 나뉘는 역사의 소용돌이 속에서 열세 살 소년의 삶은 바람 앞의 촛불처럼 위태롭습니다.

1947년 8월 14일은 인도인들에게 불행의 끝이 아닌 시작이었습니다. 인도와 신생국 파키스탄 사이에 국경선이 그어지자 힌두교도들은 파키스탄에서 인도로 향해야 했고 이슬람교도들은 반대로 인도에서 파키스탄으로 떠나야 했습니다. 그 와중에 많은 사람들이 가족과 생이별했고 다쳤으며 심지어 목숨까지 잃었습니다. 참으로 가슴 아픈 일이 아닐 수 없습니다.

며칠 전이었습니다. 중학생 아들 둘을 포함해 또래 아이들 일곱 명과 이 소설의 배경에 대해 생각을 나눈 적이 있습니다. 인도의 슬픈 역사를 접한 아이들은 하나같이 안타까워했습니다. 지도자들의 바보 같은 결정에 누구 할 것 없이 분노했습니다.

역사의 아픔이 반복되지 않으려면 어떻게 해야 할까요? 아이들의 대답은 어른들의 생각보다 단순했지만 더 명료했습니다. "힘이 센 쪽이 조금 더 양보해야 해요." 이 책을 읽게 될 당신의 생각이 궁금합니다.

| 인도·파키스탄 분리에 대하여 |

1947년 8월 14일 파키스탄 이슬람 공화국은 대부분 힌두교도로 구성된 인도로부터 분리 독립했습니다. 독립 당시의 파키스탄은 두 개의 지역으로 이뤄져 있었습니다. 인더스 강 평야에 위치한 서파키스탄과 오늘날 방글라데시로 알려진 동파키스탄입니다. 그리고 그 이튿날인 1947년 8월 15일 자정에 인도는 영국의 오랜 식민 지배에서 벗어나 자유를 얻었습니다.

종교적 색채에 따라 국경선이 그어졌고 곧이어 1,450만 명가량이 이주를 시작했습니다. 이슬람교도들은 인도에서 신생국 파키스탄으로 향했고 힌두교도와 시크교도들은 반대 방향으로 떠났습니다. 하나의 나라가 둘로 나뉘는 대혼란 속에서 많은 사람들이 고향을 등져야 했고 가족과 친구들을 잃어야 했습니다. 어림잡아도 백만 명이 넘는 인명이 폭력에 희생돼 죽음을 맞았습니다.

인도와 파키스탄이 분리된 지 벌써 60년이 넘는 세월이 흘렀지만 양국 간의 갈등은 오늘날까지도 이어지고 있습니다. 대규모 집

단 폭력 사태가 여전히 반복되고 있습니다. 인도인과 파키스탄인들의 삶에 미친 분리 계획의 여파는 그렇게 엄청났고 오늘날까지도 그 상처는 또렷합니다. 1947년 8월 14일 한밤중에 인도 대륙에 울려 퍼진 그 종소리처럼 말입니다.

빌랄의 거짓말

이르판 마스터 **지음** | 위문숙 **옮김**

초판 인쇄일 2012년 12월 17일 | **초판 발행일** 2012년 12월 24일
펴낸이 조기룡 | **펴낸곳** 내인생의책 | **등록번호** 제10-2315호
주소 서울시 마포구 망원동 385-39 삼운빌딩 3층 (우)121-821
전화 (02)335-0445 | **팩스** (02)335-6932
전자우편 bookinmylife@naver.com | **홈카페** http://cafe.naver.com/thebookinmylife
주간 한소원 | **편집장** 이은아 | **책임편집** 조일현 | **편집** 김지연, 황윤진, 손유진, 박소란, 강길주
제작 심재원 | **디자인** 이자현, 한은경

A BEAUTIFUL LIE

ISBN : 978-89-97980-12-3 03840

이 도서의 국립중앙도서관 출판시도서목록(CIP)은
e-CIP홈페이지(http://www.nl.go.kr/ecip)에서 이용하실 수 있습니다.
(CIP 제어번호 : CIP2012005771)

* 책값은 뒤표지에 있습니다.
* 잘못된 책은 구입처에서 바꾸어 드립니다.

책은 나무를 베어 만든 종이로 만듭니다.
그래서 책은 나무의 생명과 맞바꿀 만한 가치가 있어야 합니다.
그림책이든 문학, 비문학이든 원고 형식은 가리지 않습니다.
여러분의 소중한 원고를 bookinmylife@naver.com으로 보내주시면
정성을 다해 좋은 책으로 만들겠습니다.